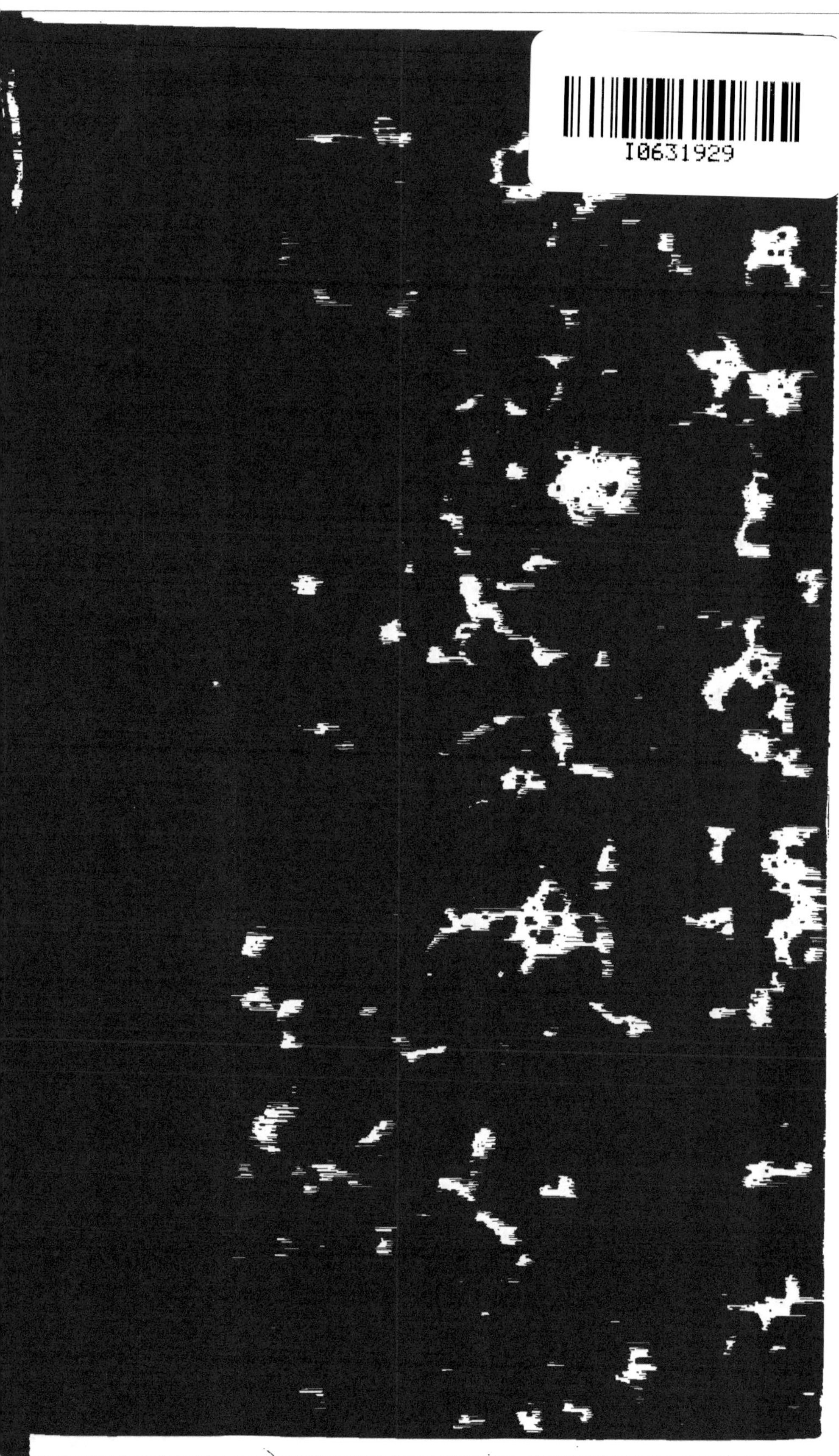
I0631929

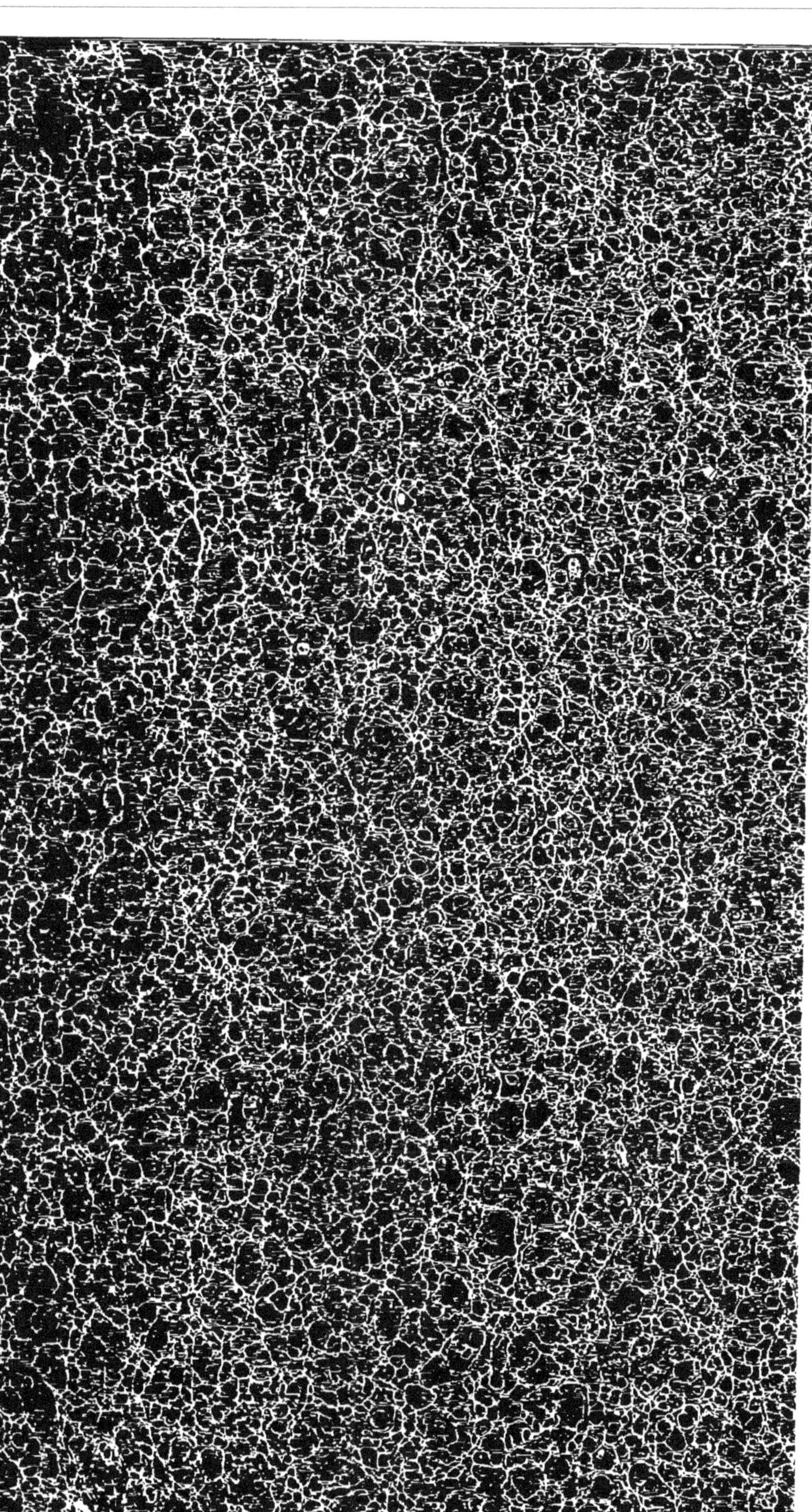

ŒUVRES

POSTHUMES

D'ATHANASE AUGER.

DISCOURS

DE

CICÉRON,

TRADUITS

PAR ATHANASE AUGER.

TOME SIXIÈME.

A PARIS,

De l'Imprimerie, rue du Théâtre-Français, N°. 4.

L'AN II DE LA RÉPUBLIQUE.

DE LA CONSTITUTION
DES ROMAINS,
SOUS LES ROIS
Et aux tems de la République:

DISCOURS DE CICÉRON
CONTRE RULLUS,
DEVANT LE PEUPLE.

Sommaire.

CICERON avoit été nommé consul pour la même année que Publius Servilius Rullus avoit été élu tribun du peuple. Les tribuns entroient en charge dès le 11 de décembre, tandis que les consuls et autres magistrats n'entroient en exercice qu'aux calendes ou premier de janvier. Rullus, avant que les consuls entrassent en fonctions, avoit proposé une loi agraire, c'est-à-dire, avoit proposé d'établir une partie du peuple indigent dans des terres appartenantes à l'état. Cicéron dès les calendes de janvier, attaqua la loi de Rullus dans le sénat par un discours que j'ai placé après les deux prononcés devant le peuple, parce qu'il n'est pas entier, qu'il ne nous en reste qu'un grand fragment. Cicéron ne se contenta pas d'attaquer la loi de Rullus dans le sénat; il l'attaqua même devant le peuple, devant le peuple, dis-je, toujours si favorable à la proposition d'une loi agraire. Le principal discours est celui dont je vais donner la substance le plus brièvement qu'il me sera possible.

Après un exorde plein de dignité et de noblesse, où il témoigne sa reconnoissance au peuple pour la manière dont il a été élu consul, l'orateur explique ce qu'on doit entendre par le mot de populaire; *il s'annonce comme n'étant contraire aux loix agraires en général ni d'esprit ni de cœur; en un mot il débute par les moyens les plus propres à s'insinuer dans l'esprit du peuple. La loi de Rullus renfermoit au moins quarante articles, puisque dans le discours suivant il est parlé d'un article quarantième: Cicéron choisit pour les attaquer ceux par lesquels il pouvoit plus facilement rendre Rullus et ses* collègues odieux au peuple lui-même en faveur duquel la loi étoit portée. La manière dont devoient être élus les Décemvirs ou dix hommes chargés de l'exécution de la loi, ceux qui pouvoient être nommés, ceux qui ne pouvoient pas l'être, l'appareil et l'étendue de leur pouvoir, l'argent du trésor qui devoit leur être remis et dont ils devoient disposer arbitrairement; ces articles et d'autres encore, sont pour l'orateur autant de moyens qu'il développe avec beaucoup d'adresse et d'éloquence. Le dernier article qu'il traite est le partage du territoire de la Campanie : il s'y arrête fort long-tems, et montre tous les inconvéniens qu'il y auroit d'établir une colonie à Capoue. Après une vive récapitulation, il conclut par annoncer la fermeté et le courage qu'il est résolu d'opposer aux projets pernicieux des tribuns et des autres.

Il y a des endroits fort obscurs dans ce discours, sur-tout ceux où il est parlé de l'élection des Décemvirs; il a dû être prononcé, ainsi que les deux autres, l'an de Rome 690, de Cicéron 45. L'orateur s'applaudit lui-même dans quelques-uns de ses écrits, et d'autres écrivains lui ont fait un grand mérite, d'avoir su déterminer le peuple à rejetter une loi agraire, une loi par *laquelle sur-tout les tribuns cherchoient à plaire au peuple.*

PREMIER DISCOURS DE CICERON CONTRE RULLUS, DEVANT LE PEUPLE.

C'EST un usage anciennement établi, Romains, que ceux qui en obtenant par votre bienfait les dignités curules, ont ajouté un nouveau lustre à leur famille (1), ne parlent la première fois devant vous que pour joindre aux témoignages de leur reconnoissance l'éloge des premiers hommes de leur race : dans ce discours quelques-uns se sont trouvés dignes de leurs illustres ancêtres ; tout ce que gagnent les autres, c'est de faire voir qu'on avoit contracté avec leurs ancêtres une dette immense, dont une partie devoit rester à acquitter envers leurs descendans. Pour moi, Romains, je ne puis vous parler de mes ayeux : non qu'ils ne se soient montrés tels que vous nous voyez,

(1) *Ceux qui* . . . mot à mot, *ceux qui par votre bienfait ont obtenu des portraits à leur famille.* C'étoient les dignités curules, c'est-à-dire, l'édilité, la préture, le consulat, qui donnoient *jus imaginis*, le droit de laisser son portrait à sa famille.

nous issus de leur sang et élevés dans leurs principes ; mais ils ont été privés de l'éclat que donnent les bienfaits du peuple et les honneurs dont nous vous sommes redevables. Quant à ma personne, je crains qu'il n'y ait de l'orgueil à vous en parler, et de l'ingratitude à n'en rien dire. Oui, s'il m'en coûte de rappeller moi-même l'empressement avec lequel vous m'avez conféré la dignité dont je suis revêtu, je ne puis aussi garder le silence sur des bienfaits tels que les vôtres. J'userai (1) donc de précaution et de réserve en parlant de l'honneur que je tiens de vous ; je dirai avec modestie à quel titre je me crois digne de la suprême magistrature et de la manière distinguée dont j'y suis parvenu ; je le dirai comme malgré moi, et sans oublier que j'ai pour juges ceux même qui m'ont nommé avec une distinction si flatteuse.

Il y avoit bien des années (2) que des

(1) J'ai traduit toute la phrase comme si on lisoit : *Quare adhibebitur ipse modicè dicam, quasi necesse fuerit, et vos. . . . .*

(2) Le dernier homme nouveau qui avoit été fait consul, étoit Caïus Cœlius Caldus ; il s'étoit écoulé trente ans depuis son consulat.

hommes nouveaux n'avoient été élevés au consulat, on avoit presque perdu le souvenir du dernier : je suis le seul, après un long espace de tems, que vous ayez fait consul ; et cette barrière fermée de toutes parts, que gardoit et défendoit la noblesse, vous l'avez brisée, moi marchant à votre tête ; vous avez voulu que le mérite à l'avenir vît s'ouvrir devant lui la carrière des premiers honneurs. Non-seulement vous m'avez nommé consul, faveur si honorable par elle-même ; mais vous m'avez nommé comme peu de nobles l'ont été dans cette ville, comme ne l'a été avant moi aucun homme nouveau.

En effet, si vous voulez remonter aux tems passés, vous trouverez que les hommes nouveaux qui sont devenus consuls, ne le sont devenus (1) qu'après bien des peines et à la faveur de quelque circonstance ; qu'ils ont brigué le consulat plusieurs années après qu'ils avoient obtenu la préture, après que les loix et leur

(1) Dans tout cet endroit Ciceron fait allusion à Marius, qui avoit obtenu son premier consulat à l'occasion de la guerre de Jugurtha, sept ans après avoir été préteur, bien après sa quarante-troisième année, qui étoit l'âge où l'on pouvoit être consul.

âge le leur permettoient ; vous trouverez que ceux qui l'ont sollicité dès l'année où ils le pouvoient légitimement, ont essuyé d'abord des refus ; que je suis le seul de tous les hommes nouveaux dont on puisse se rappeller la mémoire, qui ai sollicité le consulat dès qu'il m'a été permis d'y prétendre, qui ai été fait consul dès que j'ai demandé à l'être : et cette magistrature, Romains, que j'ai demandée aussi-tôt que les loix me l'ont permis, je ne l'ai point surprise à la faveur de concurrens peu distingués, ni arrachée par de longues prières, mais obtenue parce que vous m'en avez cru digne. C'est donc, je le répète, un honneur dont je ne puis assez vous rendre graces, d'être le premier homme nouveau que vous ayez préfére à tant de concurrens sur ma premiere demande, et dès l'année où il m'étoit permis de me présenter : mais ce qui est encore pour moi plus honorable et plus glorieux, c'est que, dans les comices où j'ai été nommé, vous avez déclaré vos sentimens, non par ce scrutin (1),

(1) On distribuoit au peuple des tablettes de bois, sur lesquelles étoient écrits les noms des candidats : chaque citoyen jettoit dans l'urne sa tablette, en marquant le nom du compétiteur qu'il préféroit.

garant muet de la liberté de vos suffrages, mais par ces acclamations, témoignage éclatant de votre affection pour celui que vous honoriez de votre choix. Ainsi ce n'est pas le vœu des dernières centuries (1), mais le concours des premières ; ce n'est pas simplement la voix du hérault, mais le peuple romain entier d'une voix unanime, qui m'a proclamé consul.

Cette faveur insigne et extraordinaire que je tiens de vous, Romains, j'en reconnois tout

(1) *Extrema tribus suffragiorum*, transposition pour *suffragia extremae tribus*, mot à mot, *les suffrages de la dernière tribu*, c'est-à-dire, les suffrages des centuries renfermées dans la dernière tribu, car Ciceron avoit été nommé consul dans des comices par centuries, et non dans des comices par tribus. — *Des premières centuries*, c'est-à-dire, des centuries de la première classe. Voyez Constitution de la république romaine, tom. 1, article des comices. *La voix du hérault*, mot à mot, *chacune des voix des hérаults*, sans doute proclamant les suffrages de chaque centurie. Tout cet endroit signifie que Ciceron eut le suffrage de toutes les premières centuries, et que par conséquent on ne fut pas obligé d'en venir aux dernières ; que le peuple romain, en le nommant consul, ne se contenta pas de manifester son vœu par ses suffrages, qu'il le déclara par des cris et des acclamations.

le prix par la joie et la satisfaction dont elle me pénetre ; et sur-tout j'en ressens tous le poids par les soins et par la vigilance qu'elle m'impose. En effet, il s'offre à mon esprit une foule de réflexions sérieuses qui ne me permettent de reposer ni la nuit ni le jour. Je pense d'abord qu'il me faut soutenir l'honneur du consulat, tâche importante et difficile principalement pour moi qui ne dois espérer aucune indulgence si je commets la moindre faute (1); qui ne dois attendre, si je fais bien, que des louanges foibles et arrachées de force, enfin qui ne dois me prometre de la part des nobles, ni conseils sincères dans mes incertitudes, ni secours fidèles dans mes détresses. Si je n'avois à craindre que pour moi seul, je serois moins inquiet sur ma position ; mais il en est, ce me semble, plusieurs qui, s'ils viennent à croire que j'ai failli avec réflexion ou même par mégarde, blâmeront tout le peuple de m'avoir donné sur les nobles une si glorieuse préférence. Or il n'est rien, Romains, que je ne sois prêt à souffrir plutôt que de ne pas me

(1) Ou il faut sous-entendre *in* à *errato* et *rectè facto*, ou il faut changer *cui* en *cujus*, comme le portent certains livres.

comporter dans l'exercice du consulat, de manière que toutes mes actions et toutes mes résolutions fassent applaudir ce que vous avez fait et décidé en ma faveur : mais ce qui augmente le plus mon embarras et ce qui rend plus difficiles les fonctions de ma place, c'est que je me propose de suivre un autre système que les consuls qui m'ont précédé. Parmi ces consuls, les uns ont absolument évité de paroître devant vous à cette tribune, et d'autres ne s'y sont portés qu'avec peu d'empressement. Pour moi, ce n'est pas seulement ici que je le déclare, ici où cet aveu n'a rien de difficile : au sénat même, qui ne sembloit pas être le lieu d'un pareil langage, dans les calendes de janvier, dès mon premier discours j'ai déclaré que je serois un consul populaire (1). Eh ! quand je me vois redevable du consulat, non à la protection de citoyens puissans, non au crédit

(1) Il y avoit, comme on sait, deux partis dans la république, les *populaires*, ou partisans du peuple ; les *optimates*, ou partisans des grands. J'applique ici le mot de *populaire* aux personnes et aux choses, pour dire partisan du peuple ou agréable au peuple. Il seroit, je pense, difficile de se servir d'un autre mot.

supérieur de quelques personnages, mais aux suffrages unanimes du peuple romain, qui m'a préféré aux hommes de la premiere noblesse, puis-je m'empêcher d'être populaire et dans l'exercice de cette magistrature et dans tout le cours de ma vie?

Mais pour expliquer et faire entendre la force de ce mot, j'ai grand besoin d'interroger votre sagesse. Ce qui jette dans l'erreur au sujet de ce nom, ce sont les déguisemens insidieux de certains hommes, qui lors même qu'ils traversent et qu'ils attaquent les plus chers intérêts du peuple, veulent passer dans leurs discours pour populaires. Je sais, Romains, en quel état j'ai pris la république aux calendes de janvier : j'ai trouvé tout dans la crainte et dans l'inquiétude ; point de malheurs, point de revers, que ne redoutassent les gens de bien, que n'espérassent les méchans ; on formoit, disoit-on, ou on avoit déjà formé, lorsque nous étions désignés consuls, les plus violens desseins pour ruiner la constitution présente de la république et troubler votre repos. Plus de bonne foi dans le commerce (1), non par le coup im-

(1) J'ai rendu ici *sublata de foro fides*, plus de bonne foi dans le commerce.

prévu de quelque calamité , mais par la crainte d'une abolition de dettes, par la confusion des jugemens , et par l'infirmation des choses jugées. On étoit persuadé que quelques citoyens aspiroient à une domination énorme, qu'ils ambitionnoient, non des commandemens extraordinaires, mais une autorité absolue. Moi qui soupçonnois de si funestes complots, ou plutôt qui les voyois de mes propres yeux, (car on ne cherchoit pas à les cacher,) je déclarai en plein sénat que je serois un consul populaire. En effet, quoi de plus populaire que la paix? à sa présence, non-seulement les êtres sensibles et animés, mais les maisons même et les campagnes semblent prendre un air de joie et d'allégresse. Quoi de plus populaire que la liberté? vous voyez que les hommes et même les brutes la recherchent et la préfèrent à tout le reste. Quoi de plus populaire que le repos? il est si agréable que vous et vos ancêtres, et en général les hommes courageux, croient devoir essuyer les travaux les plus rudes, pour jouir enfin, dans le repos, de l'honneur et du commandement. Aussi devons-nous à nos ancêtres des éloges et des actions de graces, surtout parce que leurs travaux nous ont acquis l'avantage de goûter le repos à l'abri de tout péril. Puis-je donc, Romains, puis-je n'être pas populaire quand je vois et la paix avec les nations, et la liberté, cet attribut essentiel à votre nom, et le repos domestique ; quand je vois enfin tout ce que vous avez de plus précieux et de plus cher, mis pour ainsi dire, sous la garde et la protection de mon consulat ? Or, vous ne devez rien voir de vraiment agréable, de vraiment utile, dans la publication d'une largesse qu'on peut annoncer par de belles paroles, mais qui en effet ne peut être exécutée qu'en épuisant le trésor. Doit-on regarder comme utile au peuple, la confusion des jugemens, l'infirmation des choses jugées, le rétablissement des citoyens condamnés, ces funestes avant coureurs des états aux abois ? Doit-on regarder comme amis du peuple, ces hommes qui flattent le peuple romain en lui promettant des terres, mais qui cachent de perfides projets sous les beaux dehors d'une flatteuse espérance ?

Je le dis comme je le pense, Romains, je ne puis blâmer toute loi agraire en elle-même. Je me rappelle que les deux personnages (1)

(1) On sait que les Gracques avoient cherché sur-

les plus distingués par leur naissance, leur génie, et leur attachement au peuple de Rome, Tiberius et Caïus Gracchus, ont établi le peuple sur des terres de la république qui se trouvoient possédées par des particuliers. Non, je ne suis pas de ces consuls qui pensent comme la plupart que ce soit un crime de louer les Gracques, dont la sagesse, les loix, et les conseils ont parfaitement bien réglé plusieurs parties de l'administration (1).

Dès que je fus désigné consul, on m'annonçoit que les tribuns désignés se disposoient à porter une loi agraire. Je désirois connoître leurs sentimens : car je croyois qu'étant magistrats dans la même année, nous devions nous réunir pour bien gouverner la république. Plus je me mêlois familièrement dans leurs entretiens, plus je m'ouvrois à eux ; plus ils se

tout à se gagner le peuple, par des distributions de terres. Les deux frères, Caïus et Tiberius Gracchus sont assez connus par leurs grandes qualités personnelles, par leurs entreprises hasardeuses, et par leur mort déplorable.

(1) Les Gracques avoient porté plusieurs loix utiles sur le droit des citoyens romains, sur les provinces et sur les tribunaux.

cachoient de moi, et refusoient de m'admettre dans leur société : j'avois beau leur promettre que si je trouvois la loi utile au peuple, je l'appuierois moi-même, je les seconderois; ils dédaignoient mes promesses obligeantes ; il étoit impossible, disoient-ils, de me faire approuver aucune largesse. Je cessai donc de m'offrir, de crainte que trop d'empressement de ma part ne parût cacher quelque piège ou montrer trop de front. Cependant ils continuoient de tenir à l'écart leurs assemblées secrettes, de n'y admettre que de simples particuliers, de les couvrir du silence des ténebres de la nuit. Vous pouvez juger, par l'inquiétude où vous étiez pour lors, des allarmes que nous éprouvions nous-mêmes.

Les tribuns du peuple entrent enfin en exercice ; on (1) attendoit la harangue de Rullus, de Rullus, principal auteur de la loi agraire ; de Rullus qui montroit beaucoup plus de chaleur que les autres. Dès le moment où il fut désigné, il affectoit un autre air, un autre son de voix, une autre démarche. Son habillement étoit plus

(1) Je pense avec Lambin qu'il faut supprimer le *tandem* qui est après *concio*, comme inutile, ayant été répété mal à propos.

à l'antique, ses cheveux et sa barbe plus longue (1), tout son extérieur sauvage et négligé; enfin, par son regard et par sa figure, il sembloit ménacer la république, et nous annoncer à tous des violences tribunitiennes. J'attendois sa loi et sa harangue. Sans proposer d'abord aucune loi, il indique avant tout une assemblée du peuple. On s'y rend en foule, impatient de l'entendre. Il débite un discours très-long et en fort beaux termes. Je n'y trouvois qu'un défaut, c'est que, dans une si grande multitude d'auditeurs, il ne s'en rencontra pas un seul qui pût comprendre ce qu'il disoit. Je ne sais s'il le fit pour tendre un piége, ou s'il aime ce genre d'éloquence. Cependant les plus intelligens de l'assemblée soupçonnoient qu'il avoit voulu parler de loi agraire. Enfin, je n'étois encore que désigné (2); la loi est proposée au peuple : plusieurs copistes

(1) Les Romains ne commencèrent à couper leur barbe que depuis Scipion, comme dit Pline. Rullus laissa croître la sienne par affectation, afin de paroître représenter mieux les mœurs antiques.

(2) Les tribuns du peuple entroient en exercice dès le 11 de décembre; les consuls n'y entroient qu'après eux, aux calendes ou premier de janvier.

par

par mon ordre la transcrivent tous ensemble lorsqu'on la publioit, et me l'apportent.

Je puis vous protester, Romains, que je désirois lire la loi et la connoître, dans l'intention de l'appuyer et de seconder son auteur, si je voyois qu'elle vous fût utile et convenable. Car de ce que fort souvent des consuls fermes et zélés pour la patrie ont résisté à des tribuns séditieux et mal intentionnés, et que quelquefois la puissance tribunitienne s'est opposée au despotisme consulaire, il ne faut pas croire que ce soit naturellement, et par l'effet d'une rupture ouverte ou d'une haine profonde, qu'il règne une espèce de guerre entre le consulat et le tribunat. Non, ce n'est pas la différence dans les magistratures, mais dans les sentimens qui occasionne la désunion. Je pris donc en main la loi avec le sincère désir de la trouver conforme à vos intérêts, et telle qu'un consul populaire dans la réalité et non dans ses discours, pût la défendre avec honneur et même avec zèle. Mais que vois je depuis le premier article jusqu'au dernier? Je vois, Romains, qu'on n'a eu d'autre intention, d'autre projet, d'autre but, que d'établir, sous prétexte de loi agraire, dix rois, maîtres absolus du trésor, de vos revenus, de toutes les provinces, de la république entiere, des monarchies, des peuples libres, enfin de tout l'univers. Je prétends que, par cette loi agraire si belle, et si utile au peuple, on ne vous donne rien, on abandonne tout à quelques ambitieux; qu'en faisant espérer au peuple des terres, on lui enleve sa liberté même, on augmente la fortune de quelques particuliers, on épuise l'état; qu'enfin, ce qu'il y a de plus indigne, c'est un tribun du peuple, constitué par nos ancêtres le chef et le gardien de la liberté publique, qui vient établir des rois au sein de Rome. Si tout cela vous paroît faux quand je vous l'aurai exposé, je me rendrai à votre avis, je changerai de sentiment. Mais si vous voyez qu'on tend des piéges à votre liberté sous l'appât d'une fausse largesse, n'hésitez pas à défendre sans aucune peine de votre part, avec le secours de votre consul, une liberté que vous ont transmise vos ancêtres, une liberté acquise au prix de leurs sueurs et de leur sang.

Le premier article de la loi agraire est, dans les idées de ses partisans, un léger essai pour s'assurer de la manière dont vous pourrez prendre les atteintes données à votre liberté.

Il permet au tribun du peuple, auteur de la loi, de créer des décemvirs dans une assemblée de dix-sept tribus, ensorte qu'il ne faille le suffrage que de neuf tribus pour être fait décemvirs. Ici je demande pour quelle raison Rullus, en proposant ses loix, débute par priver le peuple romain (1) de son droit de suffrage. On a plusieurs fois établi des triumvirs, des quinquevirs, des décemvirs, pour l'exécution des loix agraires ; je le demande à ce tribun si populaire : ont-ils jamais été créés autrement que dans l'assemblée des trente-cinq tribus ? Si toute espece de charges, de commandement et d'emplois doivent être conférés par tout le peuple romain, c'est principalement, sans doute, les offices établis pour l'intérêt du peuple, pour lui procurer quelque

(1) *Le peuple romain*, sinon en entier, du moins en partie. Tout le peuple formoit trente-cinq tribus, et Rullus n'en demandoit que dix-sept. Caïus et Tiberius Gracchus proposèrent chacun une loi agraire, et chacun, pour l'exécution de sa loi, fit nommer des triumvirs dans l'assemblée des trente-cinq tribus. Un peu plus haut : *que de neuf tribus*. Il falloit, pour être nommé décemvir, un peu plus que la moitié des tribus, par conséquent neuf sur dix-sept.

avantage. Ne faut-il pas alors que tous les citoyens choisissent celui qu'ils savent devoir être le plus porté à ménager les intérêts du peuple romain ? Ne faut-il pas que chacun par son zèle et par son suffrage, puisse s'ouvrir la voie au bienfait qu'on lui propose ? C'est sur-tout à un tribun du peuple qu'il est venu dans l'esprit d'ôter les suffrages à une partie du peuple romain, de n'appeller, pour user des droits de la liberté, qu'un petit nombre de tribus, et cela non en les (1) choisissant d'après des règles certaines, mais par le hasard, par la faveur du sort.

Dans l'article suivant, Rullus ajoute qu'on suivra pour l'élection des décemvirs, la méthode usitée pour l'élection du souverain pontife (2). Il n'a pas même fait attention que nos

(1) Non en choisissant les plus anciennes tribus, les plus distinguées, mais en les faisant toutes tirer au sort.

(2) Anciennement le souverain pontife ne pouvoit être élu, suivant les usages religieux, que par le collège des souverains pontifes; cependant, à cause de la grandeur de ce sacerdoce, il fut établi qu'il seroit nommé dans une assemblée de dix-sept tribus, c'est-à-dire, par moins de la moitié du peuple, *à mi-*

ancêtres, par cet esprit de popularité qui les guida toujours, ont voulu qu'un sacerdoce qui d'après les usages religieux, ne pouvoit être conféré par le peuple, ne pût être accordé, vu son importance, qu'avec l'agrément du peuple. Le tribun Domitius, personnage illustre, a étendu cette même règle aux autres dignités sacerdotales. Il a voulu que, pour ces dignités que la religion ne permettoit pas au peuple de conférer, l'on rassemblât moins de la moitié du peuple, et qu'il fallût être nommé dans cette assemblée pour être agréé par le collège des prêtres. Voyez, je vous prie, quelle différence entre le tribun Domitius, homme de la première noblesse, et Rullus qui, je crois, a voulu mettre notre patience à l'épreuve en se disant noble (1). Domitius a trouvé un moyen

nore parte populi, pour être ensuite agréé par le collége des pontifes. Le tribun Domitius, pour des raisons particulières, étendit cette même régle sur les autres dignités sacerdotales.

(1) Cicéron, dans d'autres discours, semble reconnoître la noblesse de Rullus, sur laquelle il affecte ici de jetter des doutes. —— *Par une convocation solemnelle du peuple*, par une assemblée du peuple entier : voilà comme j'entends et je rends *per ceremo-*

pour qu'une élection qui ne pouvoit être faite par une convocation solemnelle du peuple, appartînt au peuple en partie autant que cela se pouvoit, autant que cela etoit permis par les loix divines et humaines : et un privilège du peuple, qui lui a toujours appartenu, qu'on n'a jamais changé, qu'on n'a jamais attaqué, privilège qui l'autorise à vouloir que ceux qui se proposent de lui assigner des terres, reçoivent de lui un bienfait avant que de lui rendre un service; Rullus voudroit vous le ravir totalement, vous l'arracher des mains. L'un a donné en quelque sorte au peuple ce qui ne pouvoit lui être donné en aucune sorte : l'autre veut lui ravir en quelque ma-

niam populi. Tout cet endroit de Cicéron est un peu obscur. L'orateur semble faire entendre que la nomination du peuple n'avoit de force qu'autant qu'elle étoit confirmée par le collége des pontifes, et qu'ainsi elle n'étoit donnée au ~~peuple~~ qu'en quelque sorte. Dans le texte, *populi ad partes daret*; au lieu de *populi*, un savant propose *populo*. Je serois assez porté à suivre cette conjecture. Je ne suis point pour celle qui change *daret* en *traheret*. Après le second *poterat* les éditions portent *potestate*. Je crois avec quelques savans que ce mot doit être changé en *potestive*.

nière ce qui ne pouvoit et ne peut aucunement lui être ôté.

On me demandera ce qu'il a prétendu en vous faisant une telle injure, en vous traitant avec si peu d'égard. Il n'a pas manqué de politique pour lui-même ; mais il a manqué essentiellement de droiture et de zèle pour le peuple romain, pour vous et pour votre liberté. Il demande que l'auteur de la loi tienne les comices pour l'élection des décemvirs : parlons plus clairement ; Rullus, homme sans cupidité, sans ambition, demande que Rullus tienne les comices. Je ne l'en blâme pas encore : d'autres ont fait comme lui. Mais ce que n'a fait personne, avoir choisi moins de la moitié du peuple (1), voyez quelles sont en cela ses vues. Rullus tiendra les comices ; il désirera nommer ceux à qui la loi donne une autorité despotique : ni lui, ni les partisans de son projet, n'ont confiance dans tout le peuple. Le même Rullus tirera

(1) *Moins de la moitié du peuple* (expression que nous avons déja employée plus haut), c'est-à-dire, dix-sept tribus. On sait que tout le peuple étoit distribué en trente-cinq tribus.

les tribus au sort ; cet homme heureux (1) fera sortir de l'urne celles qu'il voudra. Ceux que neuf tribus si bien choisies par Rullus auront fait décemvirs, seront maîtres absolus de tout, comme je le prouverai tout à l'heure. Pour avoir le mérite de se montrer reconnoissans, ils conviendront avoir quelque obligation aux principaux des neuf tribus. Quant aux vingt-six autres, il n'est rien qu'ils ne se croient en droit de leur refuser.

Mais quels sont ceux enfin qu'il veut que l'on crée décemvirs? lui d'abord. Cela est-il légal? Il est d'anciennes loix, non des loix consulaires, si vous trouvez, Romains, cette remarque importante, mais des loix tribunitiennes qui vous sont infiniment agréables et qui le furent toujours à vos ancêtres, je veux dire les loix Licinia et Ebutia (2) ; lesquelles défendent de

(1) *Cet homme heureux.* Cicéron fait entendre que Rullus trouvera quelque moyen pour disposer du sort à sa fantaisie. — *Des neuf tribus.* Pour être nommé décemvir, il falloit avoir, comme nous avons déja dit, plus de la moitié des dix-sept tribus, et par conséquent au moins neuf tribus.

(2) Loix portées par les tribuns Licinius et Ebutius. La loi Licinius défendoit d'avoir égard à l'auteur de

conférer une charge et un emploi, non-seulement à celui qui a fait établir cette charge et cet emploi, mais même à ses collègues, à ses parens, à ses alliés. Si les intérêts du peuple vous sont chers, éloignez, Rullus, tout soupçon d'intérêt personnel ; prouvez que vous ne cherchez que l'avantage et l'utilité du peuple. Laissez à d'autres le pouvoir, et ne réservez pour vous que la satisfaction d'avoir fait du bien. Le procédé de Rullus convient-il à un peuple libre? Convient-il, Romains, à votre grandeur et à la noblesse de vos sentimens? Qui a porté la loi? Rullus qui a privé des suffrages la plus grande partie du peuple? Rullus qui a présidé aux comices? Rullus qui a convoqué les tribus qu'il vouloit, les ayant tirées au sort sans être surveillé (1)? Qui a nommé les décemvirs qu'il a voulu? Le même Rullus. Qui a-t-il nommé le premier? Rullus. Certes, je le crois, il auroit peine à faire goûter un pareil procédé à ses esclaves, je ne

la loi ; celle d'Ebutius défendoit d'avoir égard à ses collègues, à ses parens, à ses alliés.

(1) Lorsqu'on recueilloit les suffrages, on plaçoit des citoyens surveillans, *custodes*, pour prendre garde qu'il ne se commît aucune fraude.

dis pas à vous, aux maîtres de toutes les nations. Les meilleures loix (1) seront donc absolument anéanties par cette loi ! Le même Rullus qui demandera par la loi dont il est l'auteur, d'être chargé de l'exécution de cette même loi, qui privera des suffrages la plus grande partie du peuple, tiendra donc les comices ! il nommera ceux qu'il voudra, il se nommera lui-même ; il ne rejettera pas, sans doute, il ne refusera pas d'avoir pour collègues, les principaux fauteurs de la loi agraire, qui lui (2) ont accordé le privilège de mettre son nom à la tête de la loi, la première place pour courir tous les risques, mais qui, d'un commun accord, se sont ménagé un partage égal de tous les bénéfices qu'ils espèrent de la loi.

Mais voyez la politique de Rullus, si toutefois vous croyez que Rullus ait été capable de

(1) Les loix Licinia et Ebutia. *Sine ullâ exceptione tollentur*, c'est-à-dire, *Tollentur funditùs, ut nihil earum reliquum sit.*

(2) *Qui lui ont accordé le privilége.* . . . . Voilà comme j'ai cru devoir rendre *locus primus invidiae in praescriptione regis* : car c'est la leçon que j'adopte, et que je préfère à, *locus primus in indice et in praescriptione.*

l'imaginer, ou qu'elle ait pu lui venir à l'esprit. Ils ont vu, les auteurs de cette manœuvre, que, si vous étiez libres de choisir entre tout le peuple, vous n'hésiteriez pas de mettre Pompée (1) à la tête de toute opération qui demanderoit du zèle, de l'intégrité, du courage, une grande considération. En effet, un homme que vous aviez choisi entre tous pour lui donner la conduite de toutes vos guerres contre toutes les nations sur terre et sur mer, ils voyoient que cet homme (soit que la fonction de décemvir fût une place de confiance ou un titre d'honneur) étoit certainement le seul à qui l'on pouvoit se confier avec plus de sûreté, que l'on pouvoit honorer avec plus de justice. Aussi la loi n'exclut du décemvirat, ni les jeunes gens, ni ceux qui sont liés par quelque empêchement légal, qui sont revêtus d'une charge ou d'une magistrature, occupés d'autres affaires et retenus par d'autres commissions;

(1) Pompée étoit alors chéri du peuple : on étoit sûr de lui plaire en prononçant son nom. Ce grand homme étoit alors absent, et occupé à faire la guerre dans le Pont. L'orateur annonce dans ce qui précède, que les ennemis de Pompée s'entendoient avec Rullus pour l'exclure du décemvirat.

elle n'exclut pas enfin les accusés : mais elle exclut Pompée ; elle ne permet pas que Pompée puisse être décemvir, sans parler des autres, avec Publius Rullus. Elle exige la présence de celui (1) qui voudra se mettre sur les rangs pour demander le décemvirat, ce que n'a jamais exigé aucune loi, pas même pour nos magistratures annuelles. Car Rullus sentoit que, si Pompée étoit présent, il pourroit empêcher qu'on ne portât la loi ; et il craignoit, si elle étoit reçue, que vous ne lui donnassiez pour collègue un homme qui observeroit et réprimeroit ses entreprises.

Ici, puisque je vous vois vivement (2) touchés, et du nom d'un illustre personnage, et de l'injure que lui fait la loi de Rullus, je répéterai ce que j'ai dit en commençant, que cette loi ne tend qu'à ruiner votre liberté, qu'à éta-

(1) *Eum* ne se rapporte pas à Pompée, mais à celui, quel qu'il soit, qui pourra prétendre au décemvirat. Au lieu d'*cum*, quelques savans voudroient *enim*. —— Quelques lignes après, lisez avec Lambin, *ne, si Pompeius adesset, ferri non posset*, sous-entendez *lex*.

(2) Il paroît qu'ici le peuple fit entendre par des cris qu'il approuvoit les réflexions de l'orateur.

blir une autorité despotique. Ne pensiez-vous pas que cela arriveroit, lorsqu'un petit nombre d'hommes auroient jetté des yeux avides sur toutes vos possessions? Ne pensiez-vous pas qu'ils travailleroient principalement à exclure Pompée de tout poste où il pourroit défendre votre liberté, de tout emploi et de toute charge où il pourroit soutenir vos intérêts? Ils ont vu et ils voient que si, faute d'attention de votre part et de vigilance de la mienne, vous receviez une loi dont vous n'appercevriez point les suites dangereuses, vous ne manqueriez certainement pas, lorsqu'après l'élection des décemvirs vous viendriez à reconnoître le piège, de recourir à Pompée pour corriger tous les vices d'une loi perfide et funeste. Et ne sera-ce point pour vous une forte preuve que certains hommes aspirent à la domination et à une puissance absolue, s'ils veulent priver de l'honneur qui lui appartient celui dans qui ils voient le défenseur de votre liberté?

Voyez maintenant quelle puissance Rullus donne aux décemvirs, et jusqu'où s'étend cette puissance. D'abord (1) il confirme leur élection

(1) Tout ce chapitre de Cicéron est fort obscur et

par une loi des curies. Mais c'est une chose inouie et tout à fait nouvelle que l'on confirme

très-embrouillé ; je vais en expliquer de suite toutes les parties, sans prétendre garantir mes explications. *D'abord il confirme....* c'est-à-dire, d'abord il veut qu'on tienne des comices par curies, pour confirmer leur élection. Romulus avoit divisé le peuple en trente curies ; on avoit tenu d'abord des comices par curies, auxquels on substitua bientôt des comices par centuries et par tribus. Les comices par curies restèrent seulement pour les magistrats qui avoient à commander des troupes et à faire la guerre, seulement pour les auspices ; enfin on ne les tint plus que pour la forme, et ils étoient représentés par trente licteurs. *Dans aucuns comices*, ni même par tribus, puisque Rullus ne demandoit que dix-sept tribus sur trente-cinq. *Il demande que la loi soit portée par le préteur*, c'est-à-dire, il demande que le préteur préside aux comices par curies. *Seront revêtus du décemvirat*, dans les comices par curies ; *que le peuple aura désignés*, dans les comices par tribus. Mais, dit Cicéron, dix-sept tribus ne sont pas le peuple. *Que vous donnassiez deux fois vos suffrages.* Voyez Constitution de la république romaine, tom. 1, article des comices. *Les loix des centuries étoient pour les censeurs*, c'est-à-dire, les censeurs étoient élus dans les seuls comices par centuries, tandis que pour les autres magistratures patriciennes on ajoutoit les comices par curies *que vous ne tenez plus*. Au lieu de *non si-*

par une loi des curies une magistrature qui n'a été conférée dans aucuns comices. Il demande que la loi soit portée par le préteur qui aura été nommé le premier ; et comment ? *Ceux-là*, dit-il, *seront revêtus du décemvirat que le peuple aura désignés*. Il a oublié que les décemvirs ne doivent pas être désignés par le peuple. L'univers est donc assujetti à de nouvelles loix par un homme qui ne se souvient pas dans un troisième article de ce qu'il a mis dans le second. Ici on voit clairement les droits que vous avez reçus de vos ancêtres et ceux que vous

nitis, des savans lisent *non initis* ou *non tenetis*. De *tenir des comices d'une seule espèce* ; ni ceux par tribus, puisqu'il n'assemble pas les trente-cinq tribus, ni ceux par curies qu'on avoit cessé de tenir. *Que par neuf tribus*. Il suffisoit, pour être nommé décemvir, d'avoir plus de la moitié des tribus, c'est-à-dire, neuf sur dix-sept. *Il ordonne au préteur*.... On appelloit *premier préteur* celui qui avoit eu le premier le nombre convenable de suffrages, et ainsi des autres, qui étoient créés au nombre de huit. Cicéron trouve ridicule de passer du premier au dernier. *Mais si cette loi n'est pas portée*, c'est-à-dire, si le premier ou dernier préteur ne peuvent ou ne veulent pas tenir les comices par curies, *suivant la loi la plus favorable*, dans des comices par centuries et par tribus.

laisse votre tribun. Vos ancêtres ont voulu que vous donnassiez deux fois vos suffrages pour toutes les magistratures. La loi des centuries étoit pour les censeurs ; il falloit aussi celle des curies pour les autres magistratures patriciennes. On donnoit alors une seconde fois son suffrage pour l'élection des mêmes personnes, afin que le peuple pût se rétracter, s'il se repentoit de son choix ; mais aujourd'hui que vous vous en tenez aux comices par centuries et par tribus, ceux par curies ne sont restés que pour les auspices. Or, comme le tribun voyoit que personne ne pouvoit posséder une charge sans l'agrément du peuple, il fait confirmer le décemvirat dans des comices par curies que vous ne tenez plus, et il vous enlève les comices par tribus que vous teniez toujours. Ainsi, tandis que vos ancêtres ont voulu que vous donnassiez vos suffrages pour chaque magistrature dans des comices de deux espèces, un tribun populaire n'a pas même laissé au peuple le pouvoir de tenir des comices d'une seule espèce. Mais remarquez le scrupule et l'exactitude du personnage. Sa pénétration lui a fait juger que les décemvirs ne pouvoient exercer leur puissance sans une loi des curies, puis-

qu'il

qu'ils n'auroient été créés que par neuf tribus. Il ordonne au préteur (peu m'importe l'absurdité de cet ordre,) il ordonne au préteur qui aura été nommé le premier, de porter la loi des curies, ou à celui qui aura été nommé le dernier, si le premier ne le peut pas; ensorte qu'il paroît, ou s'être joué dans une affaire aussi sérieuse, ou avoir eu quelque dessein caché. Mais laissons ce qui est si déraisonnable qu'il en est ridicule, ou si captieux qu'il en est obscur; revenons au tribun. Il voit que les décemvirs ne peuvent exercer leur puissance sans une loi des curies; mais si cette loi n'est pas portée? Admirez l'esprit de notre législateur : *Qu'alors*, dit-il, *les décemvirs aient les mêmes droits que s'ils avoient été créés suivant la loi la plus favorable.* S'il est possible que, dans une ville qui l'emporte de beaucoup sur les autres par les droits de la liberté, quelqu'un puisse obtenir un commandement ou une charge sans qu'on tienne de comices, à quoi bon, Rullus, demander dans un troisième article, qu'on porte une loi des curies, si vous permettez dans le quatrième que, sans loi des curies, les décemvirs jouissent des mêmes droits que s'ils avoient été créés par le peuple, suivant la loi la plus favorable ? Ce sont des tyrans, et non des décemvirs, qu'on vous donne, Romains ; et tel est le vice primordial, le vice radical de leur création, que du moment, je ne dis pas qu'ils commenceront à gérer, mais où ils seront nommés, c'en est fait de votre liberté, de vos droits, de votre puissance.

Mais voyez avec quel soin il ménage les droits de l'autorité tribunitienne. Les tribuns se sont souvent opposés aux consuls qui portoient une loi des curies. Nous ne nous plaignons pas que les tribuns aient ce pouvoir ; nous blâmons (1) ceux qui en ont mal usé. Le tribun Rullus ôte la liberté de s'opposer à une loi des curies portée par un préteur. Ici, on doit trouver à redire qu'un tribun du peuple donne atteinte à l'autorité tribunitienne ; mais sur-tout il doit paroître ridicule que, tandis qu'un consul ne sauroit administrer aucune partie de la guerre sans une loi des curies, le

(1) *Nous blâmons.* Il semble qu'à *existimamus*, dans le texte, il faudroit ajouter *querendum* ou *reprehendum.* Ensuite, au lieu de *lege curiatâ*, j'ai lu avec plusieurs savans *lege curiatae.*

tribun (1), qui défend de s'opposer, annonce qu'il établira la puissance décemvirale quand même on s'opposeroit: et je ne comprends pas pourquoi il défend de s'opposer, ou comment il pense que quelqu'un s'opposera, lorsque l'opposition ne feroit que manifester la folie de l'opposant sans empêcher l'effet de la loi (2).

Voilà donc des décemvirs qui ne sont créés, ni dans de vrais comices, c'est-à-dire, par les suffrages du peuple; ni dans des comices qui ne se tiennent que pour la forme, à cause des auspices, et qui, figurés par les trente licteurs, ne sont qu'une représentation de l'antiquité (3). Vous allez voir maintenant que ces magistrats, qui n'ont reçu de vous aucune partie de leur puissance, Rullus leur accorde de bien plus

(1) *Le tribun* .... Je lis avec des savans; *hic* (*Rullus*) *qui vetat intercedere, potestatem*....

(2) Il faut se rappeller ici cet article de la loi: si la loi des curies n'est point portée, qu'alors les décemvirs aient les mêmes droits que s'ils avoient été créés suivant la loi la plus favorable.

(3) Nous avons déja dit que les comices par curies ne se tenoient plus que pour la forme, et qu'ils étoient représentés par trente licteurs.

grandes distinctions qu'on ne nous en a accordé à nous tous qui tenons de vous les premières magistratures ; que pour prendre les auspices (1) dans l'établissement des colonies, les décemvirs aient des pullaires : *par le même droit*, dit-il, *qu'en ont eu leurs triumvirs, en vertu de la loi Sempronia*. Et vous osez, Rullus, parler de la loi Sempronia ! cette loi même ne vous rappelle pas que les triumvirs ont été créés par les suffrages des trente-cinq tribus ! Quoique bien éloigné d'avoir la pudeur et l'équité de Tibérius Gracchus, vous prétendez que des magistrats élus d'une manière absolument différente, doivent avoir les mêmes droits ! Outre cela, il leur donne une puissance prétorienne de nom, et en effet monarchique. Quoique limitée à cinq ans, il la rend éternelle ; car il la munit d'un tel pouvoir et de telles forces, qu'il sera impossible de la leur ôter malgré eux. De plus, il leur forme un cortège d'appariteurs, de greffiers, de secrétaires, d'huissiers, d'architectes ; il leur fournit

(1) Un savant croit, et avec raison, qu'il faut lire *jubet ad auspicia*. —— *Pullaires*. On appelloit ainsi ceux qui gardoient des poulets dans une cage, et on tiroit un bon ou mauvais augure, suivant la ma-

en outre des mulets, des chevaux, des tentes (1), des meubles ; il prend dans notre trésor et dans celui de nos alliés de quoi subvenir à leurs dépenses ; il leur accorde tous les ans deux cents arpenteurs tirés de l'ordre équestre, pour être en même tems les gardes de leurs personnes, les satellites et les ministres de leur puissance. Vous ne voyez encore, Romains, que les dehors et l'appareil des tyrans, que les marques et les enseignes d'une puissance absolue ; vous n'avez pas encore vu la puissance elle-même. Quelqu'un me dira peut-être : Pourquoi vous offenser d'un greffier, d'un licteur, d'un huissier, d'un pullaire ? Telles sont, Romains, toutes ces distinctions, que celui qui se les arroge, sans les tenir de vos suffrages, s'annonce, ou comme un tyran odieux, ou comme

nière dont ils mangeoient. On lit *anspicii* dans des éditions, et *auspicia* dans d'autres. —— *Loi Sempronia* ; loi portée par Tiberius Sempronius Gracchus.

(1) Au lieu de *centuriis*, je crois avec Turnèbe qu'il faut lire *tentoriis*. *Tabernacula* étoient des tentes faites avec des planches, et *tentoria* des tentes faites avec des peaux. *Deux cents arpenteurs*. Je lis avec un savant *finitores* au lieu de *janitores*.

un particulier en démence. Voyez quel pouvoir étendu on abandonne aux décemvirs, et vous direz que c'est, non la folle prétention d'un particulier, mais la puissance énorme d'un tyran.

D'abord on leur abandonne le pouvoir illimité de tirer des sommes immenses de vos domaines, le droit d'en percevoir les revenus, et même de les aliéner. On leur permet de juger tous les peuples de l'univers sans conseil, de sévir sans appel, de punir sans opposition (1). Ils pourront, pendant cinq ans, juger les consuls, ou les tribuns eux-mêmes, sans que personne puisse les juger; il leur sera permis de gérer des charges, sans qu'il soit permis à personne de les citer en justice. Ils pourront acheter les terres qu'ils voudront, de qui ils voudront, pour le prix qu'ils voudront. On leur permet d'établir de nouvelles colonies, d'en renouveller d'anciennes, de remplir de leurs colonies l'Italie entière; on leur donne plein pouvoir de parcourir toutes les provinces, de confis-

(1) Quand on vouloit échapper à la poursuite d'un magistrat, on appelloit au peuple ou on faisoit intervenir l'opposition d'un tribun.

quer les terres des peuples libres, de donner ou d'ôter (1) des royaumes. On leur accorde de rester à Rome si cela leur convient, d'aller par-tout où il leur plaira, avec une autorité souveraine et une jurisdiction universelle. Cependant ils détruiront les tribunaux publics, ils en éloigneront les hommes qui leur déplairont; ils jugeront chacun les affaires les plus importantes, ou ils les feront juger par leur questeur; ils enverront un arpenteur, et l'on s'en tiendra au rapport qu'il aura fait à celui seul qui l'aura envoyé. L'expression me manque, Romains, quand je n'appelle cette puissance que monarchique: elle est certes, bien plus absolue. Il n'y a jamais eu de monarchie qui ne fût limitée par le lieu, si elle ne l'étoit point par la loi: la puissance décemvirale est sans borne, puisque la loi de Rullus embrasse tous les royaumes, votre empire qui est si vaste, les contrées qui ne sont pas sous votre domination, celles même qui vous sont inconnues. On leur permet donc d'abord de vendre tout ce dont le sénat avoit ordonné la vente sous le consulat

(1) J'ai traduit comme si on lisoit *vel dandorum, vel eripiendorum*. Un savant propose cette leçon.

de Marcus Rullius et de Enæus Cornélius. Pourquoi cette manière de s'exprimer vague et obscure? ne pouvoit-on pas spécifier dans la loi les objets sur lesquels a statué le sénat? Je vois, Romains, deux causes de cette obscurité qu'on affecte. La première est un motif de pudeur, si on est capable de pudeur dans une conduite si impudente; la seconde, c'est qu'on a des vues criminelles. Rullus n'ose pas nommer les objets dont le sénat a spécifié la vente; car ce sont des places publiques de Rome, ce sont des chapelles auxquelles personne n'a touché depuis le rétablissement de l'autorité tribunitienne, et que nos ancêtres ont distribuées dans la ville pour servir d'asyle aux malheureux persécutés. Les décemvirs les vendront en vertu de la loi du tribun. Ajoutez le mont Gaurus (1); ajoutez les saussaies de Minturnes; ajoutez encore les campagnes sur la voie d'Herculanum, ces campagnes si délicieuses et d'un si grand revenu; ajoutez beaucoup d'autres objets dont le sénat a décidé la vente à cause de l'épuisement du trésor, et que les consuls n'ont point vendus, de peur d'encourir la haine pu-

(1) Mont Gaurus, montagne de Campanie, qui produisoit d'excellens vins Minturnes, colonie romaine à l'embouchure du fleuve Liris.

blique. Peut-être, oui peut-être est-ce par un motif de pudeur qu'on n'a point spécifié tout cela dans la loi. Mais ce qu'il y a de plus à éviter et de plus à craindre, c'est qu'on donne à l'audace des décemvirs tout pouvoir de falsifier les registres publics, de supposer des sénatus-consultes qui n'existèrent jamais; supposition d'autant plus facile, que plusieurs de ceux qui étoient consuls dans ces années ne sont plus, à moins peut-être qu'il ne soit injuste de suspecter l'audace de ces hommes qui trouvent l'univers trop étroit pour leur cupidité.

Voilà une vente d'une espèce qui, selon moi, doit vous paroître de quelque conséquence: mais écoutez la suite; vous verrez que ce n'est là qu'une sorte de degré et de route ouverte pour aller à d'autres malversations. Les campagnes, dit la loi, les places, les édifices. Quoi encore? Il est outre cela bien des possessions, esclaves, bétail, or, argenterie, ivoire, tapis, meubles, et combien d'autres objets (1). Rullus auroit-il regardé comme une

(1) Je lis en supprimant le point, *ceteris rebus quid dicam? Esclaves, bétail....* Tout ce détail est de Ciceron, et n'étoit pas dans la loi. Après *aedificia*, Rullus ajoutoit aussitôt *aliudquid.*

chose odieuse de nommer tout? Il n'a pas craint de se rendre odieux ; quelle étoit donc son idée? Il évitoit d'être long, et il craignoit de rien oublier; il a ajouté, *et le reste.* Dans ce peu de mots, vous voyez que rien n'est excepté. Ainsi donc tout ce qui est hors de l'Italie, tout ce qui est passé dans les domaines du peuple romain, sous les consuls Lucius Sylla et Quintus Pompéius, ou depuis, la loi autorise les décemvirs à le vendre. Je dis, Romains, que, par cet article, tous les peuples, toutes les nations, les provinces, les royaumes, sont livrés et abandonnés aux décisions, à l'autorité, au pouvoir des décemvirs.

Je le demande d'abord (1) : est-il un lieu sur la terre que les décemvirs ne puissent pas dire être devenu domaine de la république? Car puisqu'ils pourront appuyer d'un jugement ce qu'ils diront, que ne diront-ils pas? Ils diront, s'ils en ont envie, que Pergame, Smyrne, Tralles, Ephèse, Milet, Cyzique, qu'enfin toute l'Asie, recouvrée (2) depuis les consuls,

(1) Je lis avec plusieurs éditions, *primùm enim hoc quaero*. Je préfère cette leçon à *primùm hoc, quaero enim.*

(2) *Recouvrée* par la défaite d'Aristonicus.

Lucius, Sylla et Quintus-Pompéius, est devenu domaine de l'empire. Un décemvir manquera-t-il de raisons pour discuter? Etant le maître de prononcer sur ce qu'il discutera, ne pourra-t-il pas être porté à prononcer contre la justice? S'il veut condamner l'Asie, ne mettra-t-il pas à tel prix qu'il voudra la crainte et les menaces d'une condamnation?

Et cette possession qui ne sauroit être sujette à nul examen, puisque vous avez décidé et prononcé, puisque vous vous êtes portés héritiers, le royaume de Bithynie (1) qui certainement est devenu votre domaine! Qui empêchera les décemvirs de vendre toutes les campagnes, les villes, les arsenaux de marine, les ports, enfin la Bithynie entière? Et Mitylène, qui est à vous sans contredit, Mitylène que vous ont adjugée les loix de la guerre

(1) Nicomède, roi de Bithynie, avoit institué le peuple romain héritier de son royaume. Mitylène, ville de l'isle de Lesbos, avoit seule gardé les armes après la défaite de Mithridate. Elle fut prise, et ses murs détruits. On voit par ma traduction, que j'ai changé la ponctuation du texte. Je mets une simple virgule après *potest* et après *crevimus*, et un point d'interrogation après *factum*.

et le droit de la victoire ! Cette ville célèbre par sa nature, par sa position, par l'ordonnance et la beauté de ses édifices, cette ville et son territoire, aussi agréable que fertile, sont renfermés dans le même article de la loi de Rullus. Et Alexandrie avec toute l'Egypte (1), comme il a eu soin pour cette province de se cacher et de s'envelopper ! Avec quelle adresse il l'a livrée toute entière aux décemvirs ! Qui de vous ignore ce qui se dit ? Que le royaume d'Egypte est au peuple romain, en vertu d'un testament du roi Ptolémée. Moi, consul du peuple romain, loin d'oser prononcer, je n'ose même déclarer mon sentiment, d'autant plus que cette affaire me paroît imposante, aussi difficile à régler que délicate à traiter. Je vois ceux qui soutiennent que le testament existe ; je sens qu'en vertu d'un arrêté du sénat nous avons fait un acte d'héritiers, lorsqu'après la mort de Ptolémée nous avons envoyé

(1) Il est parlé d'Alexandrie et de l'Egypte dans le discours au sénat. Nous y avons aussi observé que les savans ne s'accordoient pas sur le roi Ptolémée Alexandre dont il s'agit dans les deux discours ; que l'histoire et les dates ne parloient pas assez clairement pour décider la question.

des députés à Tyr pour retirer les sommes que ce monarque y avoit mises pour nous en dépôt, je me rappelle que Philippus (1) a soutenu plus d'une fois cet avis dans le sénat; et presque tout le monde convient que le prince actuellement sur le trône n'a ni la naissance ni l'ame d'un roi. Les partisans de l'opinion contraire disent : Il n'existe point de testament; le peuple romain ne doit point se montrer si avide d'hériter de tous les royaumes; la bonté des terres et l'abondance de toutes choses feroient passer tous nos citoyens dans ces contrées. Rullus, avec les autres décemvirs ses collègues, tranchera-t-il cette grande affaire? Que décidera-t-il (2)? L'une ou l'autre

(1) Philippus l'orateur, aussi distingué par son talent pour la parole que par les honneurs qu'il avoit obtenus. —— *Et presque tout le monde....* Je crois qu'après *teneo* il faut mettre point et virgule, et ajouter un *et*. —— *Le prince actuellement sur le trône.* Quelques-uns soupçonnent qu'il s'agit ici de Ptolémée Aulétès, qui chassé du trône par ses sujets, implora le secours des Romains, et fut rétabli par Gabinius.

(2) Au lieu de *et verum* dans le texte, j'ai lu avec des savans *at utrum*.

décision est de conséquence ; et l'on ne doit pas souffrir qu'il décide ; on ne doit pas le permettre. Il voudra être populaire, il adjugera le royaume au peuple romain. Il vendra donc Alexandrie en vertu de sa loi ; il vendra l'Egypte ; il sera donc juge arbitre, maître de la ville la plus riche et des plus fertiles campagnes ; il sera donc souverain du plus opulent des royaumes. Il n'aura point cette ambition, il ne voudra point envahir Alexandrie ; il décidera qu'elle appartient au prince et non au peuple romain. D'abord, dix hommes prononceront sur un héritage du peuple romain, lorsque vous avez voulu que cent hommes (1) prononçassent sur les héritages des particuliers ! Ensuite, qui plaidera la cause du peuple romain ? Dans quel tribunal plaidera-t-on ? Quels seront ces décemvirs, pour qu'on soit sûr qu'ils adjugeront gratuitement à Ptolémée le royaume d'Alexandrie ? S'ils vouloient s'emparer de ce royaume, pourquoi ne pas employer aujourd'hui les mêmes voies qu'ils ont employées sous les consuls Cotta

(1) Le tribunal des cent hommes, ou des centumvirs, prononçoit sur les possessions des particuliers.

et Torquatus (1) ? Pourquoi ne pas agir à découvert comme auparavant? Pourquoi n'ont-ils pas de nouveau porté leurs vues sur ce pays ouvertement et sans détour ? Pourquoi, n'ayant pu envahir Alexandrie avec une flotte et par une irruption ouverte, se sont-ils flattés d'y arriver par des sentiers obscurs et ténébreux ?

Sans entrer dans le détail de tous vos domaines dont ils disposeront en maîtres absolus, aux observations précédentes, ajoutez celle-ci (2), Romains. Les nations étrangères ont

(1) Cotta et Torquatus avoient été consuls deux ans avant Ciceron ; apparemment que, sous leur consulat, on avoit voulu s'emparer à force ouverte d'Alexandrie et de l'Egypte. *Pourquoi n'ont ils pas... cur non item ut cum decreto, et.* J'ai traduit d'après la correction d'un savant, *cur non iterùm cum directo et. Par une irruption ouverte. An quietis iis.* Un savant corrige *an qui etesiis.* La correction a paru d'autant plus heureuse, qu'avec les vents étésiens on navigue heureusement de Rome à Rhodes, et de Rhodes en Egypte.

(2) Après *unaque* dans le latin, la plupart croient qu'il y a une lacune ; pour moi je serois assez porté à croire avec un savant qu'il ne manque rien, que seulement il faut changer *unaque* en *animisque* ; qu'ainsi il faudroit lire *mentibus animisque legatos.*

peine à souffrir ceux de nos citoyens qui voyagent avec le titre de lieutenans, et qui, sans jouir d'une grande considération, remplissent des lieutenances honoraires pour leurs affaires propres. Oui, le simple titre du commandement est odieux aux peuples, il est redouté même des personnages peu importans, parce que hors de Rome ce n'est pas de leur nom qu'ils abusent, mais du vôtre. Mais lorsque les décemvirs parcourront l'univers, revêtus d'un pouvoir réel, avec des faisceaux, avec une armée de jeunes arpenteurs; quels

Cependant j'ai ajouté quelque chose dans le françois, afin de mieux marquer la transition. — *Le titre de lieutenant.* Je vois que les commentateurs et traducteurs entendent ici *legatus* et *legatio*, ambassadeur, ambassade. Il me semble que c'est lieutenant et lieutenance. Ciceron appelle ici même *legatto nomen imperii.* Or le lieutenant avoit, au moins précairement, *imperium*, et non pas l'ambassadeur. Au reste, on appelloit lieutenances libres ou lieutenances honoraires, des lieutenances qui n'avoient point de ressort déterminé; point de provinces où elles pussent exercer leur pouvoir. On donnoit deux licteurs à ceux auxquels on ne décernoit ces sortes de lieutenances que pour qu'ils pussent terminer en sûreté leurs affaires propres.

seront,

seront, croyez-vous, les sentimens, les craintes, les périls des nations malheureuses ? Un tel pouvoir sera effrayant : elles le souffriront ; une pareille arrivée causera des dépenses : elles les supporteront ; on leur imposera quelques charges : elles ne s'y refuseront pas. Mais que penseront-elles lorsqu'un décemvir sera venu dans une ville, ou attendu comme un hôte, ou tout-à-coup comme un maître, et annoncera que le lieu où il sera venu, que cette demeure même hospitalière où il aura été reçu, est le domaine de la république ? Quel malheur pour les habitans, s'il le dit ! Quelle source de gain pour lui-même, s'il ne le dit pas ! Et ces mêmes hommes, qui ont ces vues d'ambition, se plaignent quelquefois que toutes les terres et toutes les mers aient été abandonnées à Pompée (1). Comme si c'étoit la même chose que beaucoup d'objets soient confiés, ou que tout soit livré ; qu'on soit chargé de terminer une entreprise difficile, ou d'aller recueillir un riche butin ; qu'on soit envoyé pour délivrer les alliés, ou pour les opprimer ; enfin, s'il est quelque honneur extraordinaire, est-ce la

(1) Dans les guerres contre les pirates et contre Mithridate.

même chose que le peuple romain le décerne à qui il veut, ou qu'à l'aide d'une loi captieuse, il soit surpris impudemment au peuple romain ?

Vous voyez combien d'objets, et d'objets importans, voudront les décemvirs en vertu de leur loi. Ce n'est pas tout : quand ils se seront gorgés du sang des alliés, du sang des peuples étrangers et des monarques, ils détruiront le nerf de l'état, emporteront ses revenus, envahiront le trésor. Car vient après cela un article qui, dans le cas où les décemvirs manqueroient d'argent (selon ce que nous avons vu, ils leveront des sommes assez considérables pour qu'ils n'en manquent point), leur permet, que dis-je, ? qui absolument, comme si le salut du peuple en dépendoit, leur enjoint et les force de vendre nommément vos revenus. On va prendre dans le contenu de la loi la vente des biens du peuple romain, et on lira tout par ordre: cette lecture (1), j'en suis persuadé, sera triste et déplorable pour le crieur lui-même que j'en charge.

(1) Au lieu de *praedicationem*, quelques-uns pensent qu'il faut lire *recitationem*. Ils ajoutent que cette leçon se trouve dans un manuscrit. Au reste, c'étoit

On lit la vente des biens du peuple romain.

Dans les affaires publiques, comme dans les siennes, Rullus agit en dissipateur débauché : il vend les bois avant les vignes. Vous avez parcouru l'Italie ; passez en Sicile.

Le crieur lit la partie de la vente qui a rapport à la Sicile.

Il n'y aura donc aucun bien de cette province, soit dans les villes, soit dans les campagnes, dont nos ancêtres nous avoient laissé la propriété, qui ne doive être vendu en vertu de la loi. Les possessions que vous venez de recouvrer par une victoire (1) récente, ces possessions que vos pères vous avoient laissées dans les villes et dans les pays des alliés comme des garans de la paix et des monumens de leurs

pour l'ordinaire un greffier qui faisoit la lecture des pièces ; il y a toute apparence que Ciceron emploie ici le ministère d'un crieur pour faire plus d'impression sur le peuple.

(1) *Par une victoire récente.* Par la victoire de Marcus Aquilius, qui avoit terminé la guerre des esclaves fugitifs. Sa victoire est appellée récente, par rapport à celle de Marcellus et des autres qui

exploits, les terres que vous avoient acquises de tels hommes, les vendrez-vous donc d'après l'autorité d'un Rullus?

(1) La loi ordonne de vendre ce qui appartenoit aux habitans (2) d'Attalée, de Phasèle, d'Olympe, et de plus le territoire d'Agalasse, d'Orinde, de Géduse. Ces possessions sont devenues les vôtres sous le commandement et par la victoire de l'illustre Servilius (3). Elle ajoute les domaines des rois de Bithynie dont les fermiers publics ont maintenant la jouissance : ensuite les domaines d'Attale dans la

avoient terminé des guerres en Sicile. *Ab illis*, sans doute *à majoribus*.

(1) Ici se trouve dans le texte un article que j'ai transporté plus bas. On ne condamnera point ma hardiesse, et on approuvera la transposition comme nécessaire, quand on verra comment, par ce moyen, tout se suit et s'enchaîne naturellement.

(2) Je n'entrerai pas dans le détail des lieux dont il est parlé ici, et des noms que je leur donne, d'autant plus que je donnerai une table générale des provinces, royaumes, villes, etc. dont il est fait mention dans Ciceron.

(3) Publius Servilius, surnommé Isauricus, parce qu'il avoit triomphé des Isaures. Il est parlé

Chersonèse ; dans la Macédoine, les anciennes possessions de Philippe et de Persée ; les terres qui ont été données à ferme par les censeurs, votre revenu le plus sûr. Rullus met encore dans la vente le territoire de la riche et fertile Corinthe, celui de Cyrène qui appartenoit au roi Ptolémée. Il vend des terres en Espagne, auprès de la nouvelle Carthage, et dans l'Afrique, l'ancienne Carthage elle-même. Scipion l'Africain, en a consacré le sol de l'avis de son conseil, non par respect pour cette place, ni par considération de son antiquité, mais afin que lui-même rappellât le souvenir des ennemis qui nous avoient disputé l'empire, et montrât les traces de leur défaite. Scipion n'a pas été aussi habile que Rullus,

plus haut de la Bithynie. — Attale, roi de Pergame, avoit aidé les Romains dans la guerre contre le faux Philippe, et en avoit reçu des terres dans la Chersonèse. Nous avons parlé dans le discours au sénat de Philippe, de Persée, et des généraux leurs vainqueurs. Nous y avons aussi parlé de Corinthe et du général qui l'a prise et détruite, aussi bien que de l'ancienne et de la nouvelle Carthage. Ptolémée, surnommé Appion, roi de Cyrène, avoit légué son royaume au peuple romain.

ou peut-être n'a-t-il pas trouvé d'acquéreur pour ce vaste emplacement.

Parmi les domaines des rois anciennement conquis par le courage de nos plus célèbres généraux, le tribun assigne encore, pour être vendus par les décemvirs, les domaines qu'avoit Mithridate dans la Paphlagonie, dans le Pont, dans la Cappadoce. Quoi! le général n'a pas encore donné des loix aux vaincus ; il n'a pas encore fait ses propositions ; la guerre n'est pas encore terminée. Mithridate, quoique sans troupes, quoique chassé de son royaume, fait encore aux extrémités du monde de nouvelles entreprises (1); il oppose aux bras invincibles de Pompée les marais de la Méotide, la difficulté des chemins et la hauteur des montagnes ; notre général est toujours armé, que la guerre règne encore dans ce pays ; et les terres dont Pompée, selon les usages de nos ancêtres, doit disposer absolument (2), seront vendues par les décemvirs !

(1) Mithridate, quoique forcé d'abandonner ses états, rassembloit des troupes pour venir, à l'exemple d'Annibal, faire la guerre aux Romains jusques dans l'Italie.

(2) Les généraux romains avoient un pouvoir fort étendu sur les pays de conquête. Ils pouvoient y

C'est sans doute Rullus, (car il tranche déjà du décemvir désigné), c'est lui qui, préférablement à tout autre, partira pour cette vente. Avant que d'arriver dans le Pont, il écrira probablement à Pompée une lettre dont, je pense, ils ont déjà composé le modèle. Publius Servilius Rullus, tribun du peuple, décemvir, à Cnæus Pompéius, fils de Cnæus, Salut. Il n'ajoutera point le surnom de Grand (1); il ne lui donnera point, dans sa lettre, un titre qu'il voudroit lui ôter par sa loi. Ayez soin de vous trouver à Sinope quand j'y arriverai, de m'amener du secours, pour que je vende, en vertu de ma loi, les domaines que vous avez conquis par vos travaux. N'admettra-t-il point Pompée à cette vente ? Les dépouilles appartenantes à un général, les vendra-t-il

créer des loix, augmenter ou diminuer les impôts, etc. On leur donnoit quelquefois dix députés pour régler avec eux ces objets importans. Il paroît que, du tems de Ciceron, les généraux régloient seuls les choses, sans le concours de dix députés.

(1) Pompée avoit déja reçu le surnom de grand, ou, suivant quelques-uns, de Sylla, lorsqu'il vivoit encore, ou des soldats, suivant d'autres. — Sinope, ville célèbre du Pont.

dans la province de ce général? Représentez-vous, Romains, Rullus, plantant une pique (1) entre votre camp et celui des ennemis, faisant sa vente avec ses aimables arpenteurs. Et ce n'est pas seulement un affront insigne et nouveau, que la conquête d'un général, avant qu'il ait donné des loix aux vaincus, lorsqu'il fait encore la guerre, soit vendue et même donnée à ferme; les auteurs de la loi, certes, méditent quelque chose de plus qu'un affront. Oui, si on permet aux ennemis de ce grand homme, de parcourir tous les pays, de pénétrer jusqu'à son armée, revêtus d'autorité, avec une jurisdiction universelle, une puissance infinie et des sommes immenses, ils se flattent qu'ils pourront lui nuire sourdement, détacher de lui une partie de ses troupes, diminuer ses ressources et sa gloire. Ils croyent que, si l'armée de Pompée espère de lui des terres ou d'autres avantages, elle perdra cette espérance en voyant le droit de disposer des conquêtes transporté aux décemvirs. Qu'il y ait des hommes assez impudens

(1) La pique étoit la marque et l'annonce d'une vente publique.

pour tenter ces entreprises, assez insensés pour espérer de réussir, ce n'est point là ce qui me fait peine : ce dont je me plains, c'est qu'ils m'aient assez méprisé pour concevoir ces projets monstrueux, principalement sous mon consulat.

Ici, Romains, il me semble que je fais quelqu'impression sur vos esprits, en vous découvrant ces pièges si bien cachés qu'ils s'imaginent avoir tendus à la gloire de Pompée. Pardonnez-moi, je vous conjure, si je parle si souvent de ce grand homme. Il y a deux ans, quand j'étois préteur (1), vous m'avez imposé ici même l'obligation de défendre avec vous par toutes sortes de moyens la gloire de Pompée absent. Depuis cette époque, j'ai fait pour lui tout ce qui étoit en moi, sans que j'y aie été engagé, ni par l'amitié qui nous unit tous deux, ni par l'espoir de la suprême magistrature que j'ai obtenue de vous à sa grande satisfaction, mais en son absence. Comme donc je vois que la loi presque toute entière n'est qu'une machine dressée pour renverser

(1) Quand j'étois préteur, et que je fis passer la loi Manilia.

la puissance de cet illustre citoyen, je m'opposerai aux desseins de ses ennemis, et je ferai ensorte que vous puissiez tous, non-seulement connoître leurs projets, mais encore les réprimer.

En permettant aux décemvirs de vendre toutes les terres et tous les édifices, on leur permet encore de vendre en quel lieu ils voudront. Quel renversement de tout ordre! quelle tyrannie odieuse! quelle audace! quelle effronterie! On ne peut affermer les impôts des provinces que dans cette ville, dans ce lieu où je parle, dans vos grandes assemblées; et vos possessions, les possessions du peuple romain, pourront être vendues, aliénées pour toujours, dans les contrées obscures de la Paphlagonie, dans les déserts de la Cappadoce! Lorsque, dans sa proscription funeste, Sylla vendoit, sans jugement préalable, les biens des citoyens, c'est-à-dire, son butin, comme il le disoit lui-même, il les vendit toutefois dans cette place de Rome, et il n'osa pas éviter la présence de ceux dont il choquoit les regards. Les décemvirs vendront vos revenus loin de vous, sans prendre même pour témoin le crieur public! toutes les terres, ajout-on, conquises hors de l'Italie depuis un tems indéterminé, seront vendues (1). On ne prend pas pour époque, comme on a fait d'abord, le consulat de Pompeïus et de Sylla. Les décemvirs décideront seuls quelles terres sont ou ne sont pas de vos domaines, et ils y mettront par-là des impositions énormes. Qui ne voit pas combien est immense, combien est odieuse et despotique une autorité par laquelle on peut, par-tout où l'on voudra, sans nul examen, sans agiter la chose dans un conseil, rendre domaines de notre empire des possessions qui ne nous appartiennent pas, et affranchir celles qui nous appartiennent!

On excepte dans cet article le territoire de Récentore en Sicile. Je me réjouis (2) fort, Romains, qu'il soit excepté, et parce que je

(1) J'ai ajouté *seront vendues*. Dans le texte, *infinito ex tempore*, ces trois mots appartiennent à la loi. Il faut sous-entendre *captos* ou *possessos*, et *vendi*.

(2) Au lieu de *saepè* dans le texte, Paul Maurce propose *sanè* et Lambin *ipse*. Cet adverbe ne se trouve point du tout dans un manuscrit cité par un savant.

suis ami des habitans, et parce que la chose est juste. Mais, quelle impudence dans l'auteur de la loi! Les possesseurs du territoire de Récentore se défendent par l'ancienneté de leur possession, et non par leur droit; par la bonté du sénat, et non par le privilège de leur jouissance. En convenant que leur territoire est domaine de l'empire, ils disent qu'on ne doit pas les dépouiller des champs qu'ils possèdent, les chasser des demeures qu'ils chérissent, les arracher à leurs dieux pénates.

Mais si le territoire de Récentore n'est point de nos domaines, pourquoi l'exceptez-vous? S'il est domaine de l'empire, quelle justice de permettre que les autres territoires soient regardés comme faisant partie de nos domaines, quoiqu'ils n'en fassent point partie, et d'excepter nommément celui qui est reconnu (1) domaine de l'empire? On excepte donc le territoire des peuples que Rullus a favorisés pour quelques raisons. Tous les autres territoires de tous les pays, sans aucune distinction, sans jugement du sénat, sans que le peuple romain

(1) *Fateatur* est pris ici dans le sens passif.

en ait eu connoissance, seront adjugés et abandonnés aux décemvirs.

Il est encore dans l'article précédent, en vertu duquel tout est vendu, une exception qui peut être d'un grand rapport; elle met à couvert des terres garanties dans un traité. Rullus a entendu dire, non par moi, mais par d'autres, dans le sénat souvent, quelquefois à cette tribune, que le roi Hiempsal (1) possédoit sur les côtes maritimes des terres que Scipion avoit adjugées au peuple romain, et que le consul Cotta avoit depuis garanties à ce prince dans un traité. Comme vous n'avez pas confirmé le traité, Hiempsal appréhende qu'il soit sans force et sans effet. Mais que penser d'une loi qui excepte et qui confirme tout un traité que vous n'avez pas confirmé vous-mêmes? J'approuve que la loi restreigne la vente arbitraire des décemvirs; je ne blâme point qu'elle garantisse les possessions d'un prince ami; je trouve à redire qu'on ne le fasse pas gratuitement.

(1) Hiempsal, roi de Mauritanie, père de Juba. Il en est aussi parlé dans le discours au sénat. Un peu plus haut, dans le texte, au lieu de *teget* lisez *tegit*, d'après la conjecture de plusieurs savans.

Le fils du roi Juba se montre à leurs yeux avec un air de triomphe, jeune prince aussi séduisant par la quantité de son or, que par la beauté de sa chevelure.

On auroit peine, ce semble, à trouver un endroit capable de contenir tous les amas d'argent que veut faire Rullus. Il augmente, il ajoute, il accumule; enfin l'or et l'argent provenant du butin, des dépouilles de l'ennemi, et de l'or coronaire (1), qui aura été touché par qui que ce soit, qui n'aura pas été remis dans le trésor, ni employé en monumens, il ordonne qu'on le déclare, qu'on l'apporte aux décemvirs. Vous voyez que par cet article le droit de juger pour crime de concussion les plus fameux généraux qui ont terminé les guerres du peuple romain, est transporté aux décemvirs. Ce sont eux qui pronon-

(1) *De l'or coronaire.* On appelloit ainsi l'or que les peuples d'une province fournissoient à un général ou à un commandant pour les couronnes de son triomphe. *Ni employé en monumens.* Après quelque grande victoire et des exploits mémorables, les généraux romains, avec l'argent du butin, qu'on appelloit *manubiae*, avoient coutume d'élever des monumens qui en rappelloient le souvenir.

ceront (1) sur les dépouilles que chacun des généraux aura faites, sur ce qu'il aura remis au trésor, sur ce qu'il aura gardé pour lui-même. On établit dorénavant cette loi contre vos généraux, que tous ceux qui sortiront de leur province, déclareront aux mêmes décemvirs ce qu'ils auront tiré du butin, des dépouilles de l'ennemi et de l'or coronaire.

Ici, néanmoins, l'honnête Rullus excepte Pompée qu'il aime. D'où lui vient cette affection si soudaine et si inattendue? Un homme exclus presque nommément de l'honneur du décemvirat, à qui on ne permet point de juger les vaincus, de leur donner des loix, de prononcer sur les terres conquises par sa valeur; un homme dans la province, que dis-je? dans le camp duquel on envoye des décemvirs, revêtus d'autorité, avec des sommes immenses, une jurisdiction universelle, une puissance infinie; un homme à qui seul on enlève les privilèges de général de tout tems conservés à tous les généraux; cet homme seul est

(1) Latin, *horum erit nullum judicium*. Je crois avec des savans qu'il faut supprimer *nullum*, ou le changer en *illud*.

excepté, seul dispensé de rapporter les dépouilles de l'ennemi. Cherche-t-on par cet article à lui faire honneur ou à le rendre odieux? Pompée remercie Rullus du privilège dont il le favorise; il ne veut point profiter du bienfait de la loi, de la libéralité des décemvirs; car s'il est contraire à la justice que les généraux employent leur butin et leurs dépouilles à ériger des monumens en l'honneur des immortels, à décorer ce siège de l'empire; s'ils doivent les apporter aux décemvirs comme à leurs maîtres, Pompée ne demande pas, non il ne demande pas de distinctions particulières; il ne veut pas de droits qui ne lui soient communs avec les autres. Mais s'il est injuste, s'il est honteux, s'il est révoltant que les décemvirs soient établis comme exacteurs des biens de tous les hommes; qu'ils aient le droit de rançonner, non-seulement les monarques et les peuples étrangers, mais encore nos généraux; il me semble que ce n'est pas pour honorer Pompée qu'on l'excepte, mais dans la crainte qu'il ne soit pas de caractère à supporter le même affront que les autres. Pompée, Romains, sera toujours dans la disposition de supporter tout ce que vous jugerez à propos: ce qui vous paroîtra

paroîtra insupportable, il saura vous mettre en état de ne point l'endurer long-tems malgré vous. Quoi qu'il en soit, Rullus veut que tout l'argent, qui sera le produit des nouveaux domaines après notre consulat, passe aux décemvirs; or il voit que les nouveaux domaines seront ceux que nous aura procurés Pompée: ainsi en laissant à Pompée les dépouilles de l'ennemi, Rullus prétend jouir des domaines que nous devrons à son courage.

Les décemvirs pouvant disposer de tout l'argent de l'univers, sans aucune exception, ayant le droit de vendre toutes les villes, les territoires, les royaumes, vos revenus, enfin, pour mettre le comble, les dépouilles faites par vos généraux; vous voyez, Romains, quelles richesses énormes et prodigieuses leur procureront des ventes si étendues, des jugemens si multipliés, une puissance infinie et universelle.

Apprenez maintenant quels seront les autres gains des décemvirs, gains immenses, gains odieux: c'est le moyen de vous convaincre qu'on n'a cherché à flatter les oreilles du Peuple par ce nom de loi agraire, que pour assouvir l'insatiable avarice d'un petit nombre d'hommes.

La loi ordonne d'employer l'argent qu'on aura amassé, à acheter des terres où vous serez envoyés en colonie. Je n'ai pas coutume, Romains, d'apostropher durement les personnes, à moins qu'on ne m'attaque. Je voudrois qu'il fût possible de nommer, sans leur faire injure, ceux qui se flattent d'être décemvirs ; vous verriez dès-à-présent à quels hommes vous donneriez un pouvoir absolu de tout vendre et de tout acquérir dans l'univers. Mais ce que je ne veux pas dire encore, vous pouvez l'imaginer sans que je vous le dise. Il est une chose que je puis assurer avec vérité. Lorsque la République avoit les (1) Luscinus, les Calatinus, les Aci-

(1) Caïus Fabricius Luscinus, qui fut trois fois consul, qui subjugua l'Epire, qui, après sa conquête, méprisa l'or de Pyrrhus et ne s'appropria aucune des dépouilles faites sur les ennemis. Lucius Atilius Calatinus chassa les Carthaginois de la Sicile : il fut surnommé Serranus, parce qu'il ensemençoit ses terres lorsque les députés lui apportèrent la commission de dictateur. Lucius Manlius Acidinus, qui se signala par ses exploits dans l'Espagne citérieure, et entra triomphant dans Rome. Philippus l'orateur, Caton le censeur,

dinus; ces hommes illustrés, non-seulement par les honneurs que décerne le peuple et par l'éclat de leurs exploits, mais encore par leur amour constant pour la pauvreté : lorsque nous avions les Philippus, les Caton, les Lélius, citoyens distingués par leur sagesse et par la modération dans leur vie privée comme dans les affaires publiques, dans le forum comme dans l'intérieur de leur famille ; on n'a jamais eu néanmoins assez de confiance en eux pour leur accorder en même tems le droit de juger et de vendre, et cela par toute la terre, durant l'espace de cinq ans, le droit d'aliéner les domaines du Peuple romain, et après avoir amassé un argent énorme, à leur gré, sans être observés par personne, d'acheter enfin à qui ils le trouveroient bon, ce qui leur plairoit. Abandonnez maintenant, Romains, abandonnez tout aux hommes que vous soupçonnez

Lélius surnommé le sage ; tous trois distingués par leur rare mérite et par leur vie simple. Peut-être au lieu de Philippus faut-il lire Philus, suivant quelques éditions ; Publius Furius Philus, consul l'an de Rome 517. Cette leçon pourroit être meilleure que l'autre, parce que Ciceron parle de personnages un peu anciens.

aspirer au décemvirat ; vous trouverez que les uns n'auront jamais assez pour contenter leur avarice, et les autres pour fournir à leurs profusions.

Ici, je ne dis pas même, ce qui seroit facile à prouver, que nos ancêtres ne nous ont point transmis l'usage d'acheter des terres aux particuliers pour que l'état y envoie le Peuple en colonie ; que, suivant toutes les loix, les particuliers ont été envoyés en colonie sur des terres appartenantes à l'état (1) ; que j'attendois plus d'égard pour les loix anciennes d'un tribun qui affecte un extérieur dur et farouche : mais j'ai toujours regardé comme peu convenable à l'autorité tribunitienne et à la dignité du Peuple romain, ce trafic mercenaire, ce honteux commerce d'acquisitions et de ventes. On a envie d'acheter des terres. D'abord, je le demande, quelles terres et dans quel pays ? Je ne veux pas qu'on tienne le Peuple de Rome en suspens, qu'on le laisse flotter dans des espérances douteuses et incertaines. Nous avons le territoire

(1) *Agris publicis* dans le latin, pour *in agros publicos*. Virgile, *it clamor coelo*, pour *in coelum* ou *ad coelum*.

d'Albe, celui de Sétine, de Priverne, de Fundum, de Vestine, de Falerne, de Linterne, de Cumes, de Casinum. J'entends. Du côté d'une autre porte, celui de Capène, de Falisque, de Sabies, de Réate, de Vénafre, d'Alifa, de Tribule (1). Vous avez assez d'argent, Rullus, pour acheter à part et même à-la-fois tous ces territoires et d'autres pareils; pourquoi ne les désignez-vous pas, ne les nommez-vous pas, afin que le Peuple puisse examiner ce que demandent ses vrais intérêts, voir jusqu'à quel point il peut se fier à vous pour ce qu'il faut acheter et vendre? Je désigne l'Italie, dit-il. Le pays est assez déterminé. En effet, quelle légère différence d'être envoyé en colonie sur les côteaux de Massique (2), ou dans l'Apouille et ailleurs. Vous ne désignez donc point le pays : et la nature des terres, la spécifiez-vous? Oui, dit Rullus;

(1) Tous les pays dont il est parlé ici étoient dans le Latium ou dans la Campanie.

(2) Massique, montagne de la Campanie, célèbre par ses bons vins. Dans l'Apouille, pays sec et aride. J'ai lu avec des savans *in Apuliam*, au lieu de *in Italiam*.

les terres qui peuvent être labourées ou cultivées. Les terres, dit-il, qui peuvent être labourées ou cultivées, et non pas celles qui sont labourées ou cultivées ! Est-ce là une loi? n'est-ce pas plutôt l'inventaire d'une vente de Vératius (1)? On lisoit, dit-on, dans cet inventaire deux cents arpens où l'on peut faire un plant d'oliviers, trois cents où l'on peut planter des vignes. Avec tout cet amas d'argent, vous acheterez donc des terres qui pourront être labourées ou cultivées. Est-il un terrein si maigre et si aride qui ne puisse être effleuré par la charrue? est-il un sol si dur et si graveleux que la main de l'homme ne puisse mettre en valeur? Je ne puis pas nommer les terres, dit-il, parce que je ne toucherai à aucune malgré les propriétaires. Cette méthode de ne rien prendre malgré les propriétaires, sera plus lucrative. En effet, Romains, on trouvera (2) par-là le moyen de trafiquer de vos deniers, et l'on n'achetera des terres que

(1) Vératius, homme inconnu. C'étoit probablement un crieur public.

(2) Au lieu d'*inietur* dans le texte, ou d'*inibitur*, des savans proposent *invenietur*.

quand ce sera en même tems l'intérêt de l'acquéreur et du vendeur.

Mais voyez un des grands effets de la loi agraire. Ceux même qui possèdent des terres faisant partie de nos domaines, seront traités avantageusement, ne les abandonneront qu'à prix d'or. Tout est maintenant changé. Autrefois, lorsqu'un tribun du peuple parloit de loi agraire, aussitôt ceux qui se trouvoient saisis de quelque partie de nos domaines ou de possessions odieuses, étoient en allarme. La nouvelle loi apporte de l'argent à ces mêmes hommes, et les décharge de tout odieux. Combien n'en est-il pas, croyez-vous, Romains, qui ne pourroient défendre leurs possessions immenses; qui ne pourroient soutenir l'odieux des largesses de Sylla; qui désirant de vendre leurs terres, ne trouvent point d'acquéreurs; enfin qui voudroient en être dessaisis par quelque moyen? On les voyoit, il y a peu de tems, trembler au seul nom de tribun; ils craignoient votre puissance et redoutoient la seule mention de loi agraire. Maintenant on ira même les prier et les supplier de vendre pour le prix qu'ils voudront, de livrer aux décemvirs des terres dont les unes font partie de nos domaines, les autres sont odieuses, inquiétantes pour leurs maîtres. Et en cela, le tribun cherche son intérêt, et non le vôtre (1). Il a un beau-pere, excellent homme, qui, dans nos troubles civils, a envahi autant de terres qu'il en a desiré. Comblé des largesses de Sylla, il se voit chargé du poids de la haine publique, et près de succomber sous le faix ; Rullus par sa loi veut le soulager, afin qu'il puisse déposer tout l'odieux de ses possessions, et mettre de l'argent dans ses coffres. Et vous ne balancez pas, Romains, à vendre vos revenus, prix des sueurs et du sang de vos ancêtres, pour augmenter la fortune, et assurer le repos des hommes enrichis par Sylla !

(1) Mot à mot, *Et le tribun chante cette chanson, non pour vous, mais pour lui intérieurement.* C'est une métaphore tirée d'un joueur de luth. Lorsqu'il touchoit les cordes de la main gauche, et si légèrement qu'il étoit entendu de lui seul et de ceux qui étoient les plus près de lui, on disoit *intus canit*, il chante intérieurement et pour lui seul. *Il a un beau-père*; Valgius, dont il est beaucoup parlé dans le discours suivant. *Il se voit chargé....* Lambin propose de lire, *Succumbenti jam, atque oppresso sullanis operibus gravibus.* Même avec ce changement, la construction de la phrase est encore un peu embarrassée.

Les terres dont l'acquisition est confiée aux décemvirs, sont de deux espèces. Les possesseurs ne veulent plus des unes, à cause de l'odieux dont elles sont chargées, et des autres, à cause de leur peu de rapport. La possession des terres données par Sylla, et que certains hommes ont agrandies considérablement, est si odieuse, qu'elle ne pourroit tenir contre le moindre murmure d'un ferme et vrai tribun du Peuple. A quelque bas prix qu'on achète ces terres, elles vous seront comptées à la plus haute valeur. L'autre espèce de terres qui sont incultes, parce qu'elles sont stériles, et désertes, parce qu'elles sont mal-saines, seront achetées à des hommes persuadés qu'ils seront forcés de les abandonner, s'ils ne les vendent pas. Le tribun avoit, sans doute, ses vues quand il a dit en plein sénat que le Peuple de Rome étoit trop puissant dans la République, qu'il falloit en décharger la ville ; il s'est servi de ce terme comme s'il eût parlé d'une populace incommode, et non d'une excellente espèce de citoyens.

Pour vous, Romains, si vous voulez m'en croire, vous conserverez vos possessions actuelles, le crédit, la liberté, les suffrages, la majesté, la ville même, le forum, les jeux, les jours de fête, et vos autres avantages ; à moins peut-être que vous ne preniez le parti de renoncer à ces privilèges, et d'abandonner cet illustre siège de la République, pour être conduits et placés par Rullus dans les sables arides de (1) Siponte, ou dans les marais empestés de Salapie. Mais qu'il dise quelles terres il doit acheter, qu'il montre ce qu'il donnera et à qui il donnera : car enfin, qu'après avoir vendu vos domaines, toutes les villes, les territoires, les royaumes, il achète alors des sables et des marais, je vous le demande, pouvez-vous y consentir ? Mais ce qu'il y a de plus étrange, c'est qu'en vertu de la loi on vend tout, on amasse et on entasse de l'argent avant d'acheter un seul pouce de terre. D'ailleurs, la loi ordonne d'acheter, et défend d'acheter malgré personne. Mais s'il ne se trouve personne qui veuille vendre, que fera-t-on de l'argent ? la loi défend de le reporter au trésor, elle ne veut pas qu'on le répète. Les décem-

(1) Siponte, ville de l'Apouille, près du mont Gargan. Salapie ou Salpie, aussi ville de l'Apouille, peu éloignée de Siponte : l'air y étoit fort mauvais.

virs garderont donc tout l'argent ; on ne vous achetera point de terres. Oui , après que vos domaines auront été aliénés, les alliés vexés, les monarques et toutes les nations épuisés , les décemvirs auront l'argent , vous , Romains, vous n'aurez pas de terres. Les possesseurs , dit-on , se détermineront sans peine à vendre par la grandeur de la somme. Ainsi , nous gagnerons par la loi , de vendre le prix que nous pourrons ce qui est à nous , et d'acheter ce qui est aux autres le prix qu'ils voudront.

Il est enjoint aux décemvirs d'envoyer des colonies dans les terres qu'ils auront achetées en vertu de la loi. Mais tous les lieux sont-ils de nature qu'il soit indifférent pour la République qu'on établisse des colonies dans un lieu plutôt que dans un autre ? en est-il qui demandent des colonies ? en est-il qui n'en veulent pas (1) ? Ici, comme dans les autres parties de l'administration , il est bon de se représenter la sagesse de nos ancêtres , qui,

(1) Le texte porte, *est planè rectiùs , et quo in genere*. J'ai corrigé avec des savans , *est qui planè recuset ? Quo in genere.*

pour nous mettre à l'abri de tout péril, ont placé des colonies si favorablement, qu'elles paroissoient moins être des villes d'Italie que des boulevards de l'empire. Les décemvirs établiront des colonies dans les terres qu'ils auront achetées. En établiront-ils même si l'intérêt de la République ne le demande pas? *Et de plus*, dit la loi, *dans les lieux qu'ils jugeront à propos*? Qui les empêchera d'en établir sur le Janicule, de placer leurs forts au-dessus de vos têtes? Comment? vous ne déterminez pas la quantité des colonies (1), les lieux où on les établira, le nombre des colons! vous vous emparerez du lieu que vous jugerez le plus propre pour vos violences, vous le remplirez de vos créatures, vous le fortifierez comme il vous plaira! vous vous servirez des domaines et de tous les revenus du Peuple romain, pour l'assujettir, pour l'opprimer, pour le réduire sous votre domination, sous votre puissance décemvirale!

Mais écoutez, je vous prie, Romains, comment Rullus médite de s'emparer de l'Italie entière, de l'investir de ses troupes. Il permet

(1) Je lis avec Lambin et d'autres, *quot colonias*.

aux décemvirs d'envoyer les colons qu'il leur plaira dans toutes les colonies et villes municipales de toute l'Italie, il ordonne d'assigner des terres à ces nouveaux colons. N'est-ce pas là vraiment chercher à se donner une puissance et des forces intolérables chez un Peuple libre? n'est-ce pas là vraiment établir la tyrannie? n'est-ce pas là vraiment détruire votre liberté? En effet, lorsque (1) les décemvirs se verront saisis de tout l'argent; lorsque soutenus d'une multitude de leurs créatures, ils occuperont toute l'Italie avec leurs garnisons, ils vous enfermeront de toutes parts avec leurs forces et leurs colonies; quelle espérance, quel moyen vous restera-t-il de reprendre votre liberté perdue?

Mais on distribuera le territoire de la Campanie, le plus riche de l'univers; on enverra une colonie à Capoue, la plus belle et la plus magnifique des villes. Que répondre à cela? Je parlerai d'abord, Romains, de ce que demande votre intérêt; je parlerai ensuite de

(1) Le texte porte, *multitudinem, id est, totam.* J'ai lu avec Lambin, *multitudinem obtinebunt; iidem totam.*

ce qu'exigent votre honneur et votre majesté ; afin que ceux qui seroient épris de la beauté de la ville et de la bonté du territoire, ne s'attendent pas à s'y voir établis, et que ceux qui seroient sensibles à l'honneur (1), s'opposent à cette feinte largesse.

Et d'abord, je parlerai de la ville, si par hasard il est parmi vous quelqu'un qui préfére Capoue à Rome. La loi ordonne d'inscrire cinq mille citoyens qui seront envoyés en colonie à Capoue. Pour composer ce nombre, chaque décemvir en choisira cinq cents. Ne vous flattez pas vous-mêmes, Romains, je vous prie ; examinez les choses avec attention et dans la vérité. Croyez-vous être du nombre des nouveaux colons, vous et ceux qui vous ressemblent, citoyens intègres, tranquilles, amis du repos ? Si vous devez en être tous ou le plus grand nombre ; quoique la dignité de consul m'ordonne de veiller nuit et jour, et d'avoir sans cesse les yeux ouverts sur toutes les parties de la République, cependant je veux bien les fermer un peu, si votre intérêt

(1) Il y a des livres qui portent, *si quem rei indignitas commovet.*

le demande. Mais si on veut procurer à cinq mille hommes qui ne seront choisis que pour la violence, pour le crime et le meurtre, une place et une ville où l'on puisse allumer la guerre et en disposer les préparatifs; souffrirez-vous que sous votre nom on fortifie contre vous une puissance, on munisse des places, on s'assure des troupes, des villes et des territoires? Quant au territoire de la Campanie dont ils vous flattent, c'est pour eux-mêmes qu'ils l'ont désiré; ils y établiront leurs créatures pour en être maîtres, pour en jouir sous leur nom: outre cela, ils en acheteront, ils étendront leurs dix arpens. Si on dit que la loi le défend, la loi Cornélia (1) le défendoit aussi; toutefois, sans parler des pays éloignés, le territoire de Préneste, nous le voyons, est possédé par un petit nombre de personnes: et il ne manque aux richesses des décemvirs que des terres avec lesquelles ils puissent soutenir et leur nombreux do-

(1) *La loi Cornélia* portée par Sylla, laquelle défendoit aux soldats envoyés dans des terres, de vendre celles qui leur seroient échues. Le territoire de Préneste fut un de ceux que Sylla fit distribuer à ses soldats.

mestique et les énormes dépenses de leurs maisons de Cumes et de Pouzoles (1). Rullus a-t-il en vue votre intérêt; qu'il vienne, qu'il s'explique avec moi devant vous sur le partage du territoire de la Campanie. Je lui demandai aux Calendes de janvier comment et à qui il le distribueroit. Il me répondit qu'il commenceroit par la tribu Romilia (2). D'abord, quel est cet orgueil et ce mépris outrageant, de retrancher une partie du Peuple, de négliger l'ordre des tribus, de donner des terres aux tribus de la campagne qui en ont déja, avant que d'en donner à celles de la ville que l'on flatte de l'espoir et du plaisir de posséder des terres? Ou s'il soutient ne m'avoir pas fait cette réponse, et s'il pense à vous satisfaire tous; qu'il produise son rôle, qu'il donne à chacun dix arpens (3), qu'il

(1) Cumes et Pouzoles, villes sur les côtes de la Campanie, aux environs desquelles les riches de Rome avoient de très-belles maisons de campagne.

(2) Tribu Romilia, la première des tribus de la campagne. On sait que les tribus de la campagne étoient plus distinguées que celles de la ville.

(3) J'ai lu avec Lambin, *in singulos jugera denades-*

vous

vous nomme tous depuis la tribu Suburra jusqu'à l'Arni. Mais si, loin qu'on puisse vous donner dix arpens à chacun, le territoire de la Campanie ne peut même contenir une si grande multitude d'hommes serrés les uns contre les autres ; ne voyez-vous pas que la République est outragée, la majesté du Peuple Romain méprisée, que vous-mêmes êtes joués par un tribun ? Et le souffrirez-vous plus long-tems ?

Mais quand vous pourriez tous posséder une portion de ce territoire, n'aimeriez-vous pas mieux qu'il restât parmi vos domaines ? Quoi ? votre domaine principal, la source de vos revenus, la gloire de la paix, le soutien de la guerre, le grenier des légions, la ressource dans la disette, en un mot le plus riche fonds du Peuple Romain, le laisserez-vous s'en aller en lambeaux ? Avez-vous oublié, dans la guerre d'Italie, lorsque nos autres

cribat. La tribu Suburra étoit la première des tribus de la ville, et l'Arni étoit considérée comme la dernière des tribus de la campagne ; non qu'elle fût réellement la dernière dans l'ordre des tems, mais c'étoit la plus éloignée de la ville de Rome.

revenus nous manquoient, quelles grandes armées nous avons entretenues avec les seuls produits du territoire de la Campanie? Ignorez vous que nos revenus éloignés, ces revenus magnifiques du Peuple Romain, dépendent souvent d'un événement fortuit, de quelque circonstance particulière? A quoi nous serviront les ports d'Asie, les campagnes (1) de la Syrie, tous nos domaines d'au-delà les mers, aux premières allarmes causées par l'approche des ennemis ou des pirates? Mais le revenu du territoire de la Campanie, il est chez nous des villes fortes qui l'entourent et le défendent; il n'est exposé, ni aux ravages de la guerre, ni aux variations du sol, ni à tous ces fléaux occasionnés par le climat et par la position. Nos ancêtres, loin d'avoir démembré les terres prises aux Campaniens, les ont même aggrandies en achetant des terres à ceux (2) qu'ils ne pouvoient justement dépouiller. Aussi, ni les Gracques

(1) Au lieu de *rura*, des livres portent *thura*.

(2) Au lieu de *quod ei*, Paul Manuce voudroit *ii*, comme étant plus latin. La plupart des livres portent *quod et*.

qui étoient si zélés pour les intérêts du Peuple, ni Sylla qui a tout donné sans aucun scrupule à ses créatures, n'ont osé toucher au territoire de la Campanie. Un Rullus vient expulser la République d'une propriété dont elle n'a été dépouillée, ni par la libéralité des Gracques, ni par la tyrannie de Sylla. Ce territoire que vous dites vous appartenir quand vous passez auprès, que les étrangers qui voyagent dans ce pays apprennent être à vous, ne vous appartiendra plus; on ne pourra plus dire que c'est votre possession, quand il sera distribué. Mais par qui sera-t-il possédé ? Il le sera d'abord par des hommes remuans, toujours prêts à commettre des violences, à exciter des séditions, et qui, au moindre signe des décemvirs, pourront prendre les armes contre les citoyens et les égorger. Vous verrez ensuite tout le territoire de la Campanie passer à un petit nombre de gens riches et opulens : et vous qui avez reçu de vos ancêtres ce superbe territoire, siège d'un revenu sûr, fruit de leurs conquêtes, il ne vous restera pas un seul pouce de terrein des possessions de vos pères et de vos ayeux. On vous verra beaucoup moins attentifs à les conserver que de simples particuliers. Lentulus, prince du sénat (1), avoit été envoyé dans ce pays par vos ancêtres pour acheter avec les deniers du trésor, des terres qui ne nous appartenoient pas, et qui se trouvoient enclavées dans celles qui nous appartenoient : il rapporta, dit-on, qu'il n'avoit pu engager pour aucune somme un certain particulier à lui vendre sa terre, et que celui-ci alléguoit pour raison qu'en ayant beaucoup d'autres, c'étoit la seule dont il ne lui étoit jamais venu de fâcheuses nouvelles. Comment? cette raison a touché un particulier; et elle ne touchera pas le Peuple Romain, elle ne l'empêchera pas de livrer gratuitement le territoire de la Campanie à des particuliers, sur la demande d'un Rullus! Toutefois le Peuple Romain peut dire de ce domaine ce que le particulier disoit de sa terre. L'Asie, durant la guerre de Mithridate (2), ne

(1) *Prince du sénat.* On appelloit ainsi celui que les censeurs nommoient le premier dans la liste des sénateurs. Les savans ne sont pas d'accord sur le Lentulus dont il est ici parlé.

(2) La guerre de Mithridate dura onze ans; Sertorius fut maître de l'Espagne pendant huit. Aquillius,

nous a été d'aucun rapport pendant plusieurs années ; l'Espagne, du tems de Sertorius, ne nous a produit aucun revenu ; Aquillius, pendant la guerre des esclaves fugitifs, a même prêté des blés à la Sicile : mais de notre domaine de la Campanie, il ne nous est jamais venu de nouvelles fâcheuses. Nos autres domaines sont ruinés par les malheurs de la guerre ; celui-ci nous dédommage même de ces malheurs (1). Ajoutez que pour les terres qu'on se propose de distribuer, on ne sauroit même dire ce qu'on dit pour les autres, qu'il ne doit pas y avoir de terres qui ne soient occupées par le Peuple, et qui restent dépourvues de cultivateurs (2).

commandant en Sicile, termina la guerre des esclaves fugitifs. — *A prêté des blés à la Sicile,* cette province si fertile en blés, et dont les Romains tiroient leurs principales provisions.

(1) La plupart des éditions portent *belli facultatibus, belli facultates;* j'ai suivi la leçon *belli difficultatibus, belli difficultates.*

(2) Je lis avec des savans, *à culturâ hominum liberos esse.* — *De procurer au Peuple.* Je crois que Cicéron appelle ici *Peuple* un certain nombre de citoyens romains, soldats et cultivateurs, qui avoient acheté

Oui, je le soutiens, si l'on partage le territoire de la Campanie, alors, sous prétexte de procurer au Peuple des terres fertiles et de l'y établir, on le chasse de ces mêmes terres et on l'en dépouille : car tout ce territoire est possédé et cultivé par un peuple sage et vertueux. Cette multitude d'hommes la mieux disciplinée, composée d'excellens cultivateurs et d'honnêtes soldats, est expulsée de ses possessions par un tribun populaire. Ces malheureux, nés et élevés dans ces campagnes, exercés au labourage, ne sauront tout-à-coup où porter leurs pas. Tout le territoire de la Campanie sera livré aux satellites des décemvirs, à des hommes audacieux, abusant de leur santé et de leurs forces. Vous dites maintenant de vos ancêtres, nos ancêtres nous ont laissé ce domaine ; vos descendans diront de vous, nos pères ont perdu ce domaine que leurs peres leur avoient laissé. Pour moi, je le pense, si l'on partageoit le champ de Mars, et que l'on donnât à chacun de vous une place de deux pieds, vous aimeriez

ou pris à ferme des terres dans le territoire de la Campanie.

mieux jouir du terrein entier tous en commun, que d'une petite portion chacun en propre. Ainsi, quand il vous reviendroit à chacun une portion du territoire qu'on vous promet et qu'on donnera à d'autres, il y auroit plus d'honneur à le posséder tous ensemble que chacun en particulier. Mais puisque vous n'y aurez aucune part, puisqu'on le destine à d'autres, puisqu'on vous l'enleve, ne devez-vous pas défendre avec chaleur vos domaines contre la loi de Rullus, comme vous les défendriez contre les incursions de l'ennemi? Aux terres de la Campanie, Rullus ajoute celles de Stellate (1), il assigne par tête douze arpens : comme s'il y avoit peu de différence entre le territoire de la Campanie et celui de Stellate.

On cherche par-tout, Romains, une multitude pour la presser et l'entasser dans toutes

(1) Les terres de la Campanie étoient voisines et distinguées de celles de Stellate. J'avois cru d'abord que ces dernières étoient dans la Campanie, et que par *ager campanus* il falloit entendre le territoire de Capoue. — *Et celui de Stellate.* Des savans pensent qu'il faudroit lire, *ager Campanus à Stellate. Scilicet à multitudo.* Je penserois assez comme eux.

les villes (1) de la Campanie : car, je l'ai dit déja, la loi permet aux décemvirs d'envoyer de nouveaux colons dans les villes municipales et dans les anciennes colonies qu'ils jugeront à propos. Ils empliront et combleront la ville municipale de Calenum ; ils surchargeront de monde Théano, Atella, Cumes, Pompéi, Naples, Nucérie ; ils les enchaîneront avec leurs garnisons nouvelles ; Pouzoles (2), ville maintenant libre et indépendante, ils l'envahiront entiérement en y introduisant un nouveau peuple et des forces étrangères.

Alors ils porteront à Capoue cet (3) étendart

(1) *Toutes les villes de la Campanie*, dont plusieurs seront ensuite nommées.

(2) Cicéron, dans le discours pour Cœlius, appelle Pouzoles ville municipale ; et par conséquent elle avoit ses magistrats, elle se gouvernoit par ses loix.

(3) Au lieu d'*exilium* dans le texte, j'ai lu avec plusieurs savans, *vexillum*. Lorsqu'on établissoit une colonie, on faisoit marcher les nouveaux colons comme une troupe militaire, sous un étendart que l'on faisoit arborer lorsqu'ils étoient arrivés au lieu de leur destination. Plusieurs éditions ont admis *vexillum*. Lambin ensuite, au lieu de *Capua*, propose *Capuam*, que j'adopte.

si fort à redouter pour notre empire : alors ils éleveront une nouvelle Rome contre l'ancienne, contre notre patrie commune. Ces pervers voudroient transférer notre République dans une ville où nos ancêtres ont voulu qu'il n'y eût plus de république. Nos ancêtres n'ont compté dans le monde que trois villes, Carthage, Corinthe (1) et Capoue, qui pussent posséder l'empire, dont la grandeur pût en soutenir la dignité et le titre. Ils ont détruit Carthage; la multitude de ses habitans, sa nature et sa situation, cette ceinture de ports qui l'embrassoient, de remparts dont elle étoit armée, la montroient toujours prête à s'élancer de l'Afrique et à envahir nos isles les plus opulentes. Ils ont laissé à peine quelque trace de Corinthe; située dans le détroit et à l'entrée même de la Grèce, cette ville étoit, du côté de la terre, comme la clé de tout le pays, elle tenoit presque à

(1) Carthage a été détruite par le second Scipion l'Africain, et Corinthe par Lucius Mummius. — *Toujours prête à s'élancer....* Après *imminere* dans le texte on lit *ità*; je voudrois que ce mot fût supprimé.

deux mers différentes (1), également propres pour la navigation, dont elle n'étoit séparée que par un isthme fort étroit. Ces deux villes, éloignées du centre de l'empire, placées hors de la vue de Rome, nos ancêtres ne se sont pas contentés de les affoiblir, ils les ont anéanties, dans la crainte qu'un jour elles ne pussent se relever et reprendre leur ancienne splendeur. Quant à Capoue, ils ont délibéré long-tems sur le parti qu'ils prendroient; c'est ce qu'attestent les registres de ce tems-là et plusieurs sénatus-consultes. Ils ont pensé, ces hommes sages, que, s'ils ôtoient aux Campaniens leur territoire, s'ils abolissoient dans la ville les magistratures, le sénat, le conseil de toute la contrée, s'ils n'y laissoient aucune ombre de république, nous n'aurions rien à craindre de Capoue. Aussi est il marqué formellement dans nos anciennes annales, que ce n'est qu'afin qu'il restât une ville qui pût

(1) *A deux mers différentes*, la mer Ionienne et la mer Ægée. — *Par un isthme fort étroit*, par l'isthme de Corinthe, qui n'étoit que de six mille pas. Des éditions portent *separarentur* au lieu de *separentur*. J'ai adopté la première leçon.

fournir les choses nécessaires pour la culture, un lieu pour y transporter et enfermer les récoltes, des domiciles où les laboureurs vinssent se reposer de leurs fatigues, que les édifices n'ont pas été abattus.

Voyez quel intervalle immense entre la sagesse de nos ancêtres et la folie des auteurs de la loi. Nos ancêtres ont voulu que Capoue ne fût qu'un simple asyle pour les agriculteurs, un marché pour les habitans de la campagne, un magasin seulement et un grenier pour le territoire : les auteurs de la loi, après avoir chassé les cultivateurs Campaniens, après avoir jetté et dispersé vos récoltes, établissent à Capoue une nouvelle république, élèvent contre l'ancienne une nouvelle masse de puissance. Si nos ancêtres avoient cru que, dans un empire aussi illustre, parmi un peuple aussi bien discipliné, il dût se trouver des hommes du caractère de Brutus (1) et de Rullus, les seuls qui aient voulu transférer à

(1) Marcus Brutus porta une loi pour conduire une colonie à Capoue; on pense que ce fut dans les tems de Marius et de Sylla; on ne sait pas au juste l'époque.

Capoue toute notre république ; assurément ils n'auroient pas même laissé subsister le nom de la ville. Ils croyoient sans doute que quand même ils auroient aboli le sénat et les magistrats dans Carthage et dans Corinthe (1), quand même ils auroient ôté le territoire aux citoyens, il se trouveroit toujours des hommes pour rétablir ce qu'ils auroient détruit, et pour tout changer avant qu'on pût l'apprendre à Rome : mais qu'ici, sous les yeux du sénat et du Peuple Romain, il ne pouvoit s'exciter aucun mouvement qui ne pût être réprimé et étouffé presque avant sa naissance. Et ils ne se sont pas trompés dans leurs vues, ces hommes doués d'une sagesse et d'une prudence rares. Depuis le consulat de Quintus Fulvius et de Quintus Fabius, sous lesquels Capoue a été réduite et prise (2), il ne s'est

(1) *Carthagini* à l'ablatif, le même que *Carthagine*. Il y a des éditions qui portent *Corintho*. J'ai lu ensuite *magistratus* au plurier.

(2) Cicéron ne s'accorde pas ici avec Tite-Live. Ce dernier rapporte que Capoue a été prise deux ans auparavant, sous le consulat de Cnæus Fulvius et de Cnæus Sulpicius.

exécuté dans cette ville, il ne s'est même formé aucun projet contre la République. Combien depuis ce tems n'avons-nous pas soutenu de guerres ; celles contre les rois Philippe, Antiochus, Persée, le faux Philippe, Aristonicus, Mithridate, et d'autres, la troisième de Carthage, celle de Numance et de Corinthe, toutes guerres très-importantes ? Combien n'a-t-on pas vu parmi nous de discordes intestines dont je ne parle point ? Combien n'avons-nous pas eu à combattre avec nos alliés, avec les (1) Frégellans, avec les Marses ? Dans toutes ces guerres étrangères et domestiques, Capoue, loin de nous nuire, s'est montrée fort utile, soit pour nous fournir les choses nécessaires, soit pour armer nos troupes, soit pour les loger et leur donner retraite. Personne dans la ville ne troubloit la République par des harangues séditieuses,

(1) Frégelles, ville d'Italie, s'étant révoltée contre Rome, fut reprise par le préteur Lucius Opimius. Les Marses, peuple d'Italie, commencèrent la guerre sociale ; c'est ce qui fit appeller cette guerre *bellum marsicum* ou *sociale*. Nous parlerons dans le discours au sénat de la plupart des guerres qui précèdent.

par de dangereux sénatus - consultes , par des pouvoirs injustes ; personne ne cherchoit matière à innovations : car personne n'avoit la liberté de haranguer le Peuple , ni de tenir des assemblées publiques. Les mouvemens de l'ambition n'emportoient pas les citoyens , parce qu'il ne peut y avoir d'ambition où l'état n'a point d'honneurs à décerner. Les concurrences , les brigues , ne les divisoient pas : il ne restoit rien qu'ils pussent se disputer , rien qui pût les rendre rivaux, rien qui pût les partager en factions. Ainsi cette arrogance campanienne , cette fierté intolérable , nos ancêtres , par une sage politique, l'ont convertie insensiblement en une molle et tranquille oisiveté. Par - là , ils ont évité le reproche de cruauté , en ne détruisant pas la plus belle ville de l'Italie ; et ils ont pris pour l'avenir de solides mesures en ruinant la vigueur de cette même ville , en lui ôtant tout son nerf et toute sa force.

Cette politique de nos ancêtres, comme je l'ai dit déja , blâmée autrefois par Brutus , l'est aujourd'hui par Rullus : et vous , Rullus , le (1)

(1) Le sort fatal et malheureux de Brutus, qui avoit

sort fatal et malheureux de Brutus ne vous détourne pas d'une pareille fureur. Brutus lui-même qui a conduit la colonie, ceux qui, en vertu de la loi, ont obtenu des magistratures dans Capoue (1), ceux enfin qui ont eu quelque part à cet établissement, qui y ont eu quelque emploi honorable, ou quelque commission, tous ont subi les châtimens les plus rigoureux réservés aux pervers.

Et puisque j'ai parlé de Brutus, de son opération et de sa disgrace, je vais rapporter ce que j'ai vu moi-même étant venu à Capoue où l'on avoit établi une colonie, sous les préteurs Considius et Saltius (2); car c'est le titre qu'on leur donnoit : vous verrez quel orgueil

conduit une colonie à Capoue, sous de mauvais auspices et contre les auspices. Voilà, je crois, le sens de *omina illa M. Bruti atque auspicia*. Au reste, on pense que Sylla chassa la colonie établie par Brutus; que Brutus et ses partisans périrent misérablement.

(1) La leçon vicieuse du texte *Capuae et Leocranti*, me paroît corrigée assez heureusement par Grévius, *Capuae ab illo creati*, et encore plus heureusement par Paul Manuce, *Capuae ea lege creati*.

(2) Considius et Saltius, magistrats de Capoue, qui se faisoient appeller préteurs.

le lieu même inspire ; orgueil qui parut d'une manière bien sensible peu de jours après que la colonie fut établie. D'abord, comme je viens de le dire, les deux magistrats appellés duumvirs dans les autres colonies, se faisoient appeller préteurs. La première année leur avoit inspiré cette ambition ; croyez-vous que, quelques années après, ils n'eussent pas aspiré au titre de consuls ? Ensuite, comme les préteurs chez nous, ils se faisoient précéder par deux licteurs armés non de baguettes (1), mais de faisceaux. Dans la place publique se voyoient de grandes victimes, approuvées par le collège des pontifes, et qui, au son de la flûte, après le cri du héraut, étoient immolées par ces préteurs siégeant en leur tribunal, selon

(1) Les duumvirs, dans les colonies, faisoient porter devant eux, non des faisceaux armés de hâches, mais simplement des baguettes. — On appelloit grandes victimes, le taureau et la genisse. Au lieu de *probatis* dans le texte, il faut lire certainement *probatae*. — *De sententiâ consilii*, sans doute *pontificum*. C'est du moins ainsi que je l'entends, et c'est d'après cela que j'ai traduit. C'étoit l'usage d'avoir un joueur de flûte dans les sacrifices, et on faisoit demander du silence au Peuple par un héraut ou crieur public.

les

les formes pratiquées ici par nos consuls. Enfin, les membres du conseil se faisoient nommer *pères conscripts* (1). Mais, ce qui étoit le moins soutenable, c'étoit le ton que prenoit Considius. Cet homme que nous avions vu à Rome si maigre et si sec, méprisé et avili, montroit à Capoue tout l'orgueil du pays et toute la fierté d'un monarque : il me sembloit voir les Magius, les Blossius, les Jubellius (2). Et quelle crainte respectueuse parmi la populace ! Quel mouvement dans Albane et dans Séplasie ! Quel empressement à demander : qu'a décidé le préteur ? qu'a-t-il dit ? où soupe-t-il ? Pour nous qui arrivions de Rome, on ne nous donnoit plus le nom d'hôtes ; on nous appelloit étrangers.

(1) C'est ainsi qu'on appelloit à Rome les sénateurs. Les auteurs latins ne s'accordent pas sur la véritable origine de ce nom.

(2) Magius, Blossius, Jubellius, noms des plus anciennes familles de Capoue. La phrase de l'orateur ne paroît pas exacte ; il semble qu'il faudroit lire *videbam* et *viderem*, ou *nobis videbatur*. —— Albane et Séplasie, deux places publiques de Capoue, où il y avoit beaucoup de parfumeurs.

Les hommes qui ont prévu de loin les choses, je veux dire nos ancêtres, ne croyez-vous pas, Romains, que nous devons les bénir et les révérer à l'égal des immortels? Qu'ont-ils donc vu? ce que je vous prie de voir et de considérer aujourd'hui. C'est moins le sang et la naissance qui donnent aux peuples un caractère, que la nature même du sol et la manière de vivre, les alimens que nous prenons, la profession que nous exerçons. Les Carthaginois étoient fourbes et menteurs, moins par un goût naturel que par la situation du pays, leurs ports attirant chez eux beaucoup d'étrangers et de marchands avec lesquels ils traitoient, et l'amour du gain leur donnant de l'inclination à tromper. Ceux des Liguriens (1) qui vivent sur les montagnes, sont durs et rustiques ; ils doivent cette dureté et cette rusticité au territoire même qui ne produit rien sans une longue et pénible culture. La bonté des terres, la richesse des récoltes, la beauté de la ville, la salubrité de son air, l'alignement de ses rues, ont toujours rendu les Campaniens orgueil-

(1) Il y avoit plusieurs espèces de Liguriens ; Cicéron parle ici de ceux qui vivoient sur les montagnes.

leux. C'est de l'abondance des biens et des délices de la vie qu'est née dès le commencement à Capoue cette arrogance qui exigeoit de nos ancêtres qu'ils prissent dans leur ville un des deux consuls : de-là ce luxe qui triompha d'Annibal lui-même (1), et qui vainquit par la volupté celui que les armes n'avoient encore pu vaincre.

Lorsque les décemvirs, en vertu de la loi de Rullus, auront conduit à Capoue un grand nombre (2) de colons, qu'ils y auront établi cent décurions, dix augures, six pontifes, quelle sera, croyez-vous, la fierté, la fougue, l'insolence des nouveaux habitans ? Rome placée sur des montagnes et dans des vallées, élevée et comme suspendue dans

(1) Ce fut après la bataille de Cannes qu'Annibal retira ses troupes à Capoue, dont les délices amollirent un peu son armée.

(2) Au lieu de *numerum* dans le texte, un savant conjecture qu'il faut lire IƆƆ cinq mille ; ce qui paroît d'autant mieux imaginé, que d'anciens livres portent *mo* ou *modo*, au lieu de *numerum*. —— *Cent décurions*. On appelloit décurions dans les colonies, ceux qu'on appelloit sénateurs à Rome.

les airs par ses maisons à plusieurs étages, avec ses rues étroites et mal percées, Rome, en comparaison de leur Capoue qui se développe avec grace dans une vaste plaine, dont toutes les rues sont bien ouvertes (1), deviendra l'objet de leurs insultes et de leurs mépris. Ils ne croiront pas sans doute, que les champs du Vatican et de Pupinia puissent soutenir le parallèle de leurs campagnes riches et fertiles. Toutes leurs villes voisines, ils les mettront à côté des nôtres par moquerie et par dérision. Ils compareront Labique, Fidène, Collatie, Lanuvium même, Aricie, Tusculum, avec Calès, Théno, Naples, Pompéi, Pouzoles, Nucérie. Enorgueillis et fiers de ces avantages, peut-être ne feront-ils pas éclater aussitôt leur insolence; mais certainement pour peu qu'avec le tems ils aient pris de force et de consistance, ils iront plus loin, ils ne mettront aucun frein à leur ambition. Un seul particulier, s'il n'est soutenu d'une grande

(1) Au lieu de *prae illis semitis*, je pense qu'il faut lire avec Lambin, *ac semitas prae suis illis viis*. — Vatican, colline près de Rome. Pupinia, campagne aux portes de la même ville.

sagesse, n'a déja que trop de peine à se contenir dans de justes bornes quand il jouit d'une grande fortune et qu'il nage dans l'abondance; à plus forte raison des hommes choisis par Rullus et par ses semblables, établis dans Capoue, placés dans le séjour de l'orgueil, dans le centre des délices, auront peine à ne pas se porter à quelque excès et à quelque désordre. Ils s'y porteront même avec beaucoup plus de fureur que les naturels de l'ancienne Capoue, parce que ceux-ci, quoique nés et élevés dans une fortune qui leur étoit familière, ne laissoient pas de se corrompre par l'abondance dans laquelle ils vivoient; au lieu que les nouveaux colons, passant de l'extrême misère à cette même abondance, ne pourront tenir contre une opulence dangéreuse, qui d'ailleurs sera pour eux toute nouvelle.

Vous avez mieux aimé, Rullus, imiter le crime de Brutus que suivre les exemples de sagesse donnés par nos ancêtres. Quels projets énormes n'avez-vous pas imaginés, vous et vos agens? Vendre nos anciens revenus, piller les nouveaux (1), rendre Capoue rivale de Rome;

(1) J'[illegible] des savans, *expilaretis* au lieu d'*ex-*

soumettre à vos loix, à votre jurisdiction, à votre puissance, les villes, les nations, les provinces, les peuples libres, les monarques, toute la terre enfin ; épuiser le trésor, tirer de l'argent de nos domaines, lever des sommes immenses sur les rois, sur les peuples, sur nos généraux, et obliger ensuite tous les hommes de remettre leur argent entre vos mains au moindre signe de votre volonté ; acheter des terres dont la possession est odieuse, à ceux qui les tiennent de Sylla ; acheter à vos amis, à vos parens, à vous-mêmes, des campagnes désertes et mal-saines, et les compter au Peuple Romain le prix que vous jugerez à propos ; envahir toutes les villes municipales, toutes les colonies d'Italie, en y établissant de nouveaux colons ; placer des colonies en au-

pleretis dans le texte. Je voudrois ensuite, et j'ai traduit en conséquence, qu'on lût de cette manière ; *expilaretis nova : ut Romae Capuam ad certamen dignitatis opponeretis : ut sub vestrum.* Au reste, d'anciens livres marquent que, dans le texte, après *novo* (car ils portent *vectigalia ea expleretis novo*), il manque une ligne ; et je crois aussi que cette partie de phrase, dans la récapitulation, n'est pas assez pleine.

tant de lieux et dans tous les lieux qu'il vous plaira ; investir toute la République de vos soldats, de vos villes, de vos garnisons, la tenir opprimée ; ce Pompée lui-même, avec le secours duquel le Peuple Romain a souvent triomphé des ennemis les plus acharnés et des citoyens les plus pervers, le proscrire, si vous pouviez, le priver de la présence du Peuple ; vous saisir et vous emparer de tout ce qui peut être acheté avec l'or et l'argent, obtenu par les voix et les suffrages des citoyens réunis, emporté par la force et la violence (1) ; parcourir cependant toutes les nations, tous les royaumes, avec une autorité absolue, avec une jurisdiction illimitée, avec des sommes immenses d'argent ; venir dans le camp de Pompée, vendre même ce camp, s'il vous en prenoit envie ; enfin demander les honneurs pendant votre décemvirat, vous affranchir de la crainte des loix et des rigueurs de la justice, faire tout en un mot sans pouvoir être, ni cités, ni appellés devant le Peuple, ni contraints par le

(1) Latin, *elatâ manu* : des savans corrigent heureusement *vi ac manu* ; correction adoptée par quelques éditions.

sénat, ni réprimés par les consuls, ni retenus par les tribuns : voilà ce que vous avez imaginé.

Que votre folie et votre cupidité vous aient inspiré tant d'audace, je n'en suis pas surpris ; mais que vous ayez espéré de réussir tandis que je serai consul, c'est là ce qui m'étonne. Si tous les consuls sont obligés de veiller avec soin et avec zèle au salut de la République, cette obligation regarde sur-tout ceux qui ne sont pas désignés consuls dans le berceau, mais choisis dans le champ de Mars. Nuls de mes ancêtres ne m'ont servi de cautions auprès du Peuple Romain ; c'est à moi qu'on a prêté, c'est moi qui suis chargé de la dette, c'est à moi que vous devez en demander le paiement. Lorsque je sollicitois cette première magistrature, je n'ai été recommandé à vous par aucun des auteurs de ma race ; si je fais des fautes, aucuns titres de noblesse ne m'obtiendront de vous ma grace. Pourvu que la vie me soit conservée ; et je suis en état de la défendre contre le crime et les embûches des méchans ; je vous le proteste, Romains, et je vous le garantis, vous avez confié la République à un homme qui n'est ni lâche ni timide, mais vigilant et courageux. Suis-je un consul à redouter les assemblées du Peuple, à pâlir à la vue de vos tribuns, à me déconcerter souvent et sans sujet, à craindre de faire un long séjour dans la prison, si un tribun ordonnoit de m'y (1) conduire? moi qui, avant d'être armé de votre pouvoir, avant d'être décoré des premiers honneurs, sans crédit et sans autorité, n'ai pas craint de paroître dans cette tribune, de tenir tête, avec votre aveu, à la méchanceté d'un homme puissant; aujourd'hui que je suis soutenu de toutes les forces de la République, craindrai-je d'être vaincu ou opprimé par les ennemis de l'état? Quand j'aurois auparavant été susceptible de quelque crainte, la bienveillance d'une telle assemblée et d'un tel Peuple seroit plus que suffisante pour me rassurer. Quel tribun proposant une loi agraire, fut jamais écouté aussi favorablement que moi qui la dissuade, ou plutôt qui la détruis et qui la renverse? D'où l'on peut voir, Ro-

(1) Les tribuns avoient droit de faire conduire en prison, même des consuls: il y en avoit eu des exemples avant Ciceron, et il y en eut après lui.— *N'ai-je pas craint...* lorsqu'il prononça un discours en faveur de la loi Manilia. — *D'un homme puissant.* On ne sait pas quel étoit cet homme.

mains, qu'il n'est rien de plus agréable au peuple que ce qu'un consul ami du peuple vient vous offrir cette année, la paix, la tranquillité, le repos. J'ai pris toutes mes mesures pour prévenir les troubles que vous avez appréhendés quand nous n'étions encore que désignés consuls. Non seulement vous jouirez du repos, vous qui l'avez toujours chéri; mais encore je forcerai de rester tranquilles, ces hommes qu'afflige et que gêne notre tranquillité (1). Les troubles et les dissentions leur procurent des honneurs, de la puissance, des richesses : vous qui trouvez votre pouvoir dans les suffrages, votre liberté dans les loix, votre salut dans les tribunaux et dans l'équité des magistrats (2), la sûreté de vos biens dans la paix, vous devez conserver votre repos par

(1) J'avois d'abord traduit, qui entreprennent de troubler notre tranquillité; comme si au lieu de *quibus otiosi negotium facessimus*, on lisoit, *qui nobis otiosis negotium facessunt*. Mais j'ai vu ensuite qu'on pouvoit tirer un très-bon sens du texte, tel qu'il s'offre dans toutes les éditions.

(2) Je lis avec un savant *magistratuum* au lieu de *magistratus*. J'ai traduit comme si au lieu d'*honos* on lisoit *salus*.

tous les moyens qui dépendent de vous. En effet, si ceux qui vivent tranquilles par indolence, goûtent du plaisir dans leur honteuse oisiveté, si vous estimez d'autant plus votre état présent, que vous jouissez d'un repos glorieux à l'ombre duquel vous gouvernez la fortune, vous devez chérir un repos honorable que vous ne devez pas (1) à la violence, mais à la sagesse de votre conduite. Je n'ai rien négligé pour affermir ce repos, j'y ai pourvu de loin par l'union que j'ai cimentée entre mon collègue (2) et moi, en dépit de ces hommes que j'ai bien prévu devoir être les ennemis de notre consulat. C'est moi encore qui ai annoncé aux tribuns que j'étois instruit des troubles qu'ils vouloient faire naître cette année. La plus grande sûreté de nos fortunes sera, Romains, que vous vous montriez à l'avenir

(1) J'ai lu *non vi quaesitum*, au lieu de *non ut quaesitum*.

(2) Caïus Antonius. J'ai traduit toute la phrase comme si on lisoit : *Quod (otium) ego et concordiâ... quos in consulatu inimicos fore providi, omnibus et animi et corporis artibus*, (c'est-à-dire, *omni ratione, omnibus modis*) *prospexi sanè et revocavi*.

pour les intérêts de la République, tels que vous vous êtes montrés pour les vôtres dans cette nombreuse assemblée. Je vous promets de mon côté et je vous réponds de faire ensorte que ceux qui m'ont envié l'honneur dont vous m'avez décoré, soient forcés de convenir qu'en me nommant consul, vous n'avez pas si mal pourvu au bien de la République.

SECOND DISCOURS CONTRE RULLUS, DEVANT LE PEUPLE.

Sommaire.

RULLUS n'avoit point osé se présenter dans l'assemblée où Cicéron avoit attaqué sa loi, et par-là il s'étoit comme avoué vaincu : il prit le tems où le consul étoit absent pour l'accuser de soutenir le parti de ceux auxquels Sylla avoit abandonné les biens des proscrits. Cicéron lui répond par le présent discours, qui est comme une suite et un appendix *du premier : il soutient que c'est lui-même Rullus, qui protège les possesseurs de ces biens odieux, et surtout Valgius son beau-père ; c'est ce qu'il démontre en expliquant le quarantième article de la loi, dont il n'a point parlé d'abord, dans la crainte de réveiller les anciennes divisions.*

LES tribuns auroient agi plus régulièrement, Romains, si les imputations dont ils (1) m'ont chargé devant vous en mon absence, ils me les eussent plutôt adressées à moi présent : par-là ils se seroient conformés aux règles de

(1) J'ai traduit comme si on lisoit *apud vos de me absente detulerunt.*

l'équité (1) et à l'usage de nos prédécesseurs, sans compromettre les droits de leur magistrature. Mais puisque jusqu'ici ils ont fui le combat, ils ont évité de m'attaquer en face; qu'ils paroissent aujourd'hui, s'ils le veulent, dans l'assemblée où je parle ; et qu'après avoir refusé mes premiers défis, ils acceptent du moins ceux que je leur fais encore.

Je vois, Romains, que plusieurs parmi vous témoignent par un murmure je ne sais quel mécontentement, et que, dans cette assemblée, ils ne montrent pas sur leurs visages le même air de satisfaction qu'ils ont manifesté dans l'assemblée précédente. Je prie donc ceux d'entre vous qui n'ont rien ouï de ce qui s'est dit à mon désavantage, de me conserver toujours les mêmes sentimens. Quant à ceux qui me paroissent être un peu ébranlés, je leur demande de garder encore quelques momens la bonne opinion qu'ils ont conçue de moi, d'y persister, s'ils reconnoissent la vérité de ce que

(1) Mot à mot, *à l'équité de votre discussion*, c'est-à-dire à l'équité, qui veut qu'une cause soit discutée devant le juge légitime, par les personnes que la cause intéresse.

je vais dire ; sinon, de l'abandonner aujourd'hui et d'y renoncer pour toujours.

On vous a fatigués, Romains, en vous répétant sans cesse que je me suis opposé à la loi agraire et à vos intérêts pour complaire aux sept tyrans (1) et aux autres possesseurs des terres données par Sylla. Ceux d'entre vous qui l'ont cru, doivent avoir cru préalablement que la loi agraire, qui vient d'être proposée, ôte à ceux qui les possèdent, pour les distribuer, les terres données par Sylla, ou qu'enfin elle prive des particuliers d'une partie de leurs possessions pour vous y établir. Si je montre que, loin qu'on ôte à personne un seul pouce du terrein donné par Sylla, la possession de ce terrein est assurée et confirmée impudemment par un article de la loi (2) ; si je prouve que, par sa loi,

(1) *Aux sept tyrans*, c'est-à-dire, aux sept hommes les plus riches des largesses de Sylla, qu'il appelle tyrans pour les rendre odieux. Turnèbe pense que c'étoient les deux Lucullus, Crassus, Metellus, Hortensius, Philippus, Catulus.

(2) Par le quarantième article de la loi dont il va parler tout à l'heure.— *Le gendre de Valgius*, Rullus lui-même.

Rullus ménage avec un tel soin des possessions odieuses qu'il est facile de voir dans l'auteur de la loi, non le défenseur de vos intérêts, mais le gendre de Valgius; ne devez-vous pas être (1) persuadés qu'en calomniant un consul absent, Rullus s'est joué de votre vigilance et de la mienne, de mes lumières et des vôtres?

Il est un quarantième article de la loi, dont je me suis tû d'abord à dessein, pour ne point rouvrir des plaies qui se ferment, pour ne point rallumer le feu des dissentions dans la circonstance la moins favorable : et si je l'examine aujourd'hui, ce n'est pas que je ne sois prêt à maintenir avec ardeur l'état présent de la République, sur-tout après m'être annoncé pour cette année au Peuple Romain (2)

(1) Voici comme un savant explique cette phrase : NUMQUID EST CAUSAE, dit-il, *vel* NULLA EST CAUSA, *elegans est idiotismus, quo utebantur Romani, significantes nihil vetare, nihil intercedere, quominùs hoc credant faciantve.*

(2) Au lieu de *reipublicae*, j'aimerois mieux avec quelques savans *populo romano*, et j'ai traduit en conséquence.

comme

comme le défenseur du repos et de la concorde ; mais c'est afin d'apprendre à Rullus à se taire désormais au moins dans les choses où il doit desirer qu'on se taise sur lui et sur sa conduite.

Je regarde comme la plus injuste de toutes les loix, comme la moins semblable à une loi, celle que l'interroi (1) Flaccus a portée au sujet de Sylla, par laquelle il demande qu'on ratifie tous les actes de ce général. Pour l'ordinaire, dans les autres villes, l'établissement d'un tyran entraîne la destruction de toutes les loix ; Flaccus porte une loi pour donner un tyran à la République. Cette loi est odieuse, sans doute ; elle a néanmoins son excuse : elle paroît moins être la loi de Flaccus que de la conjoncture. Mais la loi de Rullus n'est-elle pas beaucoup plus impudente ? La loi Valéria et les loix Cornélia ôtent, il est vrai, en même-tems qu'elles don-

(1) Lorsque les consuls Cnæus Papirius Carbo et Caïus Marius (le jeune Marius) furent tués, Lucius Valerius Flaccus, créé interroi, porta une loi appellée de son nom Valeria, qui nommoit Sylla dictateur perpétuel, et qui ratifioit tous ses actes.

nent (1) ; elles joignent une injustice affreuse à d'impudentes largesses; mais elles laissent quelque espérance à celui qu'on a dépouillé et quelque inquiétude à celui qu'on a gratifié. Voici une des clauses de la loi de Rullus : *depuis le consulat de Caïus Marius et de Cnæus Papirius*, dit-elle. Comme il cherche à éloigner tout soupçon en nommant sur-tout les consuls qui étoient les plus grands ennemis de Sylla ! s'il eût nommé le dictateur Sylla, il pensoit que sa prévarication seroit aussi évidente qu'odieuse. Mais a-t-il cru que quelqu'un de vous seroit assez stupide pour ne pas faire réflexion que Sylla a été dictateur après ces consuls ? Que dit donc ce tribun partisan de Marius, qui veut me rendre odieux, comme si j'étois partisan de Sylla ? *Toutes les terres*, dit-il, *tous les édifices, lacs, étangs, places, possessions*, (il n'a laissé que le ciel et la mer, il a embrassé le reste) *qui, depuis le consulat de Marius et de Carbon, ont été donnés, assignés, ven-*

(1) Latin, *eripitur cum datur.* Grævius conjecture qu'il faut lire, *eripitur civi, civi datur*, d'après des manuscrits qui portent *eripitur civi datur.* Un peu plus bas, ou à *ademptus*, et à *datus*, il faut sous-entendre *ager*, ou il faut lire *ademptum* et *datum*.

dus, *accordés* : par qui, Rullus? Qui est-ce qui a donné, assigné, vendu, accordé (1) depuis le consulat de Marius et de Carbon, si ce n'est Sylla? *Que tout cela*, ajoute-t-il, *soit possédé avec le droit* .... Avec quel droit? Peut-être veut-il ébranler l'état présent des choses; ce tribun trop vif, trop violent, annulle les actes de Sylla : *avec le meilleur droit qu'un particulier possède des biens propres.* Comment? avec un meilleur droit que nous ne possédons les biens de nos pères et de nos ayeux? Oui. Mais la loi Valéria ne dit point cela; les loix Cornélia ne l'établissent point; Sylla lui-même ne le demande point. Si les terres qu'a données ce dictateur sont possédées avec quelque espèce de droit, si leur possession a quelque ressemblance avec une vraie propriété; quelque apparence (2) d'une pos-

(1) J'ai traduit comme si l'orateur avoit répété tous les mots de la loi; et Lambin pense qu'il faudroit les répéter dans le texte.

(2) J'ai traduit comme si on lisoit *aliquam speciem*: leçon indiquée à la marge d'une édition, comme se trouvant dans d'autres livres.— *Assez aveugle.* Latin *imprudens*. D'autres livres portent *impudens*.

session durable, il n'est aucun de ceux qui les ont reçues assez aveugle pour ne pas se croire fort heureux. Mais vous, Rullus, que demandez-vous? Que ceux qui sont saisis des terres en restent saisis? Qui l'empêche? Qu'ils les possèdent comme les leurs propres? Mais tels sont les termes de votre loi que, pour votre beau-père, sa jouissance de la terre d'Irpinum (1), ou plutôt du territoire d'Irpinum, puisqu'il le possède tout entier, est plus favorable que ne l'est pour moi la possession de ma terre d'Arpinum que j'ai reçue de mon père et de mes ayeux : car c'est là ce que vous voulez établir par votre loi. Les terres qui sont possédées avec le meilleur droit sont, sans doute, celles dont la condition est la meilleure. Les terres franches sont possédées avec un meilleur droit que celles qui ont des servitudes. Par l'article quarantième, toutes les terres qui avoient des servitudes n'en auront plus. Les terres qui n'ont pas de charges jouissent d'une condition plus favorable que celles qui en ont. En vertu du même article, toutes les terres qui ont des charges en sont affran-

(1) Irpinum, territoire dans le pays des Samnites.

chies, pourvu qu'elles aient été données par Sylla. La condition des terres exemptes est plus avantageuse que celle des terres qui paient. Je paierai une rente dans ma terre de Tusculum pour la fontaine qui l'arrose (1), parce que j'ai reçu la terre avec cette servitude : si elle m'avoit été donnée par Sylla, je ne paierois rien en vertu de la loi de Rullus.

Je vois, Romains, que vous êtes également frappés, comme vous devez l'être, de l'impudence de Rullus et dans sa loi et dans ses discours : dans sa loi, lorsqu'il établit un droit plus favorable pour les terres données par Sylla que pour les terres reçues de nos ayeux ; dans ses discours, lorsqu'il (2) ose accuser qui que ce soit de défendre avec chaleur les actes de Sylla. Si Rullus se bornoit à confirmer les donations de Sylla, je me tairois, pourvu qu'il s'avouât son partisan :

(1) Mot à mot *pour l'eau Crabra*. Cicéron payoit tous les ans une somme pour recevoir l'eau d'une fontaine appellée *Crabra*.

(2) *Quae ejusmodi causâ...* C'est-à-dire, *quae eo nomine quemquam audeat insimulare, quòd rationes Sullae nimis vehementer defendat.*

mais non content de favoriser par sa loi les donations du dictateur, il introduit une autre espèce de donation ; et celui qui m'accuse de défendre les gratifications de Sylla ne se borne pas à les confirmer, il établit lui-même des gratifications nouvelles, il devient pour nous tout à coup un nouveau Sylla. Car voyez quelles concessions immenses notre censeur rigide entreprend de faire d'un seul mot. *Tout ce qui a été vendu*, dit-il, *donné*, *conféré*, *accordé*. J'entends, je le souffre. Quoi ensuite ? *Tout ce qui est possédé*. Un tribun du Peuple a donc osé établir par une loi que ce qu'on possède depuis le consulat de Marius et de Carbon, on le possédera avec le droit le plus favorable qu'un particulier puisse posséder son bien propre. Comment ? même si on a chassé quelqu'un de sa terre par violence ! même si on a usurpé cette terre par fraude ! même si on n'a qu'une possession précaire ! Cette loi détruit donc le droit civil, la nature des possessions, les ordonnances des préteurs. Sous un seul mot, Romains, se trouve caché un objet important, un piège qui mérite attention. Il est beaucoup de terres qui ont été confisquées en vertu de la loi

Cornélia, sans avoir été assignées ni vendues à personne, et que quelques hommes effrontés possèdent sans aucun titre. C'est la possession de ces terres que Rullus favorise, ce sont elles qu'il défend, ce sont elles dont il assure la jouissance à ceux qui en sont saisis; oui, ces terres que Sylla n'a données à personne, que Rullus ne veut pas vous assigner, mais confirmer à ceux qui les possèdent. Eh! je vous le demande, Romains, pourquoi souffrez-vous qu'on vende ce que vos ancêtres ont acquis dans l'Italie, dans la Sicile, dans les deux Espagnes, dans la Macédoine, dans l'Asie, qu'on le vende en vertu d'une loi qui accorde aux possesseurs actuels ce qui vous appartient? Vous allez voir que toute la loi, faite pour établir la domination d'un petit nombre d'hommes, est fort propre à confirmer les donations de Sylla. Le beau-père de Rullus est un fort honnête homme: aussi n'est-il pas question maintenant de la probité du beau-père; mais de l'impudence du gendre. Valgius veut conserver ce qu'il possède, et il ne se cache point d'être partisan de Sylla. Rullus, pour envahir ce qu'il n'a pas, veut assurer par votre moyen ses possessions douteuses ; et, lorsqu'il a plus d'avidité que Sylla lui-même, il m'accuse (1) de défendre les largesses de Sylla auxquelles je m'oppose. Mon beau-père, dit-il, a quelques terres éloignées et désertes ; il les vendra, en vertu de ma loi, au prix qu'il voudra. Il en a dont la possession est incertaine, n'est appuyée d'aucun titre ; elles lui seront assurées avec le droit le plus favorable. Il en a qui font partie des domaines publics ; grace à ma loi, elles n'en feront plus partie. Ces terres riches et fertiles dans le territoire de Casinum, qu'il n'a cessé d'accroître par la proscription de tous ses voisins, dont il s'est emparé, jusqu'à ce que d'une multitude de petites terres il en ait formé une seule (2) d'une vaste étendue, il les possède mainte-

(1) Ou *criminor* doit se prendre dans le sens passif, ou il faut lire avec d'autres livres *criminatur*, en sous-entendant *me*.

(2) Latin *oculis confirmando*, ou, suivant d'autres, *oculis* ou *oculos continuando*. Je serois assez porté à adopter la correction d'un savant, *oculis conformando*, sur-tout à cause du *formam* qui suit.

nant avec quelque crainte ; il les possédera sans aucune inquiétude.

Et puisque j'ai montré par quel motif et en faveur de quels hommes il a proposé sa loi, qu'il montre, lui, si je favorise quelque possesseur particulier en m'opposant à la loi agraire. Vous vendez, Rullus, la forêt Scantia : elle est possédée par la République ; je m'y oppose. Vous partagez le territoire de la Campanie ; le Peuple Romain est en possession de ce territoire ; je ne le permets pas. Je vois que par la loi on affiche à vendre les possessions de l'Italie, de la Sicile, des autres provinces ; ce sont vos terres, Romains, ce sont vos domaines : je m'y opposerai, je l'empêcherai ; je ne souffrirai pas que, sous mon consulat, personne dépouille le Peuple Romain de ses possessions, sur-tout puisque ce n'est pas pour vous qu'on travaille. Il ne faut point vous laisser plus long-tems dans l'erreur. Est-il parmi vous un seul homme propre à la violence, au crime, au meurtre? pas un seul. Mais c'est pour cette espèce de gens, croyez-moi, qu'on réserve le territoire de la Campanie et la superbe Capoue. C'est contre vous, contre votre liberté, contre

Pompée, qu'on dispose des armées. On munit Capoue contre Rome; on arme contre vous une troupe d'audacieux; dix chefs sont établis contre Pompée. Que les tribuns se présentent; et puisque, d'après vos vœux, ils ont appellé votre consul à cette assemblée, qu'ils paroissent et qu'ils parlent.

FRAGMENT D'UN DISCOURS DE CICÉRON CONTRE RULLUS, DANS LE SÉNAT.

Sommaire.

Ce discours, comme je l'ai déjà dit, a été prononcé avant les deux autres. Il n'en reste qu'une partie ou grand fragment. Cicéron expose plusieurs des vices de la loi de Rullus; il s'arrête sur-tout au partage des terres de la Campanie, article qu'il développe encore bien davantage dans son discours au Peuple. Il exhorte les tribuns à se désister de leur projet, en leur annonçant qu'il ne les redoutera pas plus dans l'assemblée du Peuple qu'il ne les a redoutés dans le sénat. Il exhorte les sénateurs à se joindre à lui pour défendre la dignité de leur ordre.

Ce qu'on vouloit (1) auparavant emporter à force ouverte, on cherche maintenant à l'ob-

(1) *Ce qu'on vouloit*, sans doute, l'Égypte et Alexandrie.— *Après les mêmes consuls*, les consuls Lucius Cotta et Lucius Torquatus, dont il est supposé parlé dans ce qui précède et qui est perdu.— *De Ptolémée*. Les savans ne s'accordent pas sûr le roi Ptolémée Alexandre (car c'est du nom d'Alexandre qu'il est appellé ici) dont il s'agit dans ce discours, et dans le premier au Peuple. L'histoire et les dates ne parlent pas assez clairement pour décider la question.

tenir par des voies sourdes et cachées. Les décemvirs diront, ce que plusieurs ont déjà dit et disent encore, qu'après les mêmes consuls le royaume de Ptolémée est devenu domaine du Peuple Romain par le testament de ce prince. Accorderez-vous donc le royaume d'Alexandrie aux secrettes menées de ceux qui n'ont pu vous l'arracher de vive force? Je vous le demande, P. C., les projets des décemvirs vous paroissent-ils être le fruit d'une mûre réflexion ou le délire de l'ivresse? Y voyez-vous de sages desseins ou des desirs insensés?

Examinez à présent comment, par l'article qui suit, cet infâme (1) dissipateur met le désordre dans les possessions du Peuple Romain, comment il ruine et consume les domaines qui nous ont été laissés par nos ancêtres, comment il est aussi prodigue du patrimoine de l'état que du sien propre. Il annonce dans la loi ceux de nos revenus que vendront les décemvirs, c'est-à-dire, il annonce la vente des domaines publics; il veut qu'on achète des terres pour les distribuer; il cherche de l'argent. Sans doute,

(1) *Cet infâme dissipateur*, Rullus, auteur de la loi.

il imaginera, il produira quelque moyen d'en avoir. Les articles précédens portoient atteinte à la dignité du Peuple Romain, rendoient le nom de cet empire odieux à tout l'univers, abandonnoient aux décemvirs, des villes amies, les campagnes de nos alliés, le trône et la couronne des monarques : maintenant on cherche de l'argent sûr (1), de l'argent comptant et en bonnes espèces.

J'attends ce qu'imaginera un tribun subtil et vigilant. Que l'on vende, dit-il, la forêt Scantia (2). Avez-vous trouvé, Rullus, cette forêt dans les fonds abandonnés ou dans les domaines affermés par les censeurs? Si en cherchant partout avec soin, vous avez rencontré, vous avez découvert quelque possession, encore qu'il fût injuste de la dissiper, dissipez-la, puisque cela vous plaît, puisqu'elle sera le fruit de vos re-

(1) *De l'argent sûr,* qui devoit revenir de la vente des domaines publics.

(2) *La forêt Scantia*, dans la Campanie.— *Les domaines affermés par les censeurs.* C'étoient les censeurs qui affermoient les domaines publics. *Les domaines*; le latin dit *les pâturages*, desquels seuls anciennement l'état tiroit un revenu.

cherches. Mais vendrez-vous la forêt Scantia sous les yeux du sénat et des consuls ? toucherez-vous à nos revenus ? enleverez-vous au Peuple Romain ce qui fait sa ressource dans la guerre et sa prospérité dans la paix ? Alors je me regarderai comme un consul bien lâche en comparaison de ces hommes fermes qui ont géré le consulat du tems de nos ancêtres, puisque je n'aurai pu conserver à la République les domaines que lui ont acquis leur courage et leur sagesse.

Il vend les unes après les autres toutes les possessions de l'Italie : et en cela il est fort exact, il n'en omet aucune. Parcourant dans les registres des censeurs toute la Sicile, il n'oublie aucune terre, aucun édifice. Vous avez entendu, P. C., la lecture (1) de la vente du Peuple Romain affichée par un tribun du Peuple, et annoncée pour le mois de janvier. Vous voyez que, si ceux qui ont conquis ces possessions par leurs armes et par leur

(1) *Vous avez entendu la lecture ;* lorsque le greffier public a lu en plein sénat la loi, lecture par laquelle Cicéron avoit fait précéder son discours. La loi avoit été proposée dans le mois de décembre, pour être portée dans le mois de janvier.

bravoure, ne les ont pas vendues pour ménager des ressources au trésor, c'étoit apparemment afin que nous eussions de quoi vendre pour faire des largesses.

Observez à présent comment les décemvirs marchent plus à découvert (1) qu'ils n'avoient fait jusqu'alors. J'ai prouvé comment, dans la première partie de la loi, ils attaquoient Pompée : ils se décèleront maintenant eux-mêmes. Ils ordonnent de vendre les territoires d'Attalée et d'Olympe (2), que la victoire du brave Servilius a rendus domaines du Peuple Romain ; puis en Macédoine les domaines royaux qui ont été conquis par la valeur de

(1) Latin *quoad fecerit iter*. Des savans lisent, et j'adopte leur leçon, *quò adfectârint iter*. — *Ils attaquoient Pompée*. C'est ce qui a été exposé dans le premier discours au Peuple. *Ils se décèleront maintenant eux-mêmes*, en proposant de vendre les domaines enlevés à Mithridate dans le Pont, où Pompée faisoit encore la guerre.

(2) Attalée, ville de Pamphilie, Olympe, ville de Lycie ; lesquelles villes avoient été prises par Publius Servilius, dont il est parlé dans le premier discours au Peuple.

Flamininus (1), et de Paul Emile, vainqueur de Persée ; puis le riche et fertile territoire de Corinthe, qui a été ajouté aux possessions du Peuple Romain par les heureux exploits de Mummius ; puis les terres en Espagne près de la nouvelle Carthage (2), dont nous sommes redevables à la bravoure des deux Scipions. Enfin ils vendront l'ancienne Carthage elle-même, dont Scipion l'Africain a détruit les murs et les édifices ; dont ce grand homme, dans le dessein, soit de rappeller le souvenir du désastre de Carthage, soit d'attester une victoire, soit de se délivrer d'un scrupule (3)

(1) Flamininus, nommé par d'autres Flaminius, vainqueur de Philippe, roi de Macédoine ; Paul Émile, vainqueur de Persée son fils. Lucius Mummius, qui termina la guerre de Corinthe par la destruction de cette ville.

(2) La nouvelle Carthage, dans l'Espagne Bétique, fondée par le Carthaginois Asdrubal ; prise par les deux frères Cnæus et Publius Scipion, qui les premiers firent la guerre en Espagne, et y périrent tous deux ensemble. L'ancienne Carthage fut prise et détruite par Scipion l'Africain, second du nom.

(3) Cicéron ne dit pas, et il n'est pas facile de deviner quel étoit ce scrupule.

religieux,

religieux, a consacré le sol comme un monument éternel et mémorable. Après avoir vendu ces grandes possessions, que nos ancêtres nous ont transmises comme la décoration et la parure de cet empire, après avoir tout vendu sans épargner ni le sacré ni le profane, ils ordonnent de vendre les domaines que le roi Mithridate possédoit dans la Paphlagonie, dans le Pont, dans la Cappadoce. Eh! n'est-ce pas évidemment poursuivre l'armée de Pompée avec la pique (1) du crieur, que d'ordonner qu'on vende les pays même où est encore à présent ce général, où il fait la guerre?

Mais que dire de leur précaution à ne désigner aucun lieu pour la vente qu'ils établissent? Car la loi permet aux décemvirs de vendre dans les lieux qu'ils jugeront à propos. Les censeurs ne peuvent donner à ferme les domaines de l'empire que sous les yeux du Peuple Romain; et les décemvirs pourront les vendre même aux extrémités du monde!

(1) Lorsqu'on faisoit une vente publique, on plantoit une pique, qui étoit le signe et l'annonce de cette vente.

Les plus grands dissipateurs, après avoir consumé leur patrimoine, aiment encore mieux vendre les débris de leur fortune dans les places (1) destinées aux enchères publiques que dans les rues et les carrefours : Rullus, par sa loi, permet aux décemvirs de vendre les biens du Peuple Romain dans les endroits les plus cachés qu'il leur plaira, dans les lieux les plus solitaires qu'ils voudront.

Et ne voyez-vous pas, P. C., combien les courses que feront les décemvirs dans les provinces, dans les royaumes, chez les peuples libres, seront fâcheuses et redoutables pour les autres, profitables pour eux. Il est des sénateurs à qui vous accordez des lieutenances honoraires (2) pour aller recueillir des successions ; ce ne sont que des particuliers qui voyagent pour des affaires particulières,

(1) Les places destinées aux enchères publiques étoient dans le forum, et par conséquent plus connues et plus fréquentées que les rues et les carrefours de la ville.

(2) *Des lieutenances honoraires*, mot à mot ; *des lieutenances libres*. Nous avons expliqué dans le premier discours au Peuple, ce que c'étoient que ces lieutenances.

sans avoir beaucoup de considération ni une grande puissance : vous savez toutefois combien leur arrivée est toujours onéreuse à vos alliés. Quelles frayeurs, quels maux n'éprouveront pas, croyez-vous, toutes les nations, lorsque, d'après la loi, on envoie les décemvirs dans toute la terre avec un pouvoir illimité, une insatiable avarice, une cupidité immense et sans bornes ! Outre les dépenses qu'entraînera leur arrivée, outre la terreur qu'inspireront leurs faisceaux, qui pourra soutenir leur despotisme et leurs jugemens ? Ils pourront décider à leur gré que tels objets sont de nos domaines, et les vendre d'après leur décision. Il est une chose dont s'abstiendront ces hommes intègres, sans doute, de recevoir de l'argent pour ne pas vendre ; mais enfin elle leur sera permise par la loi. Delà, quels pillages, croyez-vous ! Quels gains dans les transactions ! quel trafic en tout lieu de la justice et de toutes les fortunes ! En effet, ce qu'ils avoient fixé (1) dans les articles précédens au consulat de Pompée et de Sylla,

(1) *Ce qu'ils avoient fixé*. . . Les décemvirs devoient vendre les domaines acquis à l'empire depuis les consuls Lucius Sylla et Quintus Pompéius.

ils l'ont étendu ensuite aux époques les plus indécises et les moins déterminées.

Rullus autorise les mêmes décemvirs à mettre un impôt considérable sur tous les domaines publics, après leur avoir permis d'annoncer comme faisant partie des domaines publics, ou comme n'en faisant point partie, les terres qu'ils jugeront à propos. On ne peut décider si, dans leurs jugemens, la rigueur sera plus fâcheuse que la douceur ne leur sera profitable. Cependant il est dans le corps de la loi deux exceptions qui sont moins injustes que suspectes. Dans la distribution des impôts, on excepte le territoire de (1) Récentore en Sicile, et, dans la vente des terres, on réserve celles dont fait mention un traité: ce sont les terres en Afrique possédées par Hiempsal (2). Ici, je le demande à Rullus; si le traité met vraiment à l'abri Hiempsal, si

(1) Le territoire de Récentore en Sicile, étoit domaine public. Les particuliers qui le possédoient, se défendoient, moins par la condition des terres, que par la possession même.

(2) Hiempsal, roi de Mauritanie, avoit reçu des Romains des terres en Afrique.

le territoire de Récentore ne fait point vraiment partie des domaines publics, qu'étoit-il besoin d'excepter ce prince et ce térritoire? Mais s'il y a quelque équivoque dans le traité, s'il est vrai que le territoire de Récentore pourroit être regardé comme domaine public, croira-t-on que Rullus n'ait trouvé que deux endroits (1) dans le monde qu'il épargnât gratuitement? Ne semble-t-il pas, au contraire, qu'il n'est nulle part aucune pièce d'argent si bien cachée que n'aient éventée les fabricateurs de la loi? Ils épuisent les provinces, les villes libres, nos alliés, nos amis, enfin les monarques; ils portent les mains sur les domaines de notre empire. Ce n'est point assez. Ecoutez, écoutez, vous qui, par un choix honorable du sénat et du Peuple, avez commandé des armées, avez soutenu des guerres. Quiconque a reçu et recevra quelque partie du butin, des dépouilles (2), *de l'or coronaire*,

(1) *Deux endroits* : latin *duas causas*, c'est-à-dire, du moins, à ce qu'il me semble, *duas res*, *duas regiones*. Ces mots, *qu'il épargnât gratuitement*, sont, je crois, ironiques.

(2) Latin : *ex manubiis*. *Manubiae* étoit propre-

laquelle n'aura pas été employée en édifices publics, ni remise au trésor, la loi lui ordonne de la remettre aux décemvirs. Ils espèrent de ce seul article bien des avantages; ils se préparent à inquiéter tous les généraux et leurs héritiers; ils se flattent sur-tout de tirer de Faustus (1) des sommes immenses. Une cause que n'ont pas voulu décider des juges liés par un serment, les décemvirs la soumettent à leur décision. Croient-ils donc qu'on se soit abstenu de la juger pour la renvoyer à leur sagesse? En homme fort attentif, Rullus ordonne encore pour la suite que tout l'argent

ment l'argent qui provenoit de la partie du butin vendue par le questeur. *De l'or coronaire.* Nous avons expliqué dans le premier discours au Peuple, ce qu'on entendoit par cet or.

(1) Faustus Sylla, fils du dictateur Sylla, avoit commandé long-tems les armées, et tiré de grandes sommes d'argent. *Une cause...* Cicéron, dans le plaidoyer pour Cluentius, dit que Sylla étant accusé par un tribun du Peuple, pour l'argent du trésor qu'il avoit entre les mains, les juges refusèrent de juger la cause, parce que, disoient-ils, la partie n'étoit pas égale.

dont un général sera saisi, il le remettra sur le champ aux décemvirs. Ici néanmoins il excepte Pompée, de la même manière, à ce qu'il me semble, que Glaucippe est excepté dans la loi (1) qui chasse les étrangers de Rome. Ce n'est pas un bienfait que cette exception accorde à un seul homme, c'est une injustice qu'elle lui épargne. En laissant à Pompée les dépouilles qui lui appartiennent, le tribun envahit les domaines que nous aura procurés sa victoire : car, dit-il, les décemvirs emploieront les sommes d'argent provenues des nouveaux domaines qui seront vendus après notre consulat; comme s'il n'étoit pas clair qu'il a dessein de vendre les domaines que (2) Pompée aura ajoutés aux anciens.

(1) Le tribun Caius Papius avoit porté une loi qui chassoit de Rome tous les étrangers, Gaulois, Espagnols et Grecs; Glaucippe seul étoit excepté : on ne sait pas quel étoit ce Glaucippe, et quelle étoit la raison de cette exception. L'expression latine *privatur injuriâ* est singulière et mérite d'être remarquée. Lambin croit qu'il faut lire *prohibitur injuriâ.*

(2) Il faut se rappeller que Pompée faisoit encore la guerre dans le Pont.

Vous voyez maintenant, P. C., par quels moyens et de quelles manières les décemvirs amasseront de l'argent et l'accumuleront. On diminuera l'odieux de ces amas d'argent ; on l'emploiera à acheter des terres. Fort bien. Qui donc achetera ces terres ? Les mêmes décemvirs. Vous, Rullus, sans parler de vos collègues, vous achèterez celles que vous voudrez, vous vendrez celles que vous voudrez, vous acheterez et vendrez le prix que vous voudrez. Car cet honnête homme met une clause, il ne veut point qu'on achète malgré le propriétaire : comme si on ne voyoit pas, qu'acheter malgré le propriétaire est odieux, mais qu'acheter avec son agrément est lucratif pour le vendeur. Sans parler des autres, combien votre beau-père (1) vendra-t-il de terrein ? Si je connois bien sa modération, il ne vendra pas malgré lui. Les autres ne se porteront pas moins volontiers à échan-

(1) Le beau-père de Rullus étoit un nommé Valgius, dont il est beaucoup parlé dans les deux discours précédens. Valgius et les autres partisans de Sylla avoient des possessions qu'ils craignoient de perdre, comme étant le fruit de l'usurpation et de la violence.

ger avec de l'argent une possession odieuse, à recevoir ce qu'ils souhaitent, et à donner ce qu'ils ne peuvent guère retenir. Jugez présentement de la licence universelle, infinie, insupportable, donnée aux décemvirs. On a amassé de l'argent pour acheter des terres: on ne les achetera pas malgré les possesseurs. Si ceux-ci s'accordent entre eux pour ne les pas vendre, qu'arrivera-t-il? L'argent sera-t-il reporté au trésor? La loi ne le permet pas. Forcera-t-on à le rendre? La loi le défend. Mais soit, il n'est rien qu'on ne puisse acheter, si on donne tout ce que demande le vendeur. Dépouillons tout l'univers, vendons nos domaines, épuisons le trésor, pour enrichir les possesseurs de terres odieuses ou mal-saines, en achetant du terrein à quelque prix que ce soit.

Mais enfin comment occupera-t-on ces terres? quel plan, quel arrangement se propose-t-on de suivre? On établira, dit Rullus, des colonies; combien (1) en établira-t-on? de quels hommes seront-elles composées? dans

(1) J'ai lu *quot* d'après l'autorité de plusieurs savans, au lieu de *quo*.

quels lieux veut-on les établir ? Tout cela n'est-il pas à considérer dans les colonies ? Avez-vous cru, Rullus, que nous vous livrerions toute l'Italie à vous et aux complices de tous vos projets, que nous vous la livrerions désarmée pour la fortifier de vos troupes, pour vous en emparer avec vos colonies, pour la tenir liée et enchaînée de toutes parts ? Où est-il dit dans votre loi que vous n'établirez pas de colonie au Janicule (1), que vous ne pourrez pas gêner et embarrasser cette ville d'une autre ville ? Nous ne le ferons pas, direz-vous. D'abord je l'ignore, ensuite je le crains ; enfin je ne souffrirai pas que notre sûreté soit une faveur des décemvirs, plutôt qu'un effet de la vigilance consulaire.

Pensez-vous qu'aucun de nous ne verra ce que vous avez prétendu en voulant remplir toute l'Italie de vos colonies ? Il est dit dans la loi que les décemvirs conduiront ceux qu'ils voudront, dans les villes municipales et dans les colonies qu'ils voudront ; afin sans doute que, quand l'Italie sera pleine de leurs satellites, il ne vous reste aucun espoir de conser-

(1) Janicule, montagne très-voisine de Rome, qui dominoit la ville.

ver votre dignité, ni même de recouvrer votre liberté.

Ce ne sont encore là que des soupçons et des conjectures; tous les doutes sur leur compte seront bientôt dissipés. Eux-mêmes vont faire connoître clairement que le nom de cette République, le siège de cet empire, le sol de cette ville, enfin que ce temple du grand Jupiter et cette citadelle de toutes les nations (1), leur déplaisent. Ils veulent établir une colonie à Capoue; ils veulent de nouveau opposer cette ville à la nôtre, y porter leur puissance, y transférer le nom de cet empire. On dit que le lieu même par la fertilité du territoire et par l'abondance de toutes choses, a produit l'orgueil et la dureté. C'est-là que les décemvirs placeront ceux de nos citoyens qui sont les plus propres à tous les crimes. Et sans doute, Rullus, cette ville qui a vu jadis ses habitans ne pouvoir supporter modérément la splendeur, la fortune et l'opulence dans lesquelles ils étoient nés, verra vos satellites se modérer et se contenir dans une prospérité qui sera pour eux

(1) *Cette citadelle de toutes les nations*, Rome elle-même le refuge et l'asyle de toutes les nations.

toute nouvelle. Nos ancêtres ont ôté à Capoue ses magistrats, son sénat, ses assemblées, enfin toutes les marques d'une république; ils ne lui ont laissé que le nom de Capoue. Ce n'étoit pas cruauté, car qui jamais fit voir plus de douceur que ces hommes qui ont tout rendu à des ennemis étrangers, à des ennemis vaincus? c'étoit prudence. Ils voyoient que, s'il restoit dans les murs quelque trace de république, la ville elle-même pouvoit devenir le siège de l'empire. Vous, décemvirs, si vous n'aviez dessein de renverser la République et de vous former une nouvelle domination, vous n'auriez pas vu apparemment combien ce projet étoit pernicieux. Que n'avons-nous pas à craindre d'une colonie établie à (1) Ca-

(1) J'ai traduit comme si on lisoit et ponctuoit: *Quid e. c. e. in coloniis Capuam deducendis, si l. h. i. Capuae corrupit? Si superbia nata i. e. e. c. f. videtur? Si praesidium non p. k. v.* . Des éditions portent *Capuana* au lieu de *Capuae*.— *Ont corrompu Annibal lui-même.* Personne n'ignore que peu de tems après la bataille de Cannes, Annibal retira ses troupes à Capoue, et que les délices de cette ville furent pour elles ce que la défaite de Cannes avoit été pour les Romains.

poue ; à Capoue où les délices ont corrompu Annibal lui-même, où l'orgueil semble être né de l'abondance et du luxe des habitans, où une colonie seroit moins une défense pour Rome qu'un rempart contre elle? Mais comment est-ce, grands Dieux ! qu'on la fortifie? Dans les guerres puniques, tout ce que Capoue avoit de pouvoir, elle l'avoit par elle-même; aujourd'hui, grace aux mêmes décemvirs, les nouveaux colons seront maîtres de toutes les villes voisines de Capoue : car c'est pour cette raison-là même que la loi permet aux décemvirs de conduire ceux qu'ils voudront dans toutes les villes qu'ils voudront. Elle ordonne de distribuer à la colonie nouvelle, les terres de la Campanie et celles de Stellate (1). Je ne me plains pas de la diminution de nos revenus, de l'infamie de cette perte et de ce dommage ; je ne dis pas, ce que tout le monde peut dire avec autant de force que de vérité, que nous n'aurons pu conserver notre patrimoine principal, la plus belle pos-

(1) Les terres de Stellate étoient voisines et distinguées de celles de la Campanie, comme on le voit par le premier discours au Peuple.

session du Peuple Romain, notre ressource dans la disette, le grenier de la guerre, un domaine qui, pour ainsi dire, est sous le sceau, sous la clé de la République ; enfin que nous aurons abandonné à Rullus un territoire, qui avoit tenu contre la domination de Sylla, contre la libéralité des (1) Gracques ; je ne dis pas que le revenu de ce territoire est le seul qui nous reste quand les autres nous échappent, qui continue toujours quand les autres sont interrompus, qui fleurisse dans la paix, qui ne perde rien de son lustre dans la guerre, qui soutienne le soldat, qui ne redoute pas l'ennemi : je supprime toutes ces raisons que je réserve pour l'assemblée du Peuple (2) ; je parle des risques que courent la liberté publique et le salut commun. Que vous restera-t-il, croyez-vous, P. C., d'intact dans la République, que conserverez-vous de votre liberté et de

(1) *Contre la libéralité des Gracques.* Voyez dans le précédent discours, ce que nous avons dit de Caius et de Tibérius Gracchus.

(2) *Que je réserve pour l'assemblée du Peuple ;* sans doute parce que le Peuple est plus sensible à la raison d'intérêt et d'utilité.

votre dignité, lorsque Rullus, et d'autres que vous craignez encore davantage, avec une troupe de citoyens indigens et pervers, avec les plus grands secours d'hommes et d'argent se seront emparés de Capoue et des villes voisines ?

Je m'opposerai, P. C., je m'opposerai fortement et vigoureusement à ces entreprises ; je ne souffrirai pas que, sous mon consulat, on exécute les projets médités depuis longtems contre la République. Vous avez espéré, Rullus, vous et quelques-uns de vos collègues, qu'en renversant la République, vous pouviez passer pour populaires (1) au préjudice d'un consul qui prouve son attachement au Peuple par des effets solides, et non par de vaines paroles ; mais vous vous êtes grandement trompés. Je vous provoque, je vous appelle à une assemblée du Peuple Romain, c'est lui que je

(1) Il y avoit, comme je l'ai déjà observé dans le premier discours au Peuple, deux partis dans la République, celui du Peuple et celui des grands. Ceux qui suivoient le premier, étoient appellés *populaires*, ou partisans du Peuple ; ceux qui suivoient le second étoient nommés *optimats*, ou partisans des grands.

veux prendre pour juge. Qu'on examine tout ce qui peut plaire au Peuple, on trouvera que rien ne lui est plus agréable que la paix, la concorde, le repos. Grace à vos soins, j'ai trouvé la République remplie de soupçons, de craintes et d'inquiétudes, troublée par vos loix, vos harangues et vos cabales. Vous avez donné de l'espérance aux méchans, inspiré aux bons de la frayeur : vous avez anéanti la bonne-foi dans le commerce (1) et la dignité dans la République. Lorsqu'au milieu de ces mouvemens, dans le trouble des esprits et des affaires, la voix d'un consul se fera entendre tout-à-coup au Peuple Romain ; lorsque ses paroles feront briller la lumière dans les ténèbres ; lorsqu'il montrera qu'on n'a à craindre, ni armée, ni colonie, ni vente de nos domaines, ni pouvoir nouveau, ni tyrannie décemvirale ; lorsqu'il annoncera que, sous son consulat, on ne verra point une seconde Rome, un autre siège de l'empire, qu'on jouira d'une paix profonde, d'une tranquillité inaltérable ; nous craindrons sans doute, Rullus, que votre loi

(1) Quelques collègues de Rullus avoient proposé une abolition de dettes.

si

si merveilleuse ne l'emporte sur mes discours, ne soit trouvée plus agréable au Peuple. Mais lorsque j'aurai dévoilé tout le crime de vos projets et tout l'artifice de votre loi, les atteintes portées au Peuple Romain lui-même par des tribuns populaires ; je redouterai apparemment de vous résister en face dans une assemblée du Peuple, moi, moi, dis-je, qui suis résolu à suivre dans mon consulat le seul système qui ne peut rien ôter au consul de son courage et de sa force ; qui suis déterminé à ne désirer, ni province, ni honneur, ni distinction, ni enfin aucun avantage où l'on puisse être traversé par un tribun (1). Un consul déclare dans une assemblée nombreuse du sénat, aux calendes de janvier, que, si la République reste dans l'état où elle se trouve, s'il ne survient pas quelqu'affaire à laquelle il ne puisse honnêtement se refuser, il ne prendra point

(1) Quoique les provinces consulaires, en vertu de la loi Sempronia, fussent décernées par le sénat ; les tribuns du Peuple, malgré la loi, interposoient souvent leur autorité tribunitienne pour faire décerner ou pour empêcher qu'on décernât à un consul une province avantageuse.

de province. Je me conduirai, P. C., dans ma place de manière à pouvoir réprimer un tribun du Peuple, s'il en veut à la République, et le mépriser, s'il n'en veut qu'à moi.

Je vous en prie donc, au nom des Dieux, tribuns, rentrez en vous-mêmes, abandonnez ceux par qui vous serez bientôt abandonnés, si vous n'y prenez garde. Agissez de concert avec nous, unissez-vous aux citoyens honnêtes; partagez le zèle et l'ardeur du plus grand nombre pour la défense de la patrie commune. On porte à la République bien des coups secrets; les citoyens pervers forment bien des projets pernicieux. Nous n'avons à craindre au dehors, ni monarques, ni peuple, ni nation; le mal est au dedans caché et enfermé au sein de Rome. Nous devons chacun, autant qu'il est en nous, y apporter remède, travailler tous à le guérir. Si vous croyez, Rullus, vous et vos collègues, que le sénat approuve ce que je dis, mais que le Peuple est dans d'autres sentimens, vous êtes dans l'erreur. Tous ceux qui désirent leur sûreté, suivront la voix d'un consul dégagé de toute ambition, exempt de fautes, prudent dans les périls, sans être timide dans les grandes contestations. Quelqu'un de vous se flatte-t-il de pouvoir s'avancer et s'élever en excitant des troubles ? d'abord qu'il cesse de s'en flatter sous mon consulat ; ensuite, quand il voit en moi un consul qui n'a qu'une origine équestre, qu'il apprenne par mon exemple quelle est la route qui conduit le plus facilement aux honneurs et à la considération. Si vous promettez, P. C. de joindre votre zèle au mien pour défendre la dignité du premier ordre de l'état, je me flatte de remplir le vœu de la patrie, de rendre enfin à la République l'autorité dont le sénat jouissoit du tems de nos ancêtres.

DISCOURS DE CICERON POUR CAIUS RABIRIUS, DEVANT LE PEUPLE ROMAIN.

Sommaire.

LUCIUS APULEIUS SATURNINUS, tribun du Peuple pour la troisième fois, avoit excité une sédition : le sénat effrayé du péril que couroit l'état, rendit le décret réservé pour de pareilles circonstances, il chargea les consuls de veiller au salut de la République. Les consuls (c'étoient alors Marius et Valérius) armèrent le Peuple et se disposèrent à attaquer les rebelles. Saturninus s'empara du capitole, et il se préparoit à s'y défendre avec Glaucia, Sauféius et Labiénus, les principaux de ses partisans. Les consuls l'engagèrent à quitter le capitole, et à venir discuter ses prétentions suivant les formes prescrites par les loix ; il semble même qu'ils lui accordèrent une sauve-garde. Saturninus y consentit ; mais à peine eut-il quitté le capitole, qu'il fut tué à coups de pierre, ainsi que Glaucia : Labiénus fut massacré. Trente-six ans après, Titus Labiénus, neveu de celui dont nous venons de parler, accusa étant tribun Caïus Rabirius de perduellion ou de lèze-majesté au premier chef, pour avoir tué Saturninus. Il étoit excité par César, dont les vues d'ambition le portoient à affoiblir l'autorité du sénat. Dans les causes de perduellion, ou de lèze-majesté au premier chef, on nommoit ordinairement des duumvirs ou deux hommes pour juger l'accusé. César étoit venu à bout par ses intrigues de se faire nommer avec un autre. Hortensius défendit Rabirius; il prouva qu'il n'avoit pas tué Saturninus, que ce tribun avoit été tué par un esclave qui, pour sa récompense, fut affranchi. Les duumvirs, malgré les preuves qu'alléguoit son défenseur, condamnèrent Rabirius; il paroît même qu'ils le condamnerent au supplice des esclaves, à expirer sur une croix. La loi Porcia, il est vrai, défendoit d'infliger la peine de mort, et sur-tout le supplice de la croix, à un citoyen; mais on trouvoit toujours des prétextes pour l'éluder : on déclaroit qu'en commettant certains crimes, un citoyen romain perdoit ses privilèges de citoyen. Rabirius en appella au Peuple assemblé par centuries; et Ciceron, alors consul, entreprit de le défendre. César et Labiénus intriguèrent contre l'accusé. Il fut ordonné à son défenseur de ne pas employer plus d'une demi-heure à son plaidoyer; et Labiénus s'efforça d'enflammer contre lui l'indignation du Peuple, en exposant sur la tribune un portrait de Saturninus, qu'il représenta comme un martyr de la liberté publique.

Cicéron défendit Rabirius avec toute la force dont il étoit capable, avec toutes les ressources de son éloquence. Après avoir expliqué les motifs qui lui ont fait entreprendre cette défense, après avoir montré l'importance de la cause, il se plaint qu'on l'ait renfermé dans des bornes aussi étroites. Il détruit en peu de mots quelques reproches étrangers à l'affaire. L'accusateur reprochoit à Cicéron de vouloir abolir le crime de perduellion ou de lèze-majesté au premier chef; Cicéron se défend avec beaucoup de vigueur, en faisant voir qu'il veut empêcher qu'on inflige à des citoyens romains le supplice des esclaves. Quant à Rabirius, il n'a pas tué Saturninus, mais il ne craindroit pas de l'avouer, s'il l'avoit fait : les cris de quelques factieux ne l'effraient point. Loin de blâmer celui qu'il défend, on doit le louer de s'être joint aux consuls et à d'autres grands personnages qui avoient pris alors les armes pour la défense de la République. Il interpelle Labiénus, il le presse, il lui demande ce que lui-même auroit fait alors. Il lui reproche vive-

ment de vouloir intéresser le Peuple en faveur d'un Saturninus, d'outrager la mémoire de Marius et d'autres grands hommes qui avoient embrassé la même querelle, de ne point épargner ceux qui vivoient encore. Il conclut en déclarant, comme il l'a déjà fait, que si Rabirius avoit tué Saturninus, il lui en feroit un mérite, loin de le désavouer, puisque cette action mériteroit une récompense plutôt qu'un châtiment.

Le discours a été prononcé l'année même du consulat de Cicéron, l'an de Rome 686, *la* 44e. *de son âge. L'histoire nous apprend que, malgré toute l'éloquence de cet orateur, le Peuple auroit confirmé le jugement des duumvirs, si Metellus Céler, préteur et augure, qui s'en apperçut, n'eût rompu l'assemblée des comices, sous prétexte que les auspices n'étoient pas favorables. On ne recueillit donc pas alors les voix. Labiénus fut fort mécontent, mais il ne renouvella point l'accusation, et Rabirius termina en paix sa carrière.*

Plaidoyer pour Caius Rabirius, devant le Peuple Romain.

CE n'est pas ma coutume au commencement de mes discours, de rendre compte des raisons qui m'engagent à défendre un accusé, parce que je me regardai toujours comme suffisamment lié avec tout citoyen dès qu'il est en péril : cependant, Romains, dans cette cause où je plaide pour l'honneur, pour la réputation, pour toute l'existence de Rabirius, je crois devoir exposer le motif de ma démarche, d'autant plus que les mêmes raisons qui me font une obligation de le défendre, vous font un devoir de l'absoudre.

Une amitié ancienne, la personne même de l'accusé, l'intérêt qu'on prend à un malheureux, mes principes et mon usage invariable, suffisoient, sans doute, pour m'engager à défendre Rabirius ; mais ce qui m'en fait une indispensable obligation, ce qui anime tout mon zèle, c'est le salut de la République, le devoir de consul, enfin l'honneur du consulat, confié à ma garde avec votre salut et celui de l'empire. Non, ce n'est pas un délit réel, ce ne sont pas les préventions publiques, ce n'est pas le déréglement des mœurs, ce ne sont pas enfin d'anciennes inimitiés, des inimitiés aussi vives que justes avec des citoyens, qui ont fait intenter contre Rabirius une accusation de cette importance : on veut détruire dans l'état la suprême ressource (1) de l'empire et de votre majesté, qui vous a été transmise par vos ancêtres; on veut qu'à l'avenir l'autorité du sénat, le pouvoir des consuls, l'accord des gens de bien, n'aient aucune force contre les projets pernicieux qui tendent à ruiner nos loix constitutives. C'est pour cela, c'est pour renverser ces appuis, qu'on attaque la vieillesse d'un homme seul, d'un homme infirme et abandonné. Si donc il est d'un bon consul, lorsqu'il voit qu'on ébranle et qu'on veut arracher tous les soutiens de la République, de secourir la patrie, de s'armer pour le salut et les fortunes de tous, d'implorer la protection du Peuple, de ne songer à sa propre conservation qu'après celle de l'état; il est aussi du devoir de bons et braves citoyens tels que vous futes toujours dans les différentes conjonctures, de fermer toutes les voies aux séditions, de fortifier les remparts de la République, bien convaincus que la souveraine puissance réside dans les consuls et la

(1) *La suprême ressource*. . . Sans doute le décret dont le sénat armoit les consuls dans des conjonctures critiques, par lequel il chargeoit ces premiers magistrats et engageoit tous les bons citoyens de veiller au salut de l'Empire.

souveraine sagesse dans le sénat, que quiconque s'attache au sénat et aux consuls, mérite plutôt de la gloire et des honneurs que des châtimens et des supplices.

Ainsi, Romains, le soin de défendre Rabirius me regarde particulièrement, le désir de le conserver doit m'être commun avec vous. Vous devez penser que jamais affaire plus importante, plus sérieuse, plus digne de vous occuper tout entiers, n'a été ni entreprise par un tribun, ni défendue par un consul, ni déférée à l'assemblée du Peuple (1). Il ne s'agit de rien moins dans cette cause que de décider s'il n'y aura plus par la suite, ni conseil de l'état, ni union des gens de bien contre la fureur et l'audace des méchans, ni refuge et ressource dans les périls extrêmes de la République

Puis donc que tous les risques que court Rabirius, pour son honneur, pour sa réputation, pour toute son existence, nous sont en quelque sorte communs avec lui, je dois nécessairement commencer par invoquer le grand Jupiter, les autres Dieux et Déesses immortels,

(1) Cicéron ne parle pas ici de tel tribun, de tel consul, de telle assemblée, mais en général.

dont la puissance et les secours gouvernent cet empire bien plus que la prudence et les conseils des hommes ; je les prie de permettre que ce jour nous soit accordé comme une faveur et pour le salut de l'accusé et pour l'affermissement de nos loix constitutives. Et vous, Romains, qui pouvez le plus après les Dieux, vous dont nous pouvons dire que la conservation de l'innocent et infortuné Rabirius et en même tems celle de l'état, sont remises entre vos mains, et soumises à vos suffrages, je vous conjure de laisser agir, et votre sensibilité ordinaire pour le sort d'un particulier, et votre sagesse accoutumée pour le salut de la République.

Mais, Labiénus, comme pour mettre obstacle à mon zèle, vous avez borné le tems de ma défense ; comme vous avez renfermé dans le cercle d'une demi-heure une cause que j'avois dessein de développer avec une juste étendue, je me soumets et à la loi de l'accusateur, ce qu'il y a de plus injuste, et aux ordres d'un ennemi, ce qu'il y a de plus déplorable. Toutefois en me resserrant dans un aussi court espace, vous m'avez laissé le rôle de défenseur, vous m'avez ôté celui de consul. J'aurai presque assez de tems pour défendre l'accusé, mais trop peu pour exhaler mes plaintes.

A moins peut-être que vous ne pensiez qu'on doive répondre longuement à ces profanations de lieux et de bois sacrés que vous avez imputées à Rabirius. Tout ici s'est réduit à dire que Macer (1) avoit fait ce reproche à Rabirius; et ce qui m'étonne, c'est que vous rappelliez ce qu'a reproché à Rabirius Macer son ennemi, tandis que vous avez oublié ce qu'ont prononcé des juges équitables liés par un serment.

Est-il besoin de s'étendre beaucoup sur le crime de péculat et sur l'incendie des archives publiques? Caïus Curtius, parent de Rabirius, chargé de cette inculpation, s'en est vu purgé dans un jugement solemnel, de la manière la plus honorable, la plus digne de sa vertu. Pour Rabirius, loin qu'on l'ait cité en justice pour ces délits, on ne l'a pas même légèrement soupçonné. Faut-il répondre dans un plus grand détail à ce qui regarde le fils de sa sœur? Il

(1) C'est probablement le même Caius Macer, dont il est parlé dans le Brutus de Cicéron, et qui étoit mort sous la préture de celui-ci, deux ans auparavant. Il avoit accusé Rabirius qui fut absous par les juges.

l'avoit fait mourir, avez-vous dit, pour ménager à son beau-frère, dans les (1) obsèques de son neveu, le délai d'un jugement. N'est-il pas en effet très-vraisemblable que le mari de sa sœur lui ait été plus cher que le fils de cette même sœur, et plus cher au point que l'un devoit être privé cruellement de la vie pour procurer à l'autre un délai de deux jours ? Faut-il parler long-tems des esclaves d'autrui (2) que vous l'accusez d'avoir retenus malgré la loi Fabia, ou des citoyens romains que, selon vous, il a fait battre de verges et mettre à mort malgré la loi Porcia, lorsque toute l'Apouille et la Campanie qui en est voisine, font l'éloge de Rabirius avec tant de zèle et d'empressement ;

(1) Chez les Romains, on ne pouvoit appeller en justice un homme occupé des funérailles de ses parens. En latin *familiare funus*, funérailles d'un proche parent.

(2) Celui qui voloit ou qui vendoit l'esclave d'autrui, étoit accusé comme plagiaire, et condamné comme tel d'après la loi Fabia. Marcus Porcius Læca, étant tribun du peuple, porta une loi par laquelle il étoit défendu aux magistrats, de faire battre de verges et mettre à mort un citoyen Romain. C'étoit la fameuse loi Porcia.

lorsque pour le tirer du péril, les habitans des contrées, ou plutôt, je le dirai presque, les contrées toutes entières sont accourues à Rome, même celles qui par leur éloignement ne devoient pas avoir l'intérêt du voisinage? Est-il besoin de longs discours pour détruire ce qui est porté dans le même acte d'accusation (1), que Rabirius n'a respecté la pudeur ni dans sa personne ni dans celle des autres? Je m'imagine même, Labiénus, que vous m'avez fixé une demi-heure pour m'empêcher de m'étendre trop sur certains détails.

Vous voyez donc que, pour les délits qui demandent les soins d'un défenseur, votre demi-heure est plus que suffisante. Vous avez voulu me resserrer et me borner pour l'autre partie qui concerne la mort de Saturninus, et qui demande moins le talent d'un orateur qu'elle ne réclame l'autorité d'un consul.

Il est une accusation qui me regarde et non

(1) Les accusateurs, outre le crime principal, en exposoient d'autres pour lesquels ils demandoient aux juges que la peine du principal crime fût augmentée.

Rabirius ; vous m'accusez d'avoir aboli (1) le jugement pour crime de lèze-majesté au premier chef. Plût aux dieux que je fusse le premier ou le seul qui l'eusse aboli dans la République, et que la chose dont Labiénus prétend me faire un reproche fût mon éloge personnel ! Eh ! dans tout ce qui peut être l'objet de nos vœux, est-il rien que je préférerois à l'avantage d'avoir fait disparoître, durant mon consulat, le bourreau de la place publique et la croix du champ de Mars ? Mais cette louange appartient, d'abord à nos ancêtres qui, après l'expulsion des rois, n'ont conservé parmi un peuple libre aucun vestige d'une cruauté tyrannique (2) ; ensuite, à tous

(1) Cicéron n'avoit pas aboli proprement le jugement pour crime de perduellion ou de lèze-majesté au premier chef ; il ne vouloit pas que les citoyens coupables de perduellion restassent impunis ; mais, d'après les anciens principes et les anciens usages, il vouloit éloigner le supplice des verges et de la croix attaché d'abord à ce crime. Je renvoie à mon traité de la constitution de la République Romaine, pour le crime de perduellion et autres.

(2) Mot à mot, *d'une cruauté royale*. C'est le roi Tullus Hostilius qui fut l'auteur du jugement

ces grands hommes qui ont voulu fortifier votre liberté par des loix douces, et non la rendre funeste à d'autres par des supplices rigoureux.

Ainsi, Labiénus, lequel de nous deux est ami du Peuple, ou vous qui exigez que, dans l'assemblée même du Peuple, on enchaîne des citoyens Romains, on les livre au bourreau (1); vous qui ordonnez qu'on plante et qu'on dresse une croix, pour le supplice des citoyens, dans le champ de Mars, dans un lieu consacré par les auspices, dans des comices (2) solemnels; ou moi, qui m'oppose à ce qu'on souille et qu'on profane l'assemblée du Peuple par la présence d'un bourreau; moi qui prétends que le forum du Peuple Romain doit être purifié des traces odieuses de la tyrannie; qui déclare que les

de crime de perduellion, et du supplice dont on punissoit les coupables. — *Et non la rendre funeste.* Le mot *infestam* pris passivement pour *vexatam.*

(1) Nous avons expliqué dans notre traité de la constitution de la République Romaine, la différence entre le bourreau et le licteur. Voyez ce traité.

(2) Latin, *dans des comices par centuries;* les plus grandes assemblées du Peuple, dans lesquelles seules on pouvoit juger un citoyen à mort.

assemblées

assemblées du Peuple doivent être conservées dans leur pureté, le champ de Mars dans sa sainteté, le corps de tout citoyen dans son inviolabilité, la liberté romaine dans l'intégrité de ses droits? Quel ami du Peuple que ce tribun! Quel défenseur de nos privilèges! Quel gardien de notre liberté! La loi Porcia éloigne les verges du corps de tout citoyen Romain; le tribun, ame sensible, ramène les tourmens et les fouets. La loi Porcia soustrait au licteur la liberté des citoyens Romains; Labiénus, homme (1) populaire, la livre au bourreau. Caïus Gracchus a porté une loi qui défend de prononcer, sans votre consentement, sur la vie des citoyens Romains; Labiénus, ami du Peuple, ordonne aux duumvirs (2), contre toute règle, non de prononcer sur un citoyen Romain sans votre consentement, mais de le condamner à mort sans

(1) *Populaire*, ami et partisan du Peuple, comme *optimat* ami et partisan des grands.

(2) Duumvirs, les deux hommes que l'on nommoit ordinairement pour juger et condamner un citoyen accusé de *perduellion*, ou de lèze-majesté au premier chef.

l'entendre. Et vous osez encore, Labiénus, nous parler de loi Porcia, de Caïus Gracchus, de la liberté des citoyens, des hommes dévoués au Peuple, vous qui, par des supplices inusités, et par un langage d'une cruauté inouie, avez entrepris d'attenter à la liberté du Peuple, de mettre à l'épreuve sa douceur, de bouleverser ses usages? Car voici les (1) formules qui plaisent à un tribun doux et populaire: *Va, licteur, lie les mains du coupable*; formules qui, loin d'être faites pour un peuple libre et bien policé, auroient même déplu à Romulus et à Numa Pompilius, n'auroient pu convenir qu'à Tarquin, le plus superbe et le plus cruel des rois; formules de supplice qu'un homme doux et populaire cite avec complaisance: *Va, licteur, voile-lui la tête, suspends-le à un arbre funeste.* Paroles ré-

(1) Latin, *carmina cruciatûs. Carmen* se prend souvent dans ce sens, et répond à ce que nous appellons en françois une *formule.* — *A un arbre funeste.* Il y avoit certains arbres que les anciens regardoient comme malheureux et funestes, tels que le figuier noir et d'autres. Des savans prétendent que cette expression *d'arbre funeste*, signifie *la croix*.

voltantes, Romains, cachées pour nous depuis long-tems dans la nuit des siècles, ou même effacées entièrement par le jour de la liberté.

Eh quoi? Labiénus, si votre accusation étoit populaire, si elle étoit juste, si elle étoit légale, Caïus Gracchus auroit-il négligé d'en intenter une pareille? Apparemment la mort de votre oncle vous causoit une douleur plus vive que ne causoit à Caïus Gracchus celle de son frère; la mort d'un oncle que vous ne vites jamais, vous est plus sensible que ne lui étoit celle d'un frère avec lequel il avoit vécu dans l'union la plus intime; l'oncle dont vous vengez la mort, étoit, sans doute, un aussi grand homme que le frère qu'il auroit vengé par les mêmes voies que vous, s'il les eût approuvées; enfin, Labiénus, je le crois, votre oncle, quel qu'il fût, est aussi regretté (1) du Peuple Romain que l'étoit Ti-

(1) On peut voir dans Plutarque, la douleur et les regrets du Peuple Romain après la mort des Gracques, les honneurs qu'on leur rendit. C'étoit flatter le Peuple que de leur donner des louanges; et on pouvoit les louer avec justice sous plusieurs rapports. Ils avoient de grandes qualités, et sur-tout beaucoup d'éloquence pour ces tems-là.

bérius Gracchus. Avez-vous plus de tendresse pour votre famille que Caïus ? plus de fermeté, plus de sagesse, plus de crédit, plus d'ascendant, plus d'éloquence ; qualités qui, supposé même qu'elles eussent été chez lui fort médiocres, devroient être regardées comme éminentes et sublimes, comparées à vos foibles moyens ? Mais comme pour aucun de ces avantages Caïus Gracchus ne le cédoit à personne, comme il l'emportoit sur tous, jugez quel intervalle immense il laisse entre vous et lui. Quoi qu'il en soit, Gracchus auroit plutôt souffert mille morts cruelles que de laisser paroître le bourreau dans une de ses assemblées, le bourreau que les loix des censeurs ont exclu de notre forum, de notre ciel, de notre atmosphère, des toits de la ville (1). Et Labiénus ose dire qu'il est ami du Peuple, que je suis contraire à vos intérêts, il ose le dire, lui qui a été chercher tous les supplices et toutes les formules les plus rigoureuses, non dans vos usages et dans ceux de

(1) On voit ici que le bourreau ne pouvoit avoir de demeure dans la ville ; les criminels étoient suppliciés hors de la ville.

vos pères, mais dans les plus anciennes annales et dans les ordonnances des rois ; tandis que moi j'ai employé toutes les facultés de mon esprit et de mon corps, toutes mes paroles et toutes mes actions, pour m'opposer à la cruauté et pour la combattre? Sans doute, Romains, vous ne voudrez pas qu'on nous impose une loi que ne pourroient nullement supporter des esclaves, n'eussent-ils aucun espoir d'être affranchis de la servitude. Il est triste d'essuyer des sentences diffamantes, il est triste de voir ses biens confisqués, il est triste d'être condamné à l'exil ; mais pourtant, dans toutes ces disgraces, on conserve quelque ombre de liberté. Enfin s'il faut subir la mort, mourons du moins libres. Que le bourreau, que l'appareil du supplice, que le nom seul de croix soit éloigné de la personne des citoyens Romains, et même de leurs yeux, de leurs oreilles, de leurs pensées. Non-seulement le supplice, mais encore la simple menace, la simple attente, la seule mention enfin est indigne d'un citoyen Romain, indigne d'un homme libre. Eh quoi ! la bonté des maîtres, par la seule baguette du préteur (1), délivre

(1) Latin, *unâ vindictâ*. On appelloit *vindicta*,

nos esclaves de la crainte de tous les supplices; et nous, ni l'éclat de nos actions, ni la régularité de notre vie, ni les honneurs que nous aurons obtenus, ne nous garantiront des verges, du grappin infâme, de la dernière peine enfin réservée à des esclaves malfaiteurs!

Ainsi je l'avoue, Labiénus, oui, je l'avoue hautement, et je m'en fais gloire; j'emploie tout ce que j'ai de force, tout ce que j'ai de lumières, tout ce que j'ai de crédit, pour vous contraindre d'abandonner une accusation dure et cruelle, plus digne d'un tyran que d'un tribun. Quoique, dans cette accusation, vous ayez méprisé tous les usages de nos ancêtres, toutes les loix, l'autorité du sénat, les auspices, tout ce qu'il y a de plus saint et de plus sacré; toutefois, borné comme je le suis

la baguette dont se servoit le préteur pour mettre un esclave en liberté. — *Du grappin infâme;* latin *ab unco.* On appelloit *uncus* un bâton armé d'un fer recourbé, avec lequel on traînoit les criminels pour les précipiter dans le Tibre, ou les jetter du haut de la roche Tarpéienne, ou leur faire subir quelque autre supplice. — *De la dernière....* Latin, *de la terreur de la croix.* On sait que la croix étoit le supplice des seuls esclaves.

par le tems, je n'en dirai pas aujourd'hui davantage. Je pourrai avoir plus de tems un jour, et entrer dans cette discussion. Je vais parler maintenant du meurtre de Saturninus, et de votre oncle illustre dont vous voulez venger la mort.

Vous accusez Rabirius d'avoir tué Saturninus; et Rabirius, défendu par toute l'éloquence d'Hortensius, a produit nombre de témoins, qui prouvent la fausseté de cette accusation. Pour moi, si j'étois libre, je chargerois Rabirius de l'accusation qu'on lui impute, je la reconnoîtrois, je la confesserois. Oui, je voudrois que la cause me permît de publier que Rabirius a tué Saturninus l'ennemi du Peuple Romain. Les (1) cris que j'entends ne m'épouvantent pas; ils me rassurent plutôt, en m'annonçant que, s'il y a des citoyens mal instruits, il y en a peu du moins. Jamais, croyez-moi, jamais tout ce peuple qui garde le silence ne m'auroit fait consul, s'il eût pensé que j'eusse pu être effrayé de vos vaines cla-

(1) Les paroles de Cicéron excitent dans une partie de l'assemblée des cris qui s'appaisent et qui ensuite recommencent. Loin d'être effrayé de ces clameurs, il les blâme et les reprend avec toute la fermeté d'un consul courageux.

meurs.... Comme déjà les cris sont diminués! que n'étouffez-vous entièrement ces foibles voix qui ne font que déceler votre peu de réflexion et attester la foiblesse de votre parti? J'avouerois, oui, j'avouerois hautement, si je le pouvois avec vérité, ou même si j'étois libre, que Rabirius a tué Saturninus; et ce seroit, suivant moi, une action assez belle. Mais puisque la vérité m'interdit cet aveu, j'en ferai un autre, qui diminue la gloire de Rabirius sans affoiblir l'accusation. J'avoue donc qu'il a pris les armes pour tuer Saturninus. Eh bien! Labiénus, attendez-vous de moi un aveu plus accablant? puis-je charger celui que je défends d'un délit plus grave? A moins que vous ne trouviez quelque différence entre tuer un homme et s'armer pour le tuer. Si c'étoit un crime de tuer Saturninus, a-t-on pu sans crime prendre les armes contre Saturninus? Si vous accordez qu'on a pris légitimement les armes, n'accorderez-vous pas de toute nécessité que Saturninus a été tué légitimement (1)?

(1) La plupart croient qu'après ces mots il y a une lacune, et qu'il manque quelque chose. Je

Un arrêt du sénat enjoint aux consuls Marius et Valérius de s'associer les tribuns et les préteurs qu'ils jugeront à propos, et de veiller à la conservation de l'empire et de la majesté du Peuple Romain. Les consuls prennent avec eux tous les tribuns, excepté Saturninus, tous les préteurs excepté (1) Glaucia ; ils commandent à ceux qui vouloient le salut de la République de prendre les armes et de les suivre. Tous obéissent. Marius fait ouvrir les édifices et les arsenaux publics, et distribue des armes au peuple. Sans pousser plus loin ce récit, je vous le demande à vous-même, Labiénus : Saturninus, les armes à la main, s'étoit emparé du Capitole, ayant avec lui Glaucia, Sauféius, et ce nouveau Gracchus (2)

croirois moi avec quelques commentateurs qu'il ne manque rien. Cicéron étoit pressé par le tems ; il devoit aller vîte, et s'inquiéter peu des transitions. Les choses se lient, cela devoit lui suffire.

(1) Caïus Servilius Glaucia, alors préteur. J'ai traduit comme si on lisoit *omnes praetores.*

(2) C'étoit un Lucius Equitius, affranchi, qui se disoit fils de Tibérius Gracchus.

échappé des fers et de la prison des esclaves, j'ajouterai même, si vous le voulez, Labiénus votre oncle; les consuls Marius et Valérius étoient dans le forum, et avec eux tout ce sénat d'alors dont vous-mêmes, qui cherchez à rendre odieux les sénateurs actuels, afin de pouvoir plus facilement décrier tout le sénat, dont vous-mêmes, dis-je, avez toujours fait l'éloge; les chevaliers Romains, et quels chevaliers, grands Dieux! les chevaliers (1) du tems de nos pères, qui étoient chargés d'une grande partie de l'administration, et soutenoient toute la dignité des tribunaux; tous les hommes de tous les ordres qui croyoient leur salut attaché à celui de la République, avoient pris les armes; oui, Labiénus, je vous le demande à vous-même; que devoit faire Rabirius? Les consuls, par ordre du sénat, avoient appellé aux armes tous les vrais citoyens; Marcus Æmilius (2), prince du sénat,

(1) Les chevaliers Romains, en vertu de la loi Sempronia, furent long-tems chargés seuls du département des tribunaux. — *Atque ejus aetatis* (*equitum*) *quae tùm*, c'est-à-dire *equitum illâ aetate natorum, qui tùm.*

(2) Marcus Æmilius Scaurus, Quintus Scœvola,

paroissoit debout dans le forum, et pouvant se tenir à peine sur ses pieds, il se persuadoit que son infirmité l'empêcheroit seulement de fuir, et non de poursuivre. Quintus Scævola, accablé de maux et d'années, privé d'un bras, perclus de tous ses membres, appuyé sur une longue pique, dans un corps foible montroit une ame forte; Métellus, Galba, Serranus, Rutilius, Fimbria, Catulus, et tous les consulaires d'alors, avoient pris les armes pour le salut de l'état; de toutes parts accouroient tous les préteurs, toute la noblesse et toute la jeunesse, les deux Domitius, Crassus, Mutius, Claudius, Drusus; tous les Octaves, les Métellus, les Jules, les Cassius, les Catons, les Pompées; Philippus, Scipion, Lépide, Brutus; Servilius lui-même sous lequel vous avez servi, Labiénus; Catulus, alors si jeune, et Curion, qui tous deux sont ici présens; enfin tous les plus illustres personna-

Lucius Métellus, etc. Il seroit trop long de faire connoître tous les grands personnages dont il est parlé dans cet endroit. —— *Dans le forum, in comitio.* On appelloit *comitium* la partie du forum où se tenoient les *comitiæ curiata*, et où le préteur de la ville rendoit la justice.

ges étoient avec les consuls. Que devoit donc faire Rabirius ? Devoit-il s'enfermer, se cacher dans un réduit obscur, couvrir sa lâcheté du voile des ténèbres et de l'épaisseur des murailles ? Devoit-il se rendre au Capitole, et là se joindre à votre oncle et aux autres à qui la turpitude de leur vie faisoit chercher un refuge dans la mort ? Ou devoit-il se réunir à Marius, à Scaurus, à Catulus, à Métellus, à Scœvola, en un mot à tous les citoyens honnêtes, se sauver ou risquer de périr avec eux ?

Vous enfin, Labiénus, qu'auriez-vous fait en pareille circonstance ? Pressé par la lâcheté de fuir et de vous cacher, appellé au Capitole par la perversité et la fureur de Saturninus, invité par les consuls à sauver la patrie et à défendre sa liberté, de quel parti vous seriez-vous rangé ? Quelle voix auriez-vous écoutée ? Quelle autorité et quels ordres auriez-vous suivis ? Mon oncle, dites-vous, étoit avec Saturninus. Mais votre père, mais vos proches, chevaliers Romains, avec qui étoient-ils ? Mais tous ceux de votre ville (1), de

(1) Mot à mot, *toute votre préfecture*. On appelloit *préfectures* les villes d'Italie où le sénat

votre contrée, de votre voisinage, mais tout le Picenum, ont-ils suivi la fureur d'un tribun ou la dignité des consuls? Non, je le soutiens, il ne s'est encore trouvé personne qui ait osé dire de soi ce que vous publiez de votre oncle. Il ne s'est trouvé personne assez pervers, assez désespéré, assez dépourvu de tout honneur, assez dénué de tout sentiment honnête, pour avouer qu'il étoit au Capitole avec Saturninus. Mais votre oncle y étoit. Qu'il y ait été, soit, et qu'il y ait été sans y être contraint ni par le désordre de ses affaires, ni par des malheurs domestiques; que ses liaisons avec Saturninus lui aient fait préférer l'amitié d'un rebelle à la défense de sa patrie : étoit-ce une raison pour Rabirius d'abandonner le parti de la République, de ne point se ranger parmi tous ces bons citoyens alors sous les armes, de ne point obéir à la voix et aux ordres des consuls? Cependant, nous le voyons, il n'y avoit alors que ces trois partis possibles, il falloit nécessai-

envoyoit tous les ans des *praefecti* pour rendre la justice. Quelques-uns croient que celle dont il est ici en question, est la préfecture de Réate, voisine du Picenum.

rement, ou se trouver avec Saturninus, ou se réunir aux gens de bien, ou se cacher. Se cacher auroit équivalu à une mort honteuse; ç'auroit été une démarche de forcené, une démarche criminelle, de se trouver avec Saturninus; la vertu, les convenances et l'honneur, imposoient la loi de se réunir aux consuls. Vous faites donc un crime à Rabirius de s'être trouvé avec ceux qu'il ne pouvoit attaquer sans un excès de démence, qu'il ne pouvoit abandonner sans se couvrir d'opprobre.

Ce Décianus, dont vous citez si souvent le nom, et qui, à la satisfaction de tous les gens de bien, accusoit Furius, homme absolument décrié; Décianus (1) fut condamné pour avoir osé se plaindre devant le Peuple de la mort de Saturninus. Titius le fut aussi

(1) Valere Maxime dit à-peu-près la même chose de Décianus et de Titius : seulement il prétend que ce dernier fut accablé par toute l'assemblée du Peuple qui se souleva contre lui. Mais j'en croirois plutôt Cicéron, parce qu'il n'est pas vraisemblable que le Peuple ait sévi contre quelqu'un qui gardoit chez lui le portrait d'un tribun populaire. Décianus, père d'un Décianus dont il est beaucoup parlé dans le plaidoyer pour Flaccus.

pour avoir gardé dans sa maison un portrait de ce tribun. Les chevaliers Romains, ses juges, décidèrent par cette condamnation, qu'il n'y avoit qu'un mauvais citoyen, un citoyen qu'on ne pouvoit garder dans la ville, qui pût conserver l'image d'un séditieux, d'un ennemi de l'état, soit pour donner du lustre à sa mort, soit pour émouvoir les cœurs et exciter les regrets d'une multitude ignorante, soit pour témoigner le desir de renouveller son attentat. Ainsi, Labiénus, ce qui m'étonne, c'est où vous avez pu trouver le portrait que vous apportez ici : car après la condamnation de Titius, il ne s'est trouvé personne qui osât le garder chez soi. Si on vous eût instruit de cette circonstance, ou si vous n'étiez pas trop jeune pour en être instruit par vous-même, assurément vous n'auriez jamais apporté aux Rostres (1) et à l'assemblée du Peuple, une image qui causa la perte et l'exil de Titius, pour l'avoir eue seulement dans sa maison : vous n'auriez jamais approché des écueils où vous auriez vu

(1) Rostres, partie du forum ainsi appellée, parce qu'elle étoit ornée des éperons des vaisseaux pris aux Antiates.

Titius échouer misérablement, et Décianu essuyer le plus triste naufrage. Mais dans tou ceci vous péchez par ignorance : vous vous ête chargé de défendre un parti qui étoit mo avant que vous fussiez né ; et le parti da lequel vous auriez été vous-même, si vo eussiez vécu en ce tems, vous le dénoncez à la justice ! Mais ne voyez-vous pas de quels hommes respectables vous outragez la mémoire en les accusant du plus horrible des crimes ? Ne voyez-vous pas de combien d'autres qui vivent encore vous exposez l'honneur et la vie par la même accusation ? Car enfin si Rabirius a commis un crime capital en prenant les armes contre Saturninus, l'âge où il étoit alors pourroit lui servir d'excuse et le sauver : mais le père de Catulus, en qui l'on vit tant de sagesse, tant de vertu, tant de douceur ; mais Scaurus, si recommandable par sa fermeté, par sa prudence, par ses lumières ; mais les deux Mucius, Lucius Crassus, Marcus Antonius, qui étoit alors avec des troupes hors de la ville ; ces citoyens qui se sont distingués dans Rome par leurs talens et par leurs grandes vues ; d'autres qui avoient jetté le même éclat, qui s'étoient montrés les chefs

et

et les soutiens de la République, comment les excuser? Comment défendre leur mémoire? Comment justifier ces citoyens vertueux, ces illustres chevaliers Romains qui, de concert avec les sénateurs, soutinrent alors les intérêts de la République; ces tribuns du trésor et ces hommes de tous les ordres, qui prirent alors les armes pour la liberté publique?

Mais pourquoi parler de tous ceux qui ont obéi à la voix des consuls? Que deviendra le nom des consuls eux-mêmes? Condamnerons-nous, sans respect pour sa mémoire, comme un scélérat et un parricide (1), Valérius, ce personnage si estimable par son zèle dans le gouvernement de la République, et dans l'exercice des doubles fonctions du sacerdoce et de la magistrature? Associerons-nous le nom de Marius à cette même tache de deshonneur et d'ignominie? Ce Marius que nous pouvons appeller avec vérité le père de la patrie; oui, Romains, le père de votre liberté et de

(1) *Un parricide*, un ennemi de la patrie qui est la mère commune. On est parricide, quand on tue, quand on outrage son père ou sa mère. — Lucius Valérius Flaccus, consul avec Marius. On ne sait pas quel sacerdoce il exerçoit alors.

cette République, le condamnerons-nous aussi sans respect pour sa mémoire, comme un parricide et un scélérat? Eh! si Labiénus a cru devoir planter dans le champ de Mars une croix pour Rabirius qui a pris les armes, quel supplice imaginera-t-on contre celui même qui lui en a donné l'ordre? Que si l'on avoit promis une sauve-garde (1) à Saturninus, comme vous le répétez sans cesse, ce n'est pas Rabirius qui a promis, c'est Marius; c'est lui qui a violé la promesse, s'il n'y a pas été fidèle. Mais qu'a-t-on promis, Labiénus? pouvoit-on promettre sans l'aveu du sénat? Etes-vous assez étranger dans Rome, assez peu instruit de nos institutions et de nos usages pour ignorer de pareilles choses? Ne vous prendroit-on pas pour un voyageur dans une ville étrangère, plutôt que pour un magistrat en fonction dans sa propre ville?

De pareils reproches, dit-on, peuvent-ils offenser aujourd'hui Marius qui n'a plus ni

(1) Il paroît que Marius avoit promis une sauve-garde à Saturninus, s'il vouloit descendre du Capitole et venir plaider sa cause devant le Peuple, et que, malgré cette sauve-garde, le tribun fut assassiné.

vie, ni sentiment? Quoi donc? Marius eût-il vécu dans de tels travaux et au milieu de tels périls, s'il n'eût pas étendu plus loin que sa vie, ses désirs et ses espérances pour lui-même et pour sa gloire? Peut-être qu'après avoir défait en Italie des troupes innombrables de barbares, après avoir délivré la République qu'ils tenoient assiégée, peut-être croyoit-il que tous ses exploits mourroient avec lui. Non, Romains, non, il ne le croyoit pas; et aucun de nous ne s'expose pour l'état avec un cœur magnanime et intrépide, sans aspirer aux hommages des générations futures. Aussi parmi beaucoup de raisons qui me persuadent que les ames des gens de bien sont divines et immortelles, la principale, c'est que l'esprit des hommes les plus vertueux et les plus sages pressent l'avenir, et paroît n'avoir que des vues d'immortalité. Ainsi j'en atteste les ames de Marius, et des autres citoyens sages et courageux, ces ames qui me semblent avoir passé de la vie des hommes à cette auguste et sainte incorruptibilité des Dieux; oui, je les en atteste, je me crois obligé de combattre pour leur gloire, leur nom et leur mémoire, comme pour les temples et les autels de la patrie ; et s'il falloit prendre les armes pour venger leur dignité, je les prendrois avec la même ardeur qu'ils les ont prises pour le salut public. En effet, Romains, la nature a voulu que l'espace de la vie fût borné, et que celui de la gloire fût immense. C'est donc en honorant les grands hommes qui ont quitté la vie, que nous travaillerons à nous faire rendre, après le trépas, une plus entière justice.

Mais, Labiénus, si vous n'épargnez point ceux qui ne sont plus, croyez-vous qu'on ne doit pas même ménager ceux qui vivent encore? Oui, je le prétends, parmi tous les citoyens qui, dans cette journée dénoncée par vous aux tribunaux, étoient à Rome, et formoient pour lors notre jeunesse, il n'en est aucun qui n'ait pris les armes, qui n'ait suivi les consuls. Tous ceux dont l'âge peut vous faire juger de ce qu'ils firent alors, vous les accusez de crime capital dans la personne de Rabirius.

Mais Rabirius a tué Saturninus. Que ne l'a-t-il fait ? loin de demander grace pour lui, je demanderois une récompense. Car si on a donné la liberté à Scéva, esclave de Croton, qui a vraiment tué Saturninus, quelle récompense eût-il fallu accorder à un chevalier Romain ? Et si Marius, voyant que la multitude des séditieux s'étoit placée sur les hauteurs du capitole (1) ; si Marius, dis-je, pour avoir fait couper les canaux qui fournissoient l'eau à la demeure sacrée du grand Jupiter, a été jugé par tout le sénat avoir sauvé la République, puniroit-on, plutôt que de le récompenser, le citoyen généreux qui par son courage et à ses périls nous eût délivrés du chef de la sédition ?

(1) La phrase est imparfaite dans l'original, je l'ai achevée dans ma traduction. La conclusion du discours manque, et je crois qu'il ne manque que cela, le reste du discours remplissant à-peu-près la demi-heure prescrite.

Discours pour Muréna.

Sommaire.

Catilina ayant demandé le consulat avec Cicéron et avec Caius Antonius, avoit essuyé un refus : il se représenta l'année suivante ; irrité d'avoir eu aussi peu de succès, et pressé par un discours véhément de Cicéron, il leva le masque, et alla rejoindre son armée, abandonnant Rome, où il laissoit les principaux complices de sa conjuration. Parmi trois de ses compétiteurs, Décius Silanus, Lucius Muréna et Servius Sulpicius, les deux premiers furent désignés consuls, le troisième cita en justice Muréna comme coupable de brigue. A Servius Sulpicius, principal accusateur, se joignirent le jeune Sulpicius son fils, Postumius et Caton. Muréna étoit défendu par Hortensius, par Crassus, et par Cicéron qui parla le troisième. En défendant Muréna, il avoit fort à cœur de ménager sur-tout Caton et Sulpicius, ses amis, dont il estimoit infiniment le mérite et les vertus.

Après un exorde plein de dignité, il annonce qu'avant de défendre Muréna, il va se justi-

fier lui-même. Caton prétendoit qu'un consul, auteur de la loi contre la brigue, et qui avoit exercé le consulat avec tant de sévérité, n'auroit pas dû se charger de la défense d'un citoyen accusé de brigue; Sulpicius disoit que c'étoit manquer à l'amitié : l'orateur répond à l'un et à l'autre aussi solidement qu'honnêtement. Il se propose ensuite de détruire l'accusation qui se réduit à trois chefs, désordre des mœurs, inégalité de mérite et crime de brigue.

Le premier chef ayant eté traité fort légèrement par les accusateurs, Cicéron s'y arrête fort peu. Muréna a été en Asie, Muréna s'est livré à la danse dans des festins. Ces deux reproches sont réfutés en peu de mots.

L'orateur s'étend beaucoup plus sur le second chef, l'inégalité de mérite. La famille de Muréna, disoit Sulpicius, est bien inférieure à la mienne; il a demandé la questure avec moi, et j'ai été nommé le premier; il a été servir dans les armées, tandis que moi je suis resté à Rome pour donner des réponses aux parties qui me consultoient (car Sulpicius étoit le plus habile jurisconsulte de son tems); nous avons demandé la préture ensemble, et j'ai *encore été nommé avant lui. Cicéron montre que toutes ces raisons n'étoient pas suffisantes pour que Sulpicius fût nommé consul préférablement à Muréna. Il fait un long parallèle de la profession de jurisconsulte avec celle des armes, et met celle-ci bien au-dessus de l'autre. Il rabaisse d'une manière fort agréable la jurisprudence ; il relève la difficulté de la guerre contre Mithridate : Caton l'avoit déprimée, et Muréna y avoit servi sous son père avec distinction. Après avoir exposé le département des deux rivaux dans leur préture, et la magnificence des jeux par lesquels Muréna avoit terminé la sienne, Cicéron explique fort au long en quoi surtout Sulpicius avoit été inférieur à son rival, sans doute dans la manière de demander le consulat.*

Il passe enfin au troisième chef d'accusation, qui étoit le principal sans doute, le crime de brigue. Il entreprend de répondre à Postumius, au fils de Sulpicius, et à Caton. Les réponses aux deux premiers manquent, et nous n'avons que la réponse à Caton, divisée en trois articles, l'autorité que doit avoir son accusation, le décret que le sénat a rendu contre la brigue, les vrais intérêts de la Ré-

publique dans cette cause. Cicéron ne pouvant et ne voulant pas attaquer la personne de Caton, jette du ridicule sur la philosophie Stoïcienne qu'il professoit. Tout ce morceau est un chef-d'œuvre de finesse et d'urbanité romaine. Caton, après l'avoir entendu, disoit moitié en riant, moitié de mauvaise humeur: Il faut avouer que nous avons un consul plaisant. *L'orateur traite le second article avec beaucoup de subtilité, et le troisième avec beaucoup de gravité. Son ton s'élève, et il prouve avec force combien il est essentiel, dans les conjectures présentes, qu'il y ait deux consuls aux calendes de janvier.*

La péroraison est des plus pathétiques, des plus propres à toucher les juges en faveur de Muréna.

Cette cause a été plaidée l'an de Rome 690, *de Cicéron* 45.

PLAIDOYER POUR MURÉNA.

LE jour où, sous les auspices de la religion, présidant (1) à nos centuries assemblées, je

(1) Un des deux consuls, nommé par le sort, présidoit aux comices, et annonçoit le vœu des centuries.

proclamai Muréna consul, j'adressai, d'après l'usage établi par nos ancêtres, une prière aux dieux immortels, je leur demandai que l'élection annoncée par nous au Peuple pût tourner à l'avantage de tous les ordres de l'état et de la dignité même dont je suis encore revêtu : je renouvelle aujourd'hui, Romains, cette même prière, je supplie les mêmes dieux qu'ils daignent maintenir le même homme dans le rang de consul et dans celui de (1) citoyen, qu'ils vous inspirent de conformer vos décisions aux suffrages du Peuple, et que par cet accord vous puissiez, vous et toute la République, jouir, au sein de la paix, d'une concorde, d'un repos et d'une tranquillité inaltérables. Et si cette prière solemnelle, consacrée par nos plus augustes cérémonies, doit être d'un si grand poids dans une République telle que la nôtre, et mérite une vénération si religieuse; j'ai demandé encore aux dieux

(1) Si Muréna avoit perdu sa cause, il se seroit vu dépouillé, non-seulement du consulat, mais encore des principaux privilèges de citoyen. Il auroit comme perdu la vie civile, il n'auroit pas été *salvus et incolumis*. Ainsi *dimicabat de salute*.

que la nomination au consulat tournât aussi à l'avantage des hommes à qui cet honneur a été décerné sur (1) ma proposition.

Ainsi les dieux ayant transmis à nos juges toute leur puissance, ou du moins l'ayant partagée avec eux, le même consul recommande à votre équité celui pour lequel il a imploré dernièrement la protection du ciel, afin que, défendu par la même voix qui l'a proclamé, il conserve pour votre propre intérêt et pour celui de tous les autres, le bienfait du Peuple Romain.

Mais puisque les accusateurs me font un crime de mon zèle à défendre Muréna, et que même ils me blâment de m'être chargé de sa cause, je dois, sans doute, avant de parler pour celui que je défends, me justifier moi-même en peu de mots. Ce n'est pas que j'aie plus à cœur ma justification que la sienne; mais il me semble qu'après avoir mis ma démarche à l'abri de tout reproche, j'en défendrai plus puissamment la gloire, l'honneur,

(1) Celui qui présidoit aux comices, proposoit au Peuple (*rogabat*) de nommer les magistrats qu'il jugeroit à propos.

toute l'existence de Muréna, contre les attaques de ses adversaires.

Et d'abord c'est à Caton qui veut régler notre vie sur les principes d'une philosophie austère, et qui pèse scrupuleusement les moindres circonstances de nos actions, c'est à lui que je vais répondre sur les motifs qui ont déterminé ma conduite actuelle. Caton prétend qu'un consul, auteur d'une loi contre la brigue, qui a géré le consulat avec tant de sévérité, ne devoit pas même songer à défendre Muréna. Ce reproche me touche assez sensiblement pour que je cherche à me justifier, non-seulement auprès de vous, Romains, à qui je dois sur-tout cette justification, mais aux yeux de Caton lui-même, cet homme si respectable et si intègre.

Je vous le demande, Caton, à quel autre plutôt qu'à un consul appartient-il de défendre un consul accusé? et à qui dois-je prendre plus d'intérêt qu'à un citoyen entre les mains de qui je dois, moi principalement (1), remettre

(1) *Moi principalement*, parce que c'est moi qui nommé par le sort l'ai proclamé consul, et qui d'ailleurs ai pris des soins particuliers pour sauver la République.

l'administration d'une République que je me suis efforcé de soutenir par les plus rudes travaux et au milieu des plus grands périls? Dans notre jurisprudence, lorsqu'un bien vendu par un autre est réclamé, le vendeur doit garantir le droit de l'acquéreur (1) ; à plus forte raison, lorsqu'on accuse un consul désigné, le magistrat qui l'a proclamé consul, doit-il lui être garant d'un bienfait du Peuple Romain, et prendre sa défense, si on veut le lui ravir. Et si, comme il est d'usage dans quelques villes, la République nommoit un défenseur pour cette cause, elle choisiroit, sans doute, de préférence celui qui, étant revêtu de la même dignité que le citoyen qu'on accuse, réuniroit à quelque talent pour la parole toute l'autorité nécessaire pour le défendre. Les navigateurs qui entrent dans le port se font un plaisir d'apprendre à ceux qui en sortent, ce qu'ils ont à craindre des tempêtes, des pirates et des écueils, par un sentiment naturel qui nous intéresse à ceux qui vont courir les périls aux-

(1) On appelloit *res mancipi* des biens qu'on vendoit et aliénoit avec de certaines formalités. *Nexus* étoit une manière de vendre et d'aliéner.

quels nous avons eu le bonheur d'échapper : aujourd'hui qu'après une longue tourmente, je commence à appercevoir la terre, quels doivent être mes sentimens pour un homme qui va bientôt essuyer les tempêtes d'une administration orageuse! Si donc il est d'un bon consul de ne pas borner ses vues au présent, mais de les étendre jusques dans l'avenir, je montrerai ailleurs (1) combien il importe à la sûreté commune qu'il y ait deux consuls aux calendes de janvier. Ainsi, je le puis dire, c'est moins l'amitié qui m'engage à défendre Muréna, que la République elle-même qui appelle son consul à la défense de l'intérêt général.

Quant à la loi (2) que j'ai portée contre la brigue, je ne voulois pas, certes, en la faisant passer, abroger celle que je me suis imposée il y a long-tems, de secourir nos citoyens dans leurs périls. A la vérité si je convenois que Muréna a fait des largesses et que je voulusse justifier son action, je serois coupable, quand même la loi auroit été portée par un autre : mais

(1) C'est ce qu'on verra à la fin du discours.

(2) Cicéron par sa loi avoit ajouté aux anciennes peines un exil de dix ans.

puisque je le soutiens innocent dans cette partie, dois-je, parce que j'ai porté la loi, renoncer à le défendre?

Caton prétend encore qu'après avoir, par la force de mes paroles et presque par l'autorité de ma place, banni de Rome Catilina qui, dans l'enceinte de nos murs, méditoit la ruine de la République, c'est démentir cet acte de vigueur que de prendre aujourd'hui en main la cause de Muréna. A cela voici ma réponse : j'ai rempli toujours avec plaisir le ministère de douceur et d'indulgence pour lequel m'a formé la nature elle-même, et sans avoir jamais recherché le rôle imposant de vigueur et de sévérité, je l'ai soutenu, quand j'en ai été chargé par la République, avec toute la fermeté que demandoit la dignité de cet empire, dans le péril extrême qui menaçoit tous les citoyens. Si donc, lorsque la République exigeoit de moi de la sévérité, j'ai fait violence à mon naturel, je me suis montré plus sévère que je n'aurois voulu l'être; à présent que toutes sortes de raisons me rappellent à la douceur, avec quel empressement ne dois-je pas suivre le penchant que la nature a mis en moi et qu'a fortifié l'habitude?

Mais peut-être aurai-je occasion ailleurs de parler des motifs qui m'ont fait entreprendre la défense de Muréna et des principes qui engagent Caton à me la reprocher. Sensible, comme j'ai dû l'être, aux reproches de ce citoyen vertueux, je ne l'ai pas été moins aux plaintes d'un homme rempli de sagesse et de mérite, de Servius Sulpicius : il n'a pu voir, dit-il, qu'avec beaucoup de peine qu'au mépris des loix de l'amitié la plus intime, je prenois contre lui la défense de Muréna. J'ai à cœur, Romains, de me justifier auprès de Sulpicius, et je veux vous prendre vous-mêmes pour juges : car en fait d'amitié, tout reproche est grave lorsqu'il est fondé ; et fût-il injuste, on ne doit pas négliger d'y répondre.

J'avoue, Sulpicius, qu'à raison de nos liaisons étroites, j'ai dû vous servir dans la demande du consulat avec tout le zèle dont je suis capable ; et je crois l'avoir fait. Je me flatte de n'avoir manqué à rien de ce que vous aviez droit d'attendre d'un ami, d'un homme en crédit, d'un consul. Ce tems n'est plus, les choses ont changé de face. Je pense et je me persuade que si j'ai dû me prêter à tous vos désirs, dans votre concurrence avec Muréna, aujourd'hui aujourd'hui que sa personne est en péril, je ne vous dois plus rien. Non, si je vous ai appuyé dans la poursuite du consulat, ce n'est pas une raison pour que je vous appuie encore lorsque vous poursuivez Muréna lui-même : et loin qu'on doive nous louer, on ne doit pas nous permettre, quand nos amis se portent pour accusateurs, d'abandonner la défense des personnes qui nous sont les plus étrangères.

Mais Muréna ne m'est pas étranger : je suis lié anciennement avec lui par les nœuds d'une amitié solide ; et si j'en ai dû faire le sacrifice à Sulpicius lorsque son concurrent vouloit obtenir un simple titre d'honneur, je ne le lui ferai pas aujourd'hui qu'il se trouve engagé dans une accusation capitale. J'ajoute que, quand je n'aurois pas un motif aussi fort, le mérite éminent de Muréna et la dignité suprême dont il vient d'être revêtu m'auroient attiré le reproche de hauteur et de dureté, si j'avois refusé de défendre, dans une cause d'une si grande importance, un homme aussi recommandable par ses qualités personnelles que par les honneurs qu'il a reçus du Peuple Romain. Il ne m'est plus permis, il ne m'est plus libre de ne pas employer mes foibles talens à la défense des malheureux : et lorsque ces talens ont été récompensés par des faveurs qu'on n'accorda jamais à personne, renoncer, après les avoir obtenues, aux travaux qui me les ont acquises, ce seroit fausseté de ma part et ingratitude. S'il m'est permis de rester oisif, si je le puis, suivant vous, sans m'attirer le reproche de paresse et de hauteur, sans me rendre coupable d'insensibilité, je suis prêt à garder le silence. Mais si fuir le travail est une lâcheté, si rebuter des supplians est une marque d'orgueil, si négliger ses amis est un trait de perfidie, la cause de Muréna ne pouvoit être abandonnée, ni par un homme laborieux, ni par une ame sensible, ni par un ami fidèle.

Vous pouvez, Sulpicius, en juger par (1) vous-même. Si vous vous croyez obligé de donner des conseils même aux adversaires de vos amis, lorsqu'ils viennent vous consulter sur le droit ; et si, engagé par vos amis à solliciter pour eux dans une cause (2), vous re-

(1) *Par vous-même*, mot à mot, *d'après l'art que vous professez.*

(2) Cicéron suppose que l'adversaire d'un ami de

gardez comme une honte que ceux à qui vous avez donné conseil, et contre qui vous sollicitez perdent leur procès : ne seroit-ce pas une injustice de vouloir que nous fermions à nos amis les foibles ruisseaux de notre art, tandis que vous ouvrez les sources abondantes du vôtre même à vos ennemis? Eh quoi! si mon amitié pour vous m'eût fait rejetter la cause de Muréna, si Hortensius et Crassus (1), ces deux illustres personnages, et d'autres encore qui se font gloire de votre estime, eussent fait de même, un consul désigné n'auroit trouvé personne pour le défendre dans une ville où nos ancêtres n'ont pas voulu que le dernier des citoyens manquât de défenseurs. Pour

Sulpicius vient le consulter dans une cause, et que lui ayant donné une réponse favorable, son ami vient le prier d'assister à son jugement, et de témoigner par sa présence combien il s'intéresse à son procès (c'est l'explication de *te advocato*). Alors Sulpicius, pour l'honneur de son art, desirera que celui auquel il a répondu ait l'avantage.

(1) Souvent un même accusé étoit défendu par plusieurs orateurs ; Muréna l'étoit par Hortensius, par Crassus, et par Cicéron qui parloit le troisième.

moi, je me regarderois comme un homme perfide, cruel, superbe, si j'avois pu abandonner un ami, un malheureux, un consul. Je porterai donc, Sulpicius, aussi loin qu'il est possible les égards dus à l'amitié : j'en userai avec vous comme si mon propre frère, que j'aime tendrement, étoit à votre place ; et en remplissant à l'égard de Muréna ce que m'imposent le devoir, la bonne foi et la (1) religion, je n'oublierai pas que c'est contre un ami que je défends la cause d'un ami.

Toute l'accusation intentée contre Muréna se réduit à trois chefs, désordre des mœurs, inégalité de mérite, enfin crime de brigue.

De ces trois chefs, le premier, qui auroit dû être le plus grave, a été traité si foiblement et si légérement, que c'est plutôt pour se conformer à un certain usage des accusateurs, que parce qu'ils sont fondés à reprendre la vie de Muréna, que nos adversaires l'ont attaquée. On lui a reproché son séjour en Asie ; comme si c'étoit pour vivre dans le plaisir

(1) *La religion*, parce que j'ai imploré pour lui la protection du ciel, et que je l'ai proclamé après avoir pris les auspices.

et dans les délices qu'il eût visité cette province, et qu'il ne l'eût point parcourue dans des marches militaires. Que si à l'âge où il étoit alors, il n'avoit pas été servir dans l'armée que son père commandoit, on n'eût pas manqué de dire qu'il a fui l'ennemi ou craint la sévérité de son père, ou que le père n'a pas voulu de son fils. Nos généraux triomphateurs font monter leurs fils encore enfans (1) sur les chevaux qui traînent leur char ; et Muréna ne seroit pas jaloux d'orner des prix de sa bravoure le triomphe paternel, de triompher en quelque sorte avec celui qu'il auroit secondé dans tous ses exploits! Oui, sans doute, Romains, Muréna a séjourné en Asie : il a été pour son père une ressource dans les périls, une compagnie dans ses travaux, un nouveau sujet de félicitation dans la victoire :

(1) Voici quel étoit l'usage des triomphateurs : s'ils avoient des enfans très-jeunes de l'un et l'autre sexe, ils les faisoient asseoir près d'eux sur leur char de triomphe ; si leurs fils étoient d'un certain âge, ils montoient sur les chevaux même du char ; s'ils étoient un certain nombre, ils montoient sur des chevaux particuliers, et suivoient le char de leur père.

et si l'on doit regarder l'Asie comme une contrée voluptueuse, ce n'est point pour n'avoir jamais vu cette province, mais pour y avoir toujours vécu avec sagesse, qu'on mérite des éloges. Qu'on ne reproche donc pas l'Asie à Muréna ; l'Asie qui a comblé de gloire sa famille, qui a illustré sa race et son nom. On pourroit la lui reprocher, s'il s'y étoit livré à quelque désordre, ou s'il en avoit rapporté quelque vice. Mais avoir servi dans la guerre la plus importante et même la seule que le Peuple Romain eût alors à soutenir, c'est bravoure ; avoir servi volontairement dans l'armée de son père, c'est tendresse filiale ; avoir vu ses premières campagnes terminées par la victoire et le triomphe de ce même père, c'est le comble du bonheur. Ainsi donc dans cette partie de la vie de Muréna il n'y a point de place pour la médisance ; la gloire s'en est toute emparée.

Caton traite Muréna de danseur (1). Ce reproche, s'il est fondé, est une accusation violente ; s'il ne l'est pas, c'est une injure calomnieuse. Un citoyen tel que Caton ne doit donc

(1) On sait que la danse étoit chez les Romains un exercice peu honnête.

point se permettre une injure ramassée dans les places ou recueillie de la bouche de vils bouffons: il ne doit pas traiter aussi légèrement de danseur un consul du Peuple Romain, mais examiner de quels autres vices doit être nécessairement souillé celui qui mériteroit un pareil reproche. Un homme sobre ne danse guère, à moins qu'il n'ait perdu la raison, ni lorsqu'il est seul, ni dans un repas honnête et décent. La danse est le dernier excès où l'on se porte après des festins de débauche (1), et dans un lieu où tout respire la mollesse et la volupté. Vous reprochez le vice qui ne vient qu'après tous les autres; et vous ne dites rien de ceux qui le précèdent, sans lesquels il ne peut exister. Vous ne citez ni festins dissolus, ni amour violent, ni repas nocturnes, ni déréglement, ni folle dépense; et dans une vie qui n'offre rien de voluptueux, rien de vicieux, dans une vie où vous ne pouvez, pour ainsi dire, trouver le corps de la débauche, vous y trouverez apparemment son ombre!

On ne peut donc rien alléguer contre les

(1) On appelloit en latin *tempestivum convivium* un repas qui commençoit bien avant le tems marqué, et qui se prolongeoit dans la nuit.

mœurs de Muréna ; non rien absolument, Romains. Je défends un consul désigné dont toute la vie ne présente aucun trait d'avarice, de fraude, de perfidie, de cruauté, aucune parole licencieuse. Voilà donc les fondemens de ma cause bien posés. Ce n'est point encore par des éloges, dont je pourrai bientôt faire usage, c'est presque par l'aveu de nos adversaires, que je justifie un honnête et vertueux citoyen. Ceci bien établi, il m'est plus facile de passer à l'inégalité de mérite, c'est-à-dire, au second chef d'accusation.

Je sais, Sulpicius, que vous possédez en un degré rare, l'éclat du nom, l'intégrité, les talens, et tous les autres avantages qui peuvent fonder les prétentions au consulat. Mais je vois que tout cela est égal dans Muréna ; et tellement égal que vous n'avez pu l'emporter sur lui ni lui sur vous.

Vous avez rabaissé la naissance de Muréna et vous avez relevé la vôtre. Mais si vous prétendez qu'il n'y ait de bonnes familles que parmi les patriciens, il faut donc que le Peuple se retire de nouveau sur le mont Aventin (1).

(1) Cicéron parle ici de la première retraite du Peuple, qui, suivant Pison, plus ancien historien

Si au contraire on compte parmi les plébéiens beaucoup de familles illustres et distinguées, l'ayeul et le bisayeul de Muréna ont été préteurs ; son père, après avoir obtenu dans sa préture, par de glorieux exploits, les honneurs du triomphe, a ouvert à son fils une voie au consulat d'autant plus facile, que ce fils demandoit une dignité déjà méritée par son père. Votre noblesse, Sulpicius, quoique fort ancienne, est plus connue des personnes versées dans les lettres et dans notre histoire, que du Peuple et de ceux qui ont la plus grande part aux suffrages. Votre père étoit resté chevalier romain (1), et votre ayeul n'a rien fait de mémorable. C'est donc moins dans le souvenir des hommes de notre siècle que dans l'antiquité de nos annales qu'il nous faut aller fouiller pour trouver les preuves de votre noblesse. Aussi ai-je coutume de vous mettre au même

que Tite-Live, se retira sur le mont Aventin, indigné entre autres choses que les patriciens prétendissent seuls obtenir les magistratures, comme étant dues à leur naissance.

(1) On voit ici qu'un patricien pouvoit rester dans l'ordre équestre.

rang que nous, parce que, fils d'un simple chevalier romain, vous vous êtes rendu digne des premiers honneurs par vos vertus et par votre travail. Pour moi j'accordai toujours le même dégré d'estime, et à Quintus Pompéius, tout homme nouveau qu'il étoit, et à Æmilius Scaurus, quoique sorti d'une des plus nobles familles de Rome; parce que, sans doute, il faut le même génie et la même élévation d'ame pour transmettre à ses descendans, comme a fait Pompéius, une illustration qu'on n'a point reçue de ses pères, et pour faire revivre par son mérite, ainsi que Scaurus, la mémoire presque éteinte d'une famille ancienne.

Au reste, je croyois avoir obtenu par mes travaux qu'on ne pût point reprocher à la vertu le défaut de naissance. Avant moi, on avoit beau alléguer les exemples, non-seulement des Curius, des Caton, des (1) Pompéius, ces anciens personnages, dont le rare

(1) Cicéron parle ici d'un Quintus Pompéius, chef de la famille, qui fut censeur avec Quintus Métellus Macédonicus, et ensuite consul. C'est le même dont il est parlé plus haut.

mérite a commencé la noblesse, mais encore de ces hommes plus voisins de nous, des Marius, des Didius, des Cœlius, on restoit dans la foule sans pouvoir s'élever. Mais depuis qu'après un long intervalle j'ai rompu les barrières investies par les nobles, et que ramenant les usages de nos ancêtres, j'ai forcé la carrière des honneurs de s'ouvrir à la vertu aussi bien qu'à la naissance, je ne m'attendois pas que, dans une cause où un consul désigné, issu d'une ancienne et illustre famille, est défendu par un consul fils d'un chevalier Romain, je ne m'attendois pas que les accusateurs lui reprocheroient la nouveauté de sa race. Moi-même je me suis trouvé en concurrence avec deux patriciens, l'un le plus scélérat et le plus audacieux, l'autre le plus modeste et le plus vertueux des hommes : cependant je l'ai emporté sur Catilina par la considération et sur Galba par la faveur. Or si cette préférence pouvoit fonder une accusation contre un homme nouveau, mes ennemis et mes envieux n'auroient pas manqué de m'en faire un crime. N'insistons donc pas davantage sur la naissance, qui est égale de part et d'autre, et passons au reste.

Muréna, dit Sulpicius, a demandé la questure avec moi, et j'ai été nommé le premier. Il n'est pas nécessaire de répondre à tout. Nul de vous, Romains, n'ignore que les prétendans à la questure ayant souvent un égal mérite, et un seul pouvant être nommé le premier, on ne suit pas l'ordre du mérite dans la nomination, parce que la nomination a des dégrés nécessairement, et que le mérite est souvent le même dans les candidats. Quant à la distribution des provinces, le sort ne vous a pas mieux partagés l'un que l'autre. Muréna a obtenu (1) un département tranquille et paisible : vous, Sulpicius, vous avez eu la province d'Ostie, au nom de laquelle tout le Peuple a coutume de se récrier quand on la proclame ; province dont le gouvernement

(1) Le latin ajoute *par la loi Titia*. C'est-à-dire, un département établi d'après une loi de Sextus Titius, tribun du Peuple. Plusieurs savans sont embarrassés pour expliquer le *lege Titia*. J'ai pris l'explication la plus probable, en supprimant dans ma traduction cette circonstance peu essentielle. — *Province d'Ostie*. Cette province, sans doute, étoit si peu agréable, que le Peuple faisoit des huées quand on la proclamoit.

est moins avantageux et moins honorable qu'ingrat et difficile. Vos questures ne vous ont procuré aucune gloire à tous deux, parce que le sort ne vous a donné ni à l'un ni à l'autre un champ propre à exercer et à faire briller votre vertu.

Sulpicius établit le parallèle et veut tirer avantage du tems qui a suivi la questure. Les deux candidats l'ont employé, ce tems, à des exercices qui ne se ressemblent guère. Enrôlé comme nous dans une milice purement civile, Sulpicius a rempli la fonction triste et fastidieuse de répondre aux parties, de rédiger des formules, de donner des conseils. Il s'est livré à l'étude du droit, il a veillé et travaillé sans relâche, toujours au service du public, endurant la sottise des uns, supportant la fierté des autres, dévorant l'humeur chagrine d'un grand nombre, vivant enfin pour autrui, non pour lui-même : grand mérite, sans doute, et dont on doit savoir gré, qu'un homme seul se dévoue tout entier à une science si utile pour tant d'autres. Cependant que faisoit Muréna? Il étoit lieutenant de Lucullus, cet homme sage et courageux, cet excellent général. Durant sa lieutenance, il a commandé des armées, rangé des troupes en bataille, livré des combats, remporté des victoires, pris des villes, les unes d'assaut, les autres après un long siège. L'Asie, cette province opulente et voluptueuse, il l'a parcourue sans y laisser aucune trace de cupidité, ni de debauche. Enfin, dans une guerre importante, il a fait plusieurs belles actions sans son général qui n'en a fait aucune sans lui. Lucullus ici présent peut me démentir, si je dis rien de trop ; ou si l'on croit qu'il s'entend avec nous, et que, pour sauver celui que nous défendons, il nous permet d'exagérer ses services, j'en appelle à sa lettre écrite au sénat : il y donne à Muréna toutes les louanges qu'a pu donner à un autre avec qui il partage sa gloire, un général également éloigné de la flatterie et de la jalousie.

Sulpicius et Muréna se sont donc distingués tous deux par un mérite égal, chacun dans leur partie. Je les mettrois l'un et l'autre dans le même rang, si Sulpicius vouloit me le permettre, mais il ne me le permet pas. Il déprime la profession militaire, il rabaisse la lieutenance de Muréna, il s'imagine que le consulat appartient de droit à notre assiduité dans Rome, et à ce retour fatiguant d'occupations journalières. Comment ? dit Sulpicius, vous aurez passé dans le camp plusieurs années, vous n'aurez pas approché du forum, vous aurez été éloigné si long-tems ; et de retour, après une longue absence, vous prétendrez entrer en concurrence avec ceux qui, pour ainsi dire, ont fait du forum leur demeure ! Mais d'abord, Sulpicius, cette assiduité même dont vous vous prévalez, ignorez vous combien elle nous expose au dégoût et à la satiété du public ? Ç'a été un avantage pour moi, j'en conviens, que mes services fussent toujours sous les yeux du Peuple : cependant ce n'est qu'à force de travail que j'ai pu triompher du dégoût d'une présence assidue. Et vous aussi sans doute. — A la bonne heure ; mais croyez qu'un peu d'absence ne nous auroit pas nui à l'un et à l'autre.

Mais si, laissant à part ces considérations, nous voulons comparer ensemble la profession de Muréna et la vôtre, qui peut douter que, pour parvenir au consulat, la réputation acquise par les armes, ne soit un titre préférable à celle que procure la jurisprudence ? Vous passez une partie de la nuit pour préparer des réponses à ceux qui vous consultent; le guerrier veille pour arriver à tems avec ses troupes au lieu où l'occasion l'appelle. Vous êtes réveillé par le chant des coqs; et lui par le son des trompettes. Vous dressez le plan d'une procédure, et lui l'ordre d'une bataille. Vous précautionnez contre les surprises, vous, vos cliens; lui, son camp et nos villes. Le guerrier sait repousser les attaques de l'ennemi; et vous, vous savez détourner l'écoulement des eaux. Sa science est de reculer les bornes de l'empire; la vôtre, de régler les limites d'un champ. Enfin, je dirai ce que je pense, l'art militaire est supérieur à tous les autres. C'est ce grand art qui a illustré le nom Romain, qui a couvert Rome d'une gloire immortelle, qui nous a soumis le monde. Les affaires civiles, nos études brillantes, les travaux même du barreau, tout glorieux qu'ils peuvent être, sont toujours sous la protection et sous la garde des vertus guerrières. Au moindre bruit d'une invasion soudaine, nos arts tranquilles rentrent aussi-tôt dans le silence. Je vous vois, Sulpicius, caresser votre science du droit comme on caresse une fille chérie; je ne vous laisserai

donc

donc point dans l'erreur qui vous fait regarder comme quelque chose de merveilleux, ce je ne sais quoi dont l'étude vous a tant coûté. Je vous ai toujours cru digne du consulat et de tous les honneurs par votre modération, votre sagesse, votre justice, votre probité, et vos autres vertus : quant à la science du droit, je ne dirai pas qu'en l'apprenant vous avez perdu vos peines, mais je prétends que cette science n'est pas une voie bien sûre pour parvenir au consulat.

Tout art, pour nous gagner l'affection du Peuple Romain, doit offrir en même-tems une dignité qui frappe et une utilité qui plaise. Or l'art militaire a quelque chose de grand et de magnifique : on regarde ceux qui y excellent comme les défenseurs et les appuis de l'état et de l'empire. Ce même art n'a pas moins d'utilité que de grandeur, puisque par la science des guerriers et au prix de leur sang, nous pouvons jouir et de la prospérité publique et de nos fortunes particulières. C'est encore un talent aussi utile qu'honorable, et qui souvent a influé dans le choix d'un consul, de pouvoir, par la force et la sagesse de ses discours, déterminer les décisions du sénat, du Peuple et des juges. On veut un consul qui, par son éloquence, sache dans l'occasion réprimer les fureurs des tribuns, appaiser un Peuple mutiné, arrêter des largesses nuisibles. Qu'on ne soit donc pas surpris que des hommes privés de la noblesse, se soient élevés au consulat par un talent qui peut nous faire un grand nombre de créatures, d'amis fidèles et de zélés partisans.

Votre profession, Sulpicius, ne produit aucun de ces avantages. Et d'abord quelle dignité peut-il y avoir dans une science aussi mince, qui ne roule que sur des distinctions de mots, sur des lettres et des syllabes? De plus, la considération que nos ancêtres eurent autrefois pour votre science, est tombée absolument et s'est tournée en mépris, depuis que vos mystères sont dévoilés. Peu de personnes auparavant savoient quel jour on pouvoit intenter action en justice. Les tables qui indiquoient les jours d'audience n'étoient pas entre les mains de tout le monde. Les jurisconsultes avoient alors une grande autorité : on les consultoit comme on consulte les (1)

(1) Le latin dit les Chaldéens, espèce de savans qui, d'après l'observation des astres, croyoient pouvoir prédire à chacun ce qui lui arriveroit.

astrologues, on les interrogeoit sur les jours. Mais enfin, il se trouva un greffier nommé Flavius, qui, en publiant les tables des jours où l'on pouvoit plaider devant les tribunaux, creva, comme on dit, les yeux aux corneilles (1), et déroba toute leur science à nos subtils jurisconsultes.

Ceux-ci donc fâchés, et craignant que, les tables des jours devenues publiques, on pût sans eux intenter action, fabriquèrent certaines formules pour se rendre nécessaires. Par exemple, on auroit pu très-bien faire dire à une des parties, cette terre sabine est à moi; à l'autre, non, elle est à moi, et ensuite faire prononcer le juge. Au lieu de cela, nos jurisconsultes ont introduit ces formules; *cette terre, qui est sur le territoire qu'on appelle le territoire des Sabins*. Voilà bien des mots : qu'est-ce qui suit ? *Je prétends que cette terre est à moi, en vertu du droit des Romains*. Et après? *Je vous*

(1) *Crever les yeux aux corneilles*, proverbe, pour dire tromper un homme fort habile. Dans le latin, *singulis diebus* ne doit pas se construire avec *proposuerit*, mais avec *fastos*. Mot à mot, qui a exposé à l'instruction du Peuple les fastes pour chaque jour.

appellé de devant le tribunal sur le lieu même pour y débattre notre droit (1). Celui qu'on attaquoit dans sa possession, ne savoit que répondre à ce jargon de chicane. Le même jurisconsulte, comme le joueur de flûte dans nos comédies (2), passe de son côté et lui dicte sa formule. *Vous m'avez appellé*, lui fait-il dire, *de devant le tribunal sur le lieu même pour y débattre notre droit; je vous y appelle à mon tour.* Cependant pour que le préteur ne se crût pas d'une meilleure condition que les parties, si on le laissoit parler de son chef, on lui a dicté sa formule non moins absurde qu'inutile. *J'ordonne aux deux parties qui sont ici debout* (3) *et présentes devant moi de marcher de ce côté-là. Marchez.* Le sage jurisconsulte est présent pour les diriger dans leur route. *Revenez.* Ils reviennent sous la con-

(1) Latin, *ex jure manu consertum*, manière de parler ancienne, c'est-à-dire, *ad litigandum*.

(2) Mot à mot *à la manière du joueur de flûte latin.* Les joueurs de flûte étoient ordinairement du pays latin. Un seul joueur de flûte donnoit le ton à plusieurs acteurs l'un après l'autre.

(3) *Superstitibus*, c'est-à-dire *super agro stantibus*.

duite du même jurisconsulte. Ce manège, je crois, paroissoit ridicule même à nos vieux Romains, d'ordonner à des hommes qui sont debout, bien en place, de marcher pour revenir un instant après au lieu d'où ils sont partis. Toutes ces autres formules ne sont pas plus raisonnables; *puisque je vous vois devant les juges...* *avez-vous revendiqué seulement pour la forme* (1)?.. Tant qu'elles étoient secrètes, il falloit bien les aller demander à ceux qui seuls les connoissoient : mais depuis qu'elles ont été publiées, depuis qu'on les a examinées de près et qu'on en a pesé la valeur, on a reconnu qu'elles étoient aussi vuides de sens que pleines de supercherie et d'extravagance. La plupart des sages réglemens consignés dans nos loix, ont été altérés et corrompus par les subtilités des jurisconsultes. Nos ancêtres ont réglé que toutes les femmes, vu la foiblesse de leur esprit, seroient sous la puissance d'un tuteur; les jurisconsultes ont trouvé des espèces de tuteurs dont le choix est au pouvoir des femmes. Nos ancêtres n'ont pas voulu qu'on

(1) *Puisque je vous vois... Avez-vous...* Ce sont des commencemens de formules.

laissât éteindre les sacrifices des familles ; nos jurisconsultes, pour les abolir, ont imaginé de faire acheter par des vieillards (1) les biens chargés de ces sacrifices. Enfin, dans tout le droit civil, ils ont abandonné l'esprit et le fonds pour s'en tenir à la lettre et à de vaines formalités. Ainsi, parce qu'ils avoient trouvé dans les écrits d'un jurisconsulte le nom de *Caïa*, ils ont cru devoir appeller *Caïa* toutes les femmes qui contractoient mariage (2). Ce qui me paroît encore fort étrange, c'est que tant d'hommes, si subtils et si ingénieux, n'aient pu décider depuis tant

(1) Afin que ces vieillards ne pouvant avoir d'enfans, les sacrifices s'éteignissent avec eux.

(2) Dans notre traité de la Constitution de la République Romaine, auquel je renvoie, nous avons distingué trois manières de contracter mariage chez les Romains, *usus*, *confarreatio*, *coemptio*. Je n'expliquerai ici que la dernière sorte de mariage, qui se contractoit par une espèce d'achat *coemptio*. La femme étoit mise entre les mains du mari, qui lui donnoit quelques pièces de monnoie seulement pour la forme : par-là elle étoit censée achetée. Ainsi ces mots *quae coemptionem facerent*, je les explique, *quae matrimonium facerent per coemptionem*.

d'années, s'il faut dire le troisième jour ou le surlendemain, le juge ou l'arbitre, l'affaire ou le procès (1).

Ainsi donc, je le répète, une science qui ne roule que sur de vaines formules et sur de fausses subtilités, ne sauroit avoir cette dignité qui ouvre le chemin au consulat. Elle peut encore moins plaire par l'utilité que d'autres en retirent. Car un service qui est pour tout le monde, un service offert à mon adversaire aussi bien qu'à moi, peut-il être pour moi un service? Aussi avez-vous perdu toute prétention à obliger vos concitoyens, et même l'avantage de cette ancienne formule, c'est ici le cas de prendre conseil (2). On ne peut faire grande estime d'une science qui, dès que les affaires sont interrompues, n'est d'aucun usage ni dans Rome, ni hors

(1) Dans le style des jurisconsultes, on employoit en même-tems ces doubles expressions, qui signifient la même chose en termes différens.

(2) Paroles des jurisconsultes quand on venoit les consulter. — Un peu plus bas, *rebus prolatis : res prolatae*, expressions usitées, quand il y avoit vacance au barreau, et que les affaires étoient interrompues.

de Rome. On ne peut passer pour habile dans une partie que tous savent également, dans laquelle personne ne sauroit se distinguer, et une étude ne sauroit être jugée difficile, lorsqu'elle est renfermée dans un petit nombre de livres fort aisés à entendre. Aussi, pour peu que vous me fâchiez, tout occupé que je suis, je deviens jurisconsulte en trois jours (1). Car enfin ce qui est de formule est écrit, et n'est point conçu en termes si propres à une espèce qu'on ne puisse pas l'adopter à telle espèce qu'on voudra. Quant aux consultations, il n'y a jamais grand risque à courir. Si vous rencontrez bien, on dira que Sulpicius n'auroit pas mieux répondu : sinon on croira que la question étoit susceptible de plusieurs interprétations, et que vous en avez donné une selon votre sens.

(1) Il sembleroit, d'après ces paroles, que Cicéron étoit ignorant en jurisprudence; cependant il dit lui-même dans d'autres endroits, qu'il en avoit fait une étude particulière. — *Quò ego. . .* Voici comme j'explique cette partie de phrase, *ad quod ego non possim rem de quâ agitur*

Ce n'est donc pas seulement la gloire des armes qui doit être préférée à vos procédures et à vos formules ; le talent même de la parole l'emporte (1) de beaucoup sur votre profession, est une voie plus sûre pour parvenir au consulat. Aussi, ai-je vu bien des personnes qui ont préféré d'abord l'éloquence, et qui ne pouvant en atteindre le mérite, se sont rabattues à la jurisprudence. Et de même que parmi les musiciens grecs, ceux qui n'ont pas assez de talent pour toucher la lyre, se contentent de jouer de la flûte ; ainsi parmi nous, ceux qui ne peuvent devenir orateurs se réduisent à n'être que jurisconsultes. L'éloquence demande beaucoup d'étude et de soin : tout y est important ; elle frappe par la dignité qui l'accompagne autant qu'elle plaît par l'utilité qu'elle procure. On peut assurer même que, si l'on demande à la jurisprudence des conseils salutaires, on attend de l'éloquence le salut et la vie. Ajoutons que les réponses et les décisions du jurisconsulte sont souvent

(1) J'ai traduit comme si on lisoit, d'après la conjecture de Lambin, *antecellit* au lieu d'*attecellet*.

détruites par les discours de l'orateur, et ne peuvent avoir de force qu'autant qu'il les fait valoir. Si j'étois plus habile dans l'éloquence, je louerois ce grand art avec plus de réserve : mais ce n'est pas de moi que je parle, c'est de tant d'orateurs qui s'y sont distingués autrefois et qui s'y distinguent encore.

Il est deux professions qui peuvent élever un citoyen au comble des honneurs, celle de général et celle d'orateur habile : l'une conserve les avantages de la paix, l'autre éloigne les malheurs de la guerre. Certaines vertus (1), il est vrai, peuvent beaucoup par elles-mêmes; la justice, la probité, la modestie, la tempérance, qui, de l'aveu de tout le monde, sont en vous, Sulpicius, dans un degré rare : mais je parle ici des talens distingués qui conduisent aux honneurs, et non des vertus particulières qui se trouvent dans chacun. Tous nos arts paisibles deviennent inutiles, au premier mouvement qui fait donner le signal de la guerre.

(1) Le latin dit, *les autres vertus*. Le mot latin *virtutes* signifie *vertus* et *qualités* : or l'éloquence et la jurisprudence sont des qualités, *virtutes*.

En effet, selon la pensée d'un (1) de nos bons poëtes, dont les paroles sont d'un grand poids, dès que la guerre est proclamée, aussi-tôt disparoît, je ne dis point votre science prétendue, qui ne consiste que dans des mots, mais cette sagesse elle-même qui gouverne l'univers : c'est la force qui décide de tout. On méprise non-seulement le discoureur ennuyeux, mais l'orateur habile : on n'aime que le soldat hérissé de fer. Quant au jurisconsulte, il languit sans fonction : ce n'est plus alors par les formules de droit, c'est le fer à la main qu'on demande justice. D'après cela, vous le sentez vous-même, il faut que le barreau cède au camp, la plume à l'épée, le repos de nos professions au tumulte des armes, l'ombre du cabinet au champ de bataille : enfin on doit regarder dans Rome, comme le premier de tous les arts, celui par lequel Rome est la première de toutes les villes.

Mais, prétend Caton, j'exagère ici les services de Muréna ; j'oublie que dans la guerre de Mithridate, on n'a eu à combattre que des

(1) Ennius, dont Cicéron fond ici avec sa phrase des vers ou des parties de vers.

femmes. Pour moi, Romains, j'en juge bien autrement; et je vais m'expliquer sur un objet dont je dirai peu de chose, parce qu'il n'est pas essentiel à ma cause. S'il faut mépriser toutes nos guerres contre les Grecs, qu'on méprise donc le triomphe de Curius (1) sur le roi Pyrrhus, de Flamininus sur Philippe, de Fulvius sur les Etoliens, de Paul Emile sur Persée, de Métellus sur le Faux-Philippe, de Mummius sur les Corinthiens. Mais si ces guerres et ces victoires étoient importantes, pourquoi méprisez-vous les nations asiatiques et un ennemi tel que Mithridate? Je trouve dans nos anciennes annales, que le Peuple Romain eut une guerre considérable à soutenir contre Antiochus, que Lucius Scipio la termina, qu'il en partagea la gloire avec son frère Publius, et qu'il prit le surnom d'Asiatique pour avoir subjugué l'Asie, comme son frère avoit pris celui d'Africain, pour avoir soumis l'Afrique. Marcus Cato votre bisayeul a signalé son courage dans cette expédition; et un homme de ce caractère

(1) *Le triomphe de Curius... de Flamininus....* On peut voir dans Tite-Live, les détails de ces différentes guerres.

(je juge de lui par ce que je connois de vous) n'eût jamais accompagné Scipion, s'il eût pensé n'avoir à combattre que des femmes. Le sénat lui-même, s'il n'avoit point regardé cette guerre comme importante et périlleuse, n'auroit jamais engagé à aller servir sous son frère, en qualité de lieutenant, ce Scipion qui, après avoir chassé Annibal de l'Italie et de l'Afrique, avoit ruiné la puissance de Carthage, et délivré la République des plus grands dangers.

Mais si vous considérez attentivement quelles étoient les forces de Mithridate, ce qu'il a fait, ce qu'il étoit, il vous paroîtra, sans doute, le plus redoutable des rois contre qui le Peuple Romain ait soutenu la guerre. Peut-on mépriser un prince que Sylla, qui n'étoit rien moins qu'un général novice, que Sylla, dis-je, à la tête d'une nombreuse et vaillante armée, après l'avoir irrité plutôt que soumis par une victoire, laissa sortir, en lui accordant la paix, de cette Asie que ses armes avoient envahie toute entière; un prince que Lucius Muréna, père de celui que je défends, après l'avoir serré de près et l'avoir poursuivi sans relâche, laissa extrêmement affoibli, mais non reduit; un prince enfin qui, après quelques années employées à rétablir ses forces, à recueillir de l'argent et des troupes, se rendit assez puissant pour pouvoir se flatter d'unir l'Océan avec le Pont, les troupes de Sertorius avec les siennes? Deux consuls furent envoyés à cette guerre, l'un pour défendre la Bithynie, l'autre pour attaquer Mithridate. Le premier (1), par les malheurs qu'il essuya sur terre et sur mer, ne fit qu'augmenter la gloire et la puissance du prince. Lucullus se signala par des exploits qui attestent combien cette guerre étoit importante, et avec quelle sagesse, avec quelle valeur il l'a faite. Les deux parties avoient rassemblé toutes leurs forces autour de Cyzique; Mithridate regardoit cette ville comme la porte de l'Asie; il croyoit que cette porte une fois brisée et arrachée, toute la province lui seroit ouverte: tout fut si bien conduit par Lucullus, qu'une ville de nos alliés fidèles fut défendue, et que le monarque vit ses troupes se consumer par la longueur du siège. Ce combat naval auprès de Ténédos, où le même Lucullus défit une flotte

(1) Marcus Aurélius Cotta, envoyé dans la Bithynie, essuya sur terre une défaite considérable, et perdit sur mer une très-belle flotte.

ennemie qui, commandée par d'excellens capitaines, poussée et par son ardeur et par l'espoir du succès, faisoit rapidement voile vers l'Italie, croyez-vous qu'il ait peu coûté à ce général, et que le succès en ait été foiblement disputé? Je passe sous silence bien d'autres combats et sièges de villes. Chassé enfin de ses états, Mithridate sut encore trouver dans son génie et dans son grand nom assez de ressources pour se joindre au roi d'Arménie et reparoître avec de nouvelles troupes.

Si c'étoit ici le lieu de parler des exploits de notre armée et de notre général, combien de batailles importantes n'aurois-je pas à vous rappeller? mais ce n'est pas là mon objet. Je dis seulement : si les peuples d'Asie et le roi Mithridate n'eussent été que des ennemis méprisables, le sénat et le Peuple (1) n'auroient pas mis tant d'importance à cette expédition, ne l'auroient pas continuée pendant tant d'années, Lucullus n'y auroit pas acquis tant de gloire, et le Peuple Romain ne se seroit pas

(1) La guerre contre Mithridate fut entreprise d'après un sénatus-consulte confirmé par le Peuple; ensuite le sénat seul chargea Lucullus de la continuer; enfin le Peuple seul nomma Pompée pour la terminer.

porté avec tant d'ardeur à charger Pompée de la terminer. De toutes les batailles sans nombre qu'a livrées cet illustre général, je n'en connois point de plus sanglante et de plus opiniâtre que celle où il s'est vu en tête Mithridate lui-même. Echappé du combat, et réfugié dans le Bosphore impénétrable à notre armée, ce monarque, dans sa fuite même et dans la ruine entière de sa fortune, conserva toujours le nom de roi. Aussi Pompée, qui se voyoit maître de ses états, qui avoit chassé l'ennemi de tous les pays et de toutes ses retraites, mettoit à un tel prix la vie d'un seul homme, que, malgré la victoire qui lui livroit toutes ses possessions, toutes ses conquêtes, toutes ses espérances, il ne crut la guerre entièrement achevée que par la mort de Mithridate.

Et voilà, Caton, l'ennemi que vous méprisez ? un prince contre qui tant de généraux ont fait la guerre et soutenu tant de combats durant tant d'années ; un prince errant et chassé de tous les lieux, et dont la vie seule paroissoit d'une si haute importance, qu'on ne crut (1)

(1) Ou *arbitraretur* doit se prendre dans le sens passif ; ou, d'après la conjecture de Lambin, il faut le changer en *arbitraremur*.

la

la guerre finie qu'en apprenant la nouvelle de sa mort. Or je soutiens que, dans cette guerre, Muréna en qualité de lieutenant a fait éclater un courage invincible, une sagesse consommée, une activité infatigable; et que ces brillans services ne lui donnoient pas moins de titre au consulat que nos paisibles fonctions du barreau.

Mais, dira-t-on, lorsque Sulpicius a demandé la préture avec Muréna, il a été nommé avant lui. Voulez-vous donc toujours traiter rigoureusement avec le Peuple, et exiger de lui, comme s'il en eût passé l'acte, que, dans toutes les élections, il suive pour un candidat l'ordre qu'il a observé d'abord? Est-il un détroit orageux, où l'on voie des mouvemens aussi irréguliers, des agitations aussi violentes et aussi diverses, que l'on voit dans les comices de variations, de flux et de reflux? Il ne faut souvent que l'intervalle d'un jour, que l'espace d'une nuit, pour tout bouleverser. Le moindre bruit, comme un vent qui souffle, change quelquefois l'opinion de tout le Peuple. Souvent même, sans nulle cause apparente, il arrive le contraire de ce que nous attendions, au point que même le Peuple est quelquefois surpris de l'évènement comme si ce n'étoit pas son propre ouvrage. Rien de plus incertain que la faveur de la multitude, rien de plus impénétrable que la volonté des hommes, rien de plus trompeur que la marche et le résultat des comices. Par exemple, qui jamais eût pensé que Philippus, avec tout son génie, malgré ses services, son crédit et sa naissance, se vît préférer Hérennius? que Catulus, si recommandable par sa douceur, sa sagesse et son intégrité, ne passât qu'après (1) Mallius? que Scaurus, cet homme si respectable, cet excellent citoyen, ce sénateur si ferme, vît Maximus l'emporter sur lui? Loin qu'on pût s'attendre à rien de pareil, même après l'évènement on ne pouvoit en comprendre la cause. Souvent sur mer, les tempêtes sont excitées par l'influence de quelque signe céleste, et souvent aussi elles surviennent tout-à-coup, sans aucune règle, sans que rien les annonce. Il en

(1) Cnæus Mallius fut fait consul au préjudice de Catulus. Le texte porte Manlius; c'est une faute visible. Marcus Scaurus, celui qui fut prince du sénat. Quintus Maximus, surnommé Eburnus.

est de même de ces tempêtes populaires des grands comices : on voit souvent quelle est l'influence qui les excite, mais souvent aussi la cause en est si cachée, qu'elles semblent à nos yeux un pur effet du hasard.

Cependant s'il faut rendre raison de la préférence qu'a obtenue Sulpicius pour la préture, deux choses ont manqué à Muréna dans la demande de cette charge qui lui ont beaucoup servi dans la poursuite du consulat. La première, c'est qu'on s'étoit attendu qu'il donneroit des jeux au Peuple (1), attente qui s'étoit fortifiée par certains bruits, et par l'affectation de ses compétiteurs à le publier : la seconde, c'est que les guerriers qu'il avoit eus dans sa province et durant sa lieutenance pour témoins de sa générosité et de son courage, n'étoient pas encore revenus à Rome. La fortune lui a ménagé ces deux avantages lorsqu'il demandoit le consulat. D'une part, l'armée de Lucullus, qui étoit venue pour le triomphe de son général, a secondé Muréna dans ses prétentions à

(1) *Qu'il donneroit des jeux*, sans doute aux funérailles de son père ; car on ne voit pas que Muréna ait été édile.

la dignité consulaire ; de l'autre, les jeux dont le candidat de la préture avoit négligé de soutenir sa demande, le préteur les a donnés avec une magnificence qui a bien réparé cette omission.

Regardez-vous comme un foible secours et une modique ressource pour parvenir au consulat, le vœu des troupes, qui peuvent beaucoup par l'avantage du nombre, qui savent intéresser leurs amis et leurs proches ? Ajoutez que les sollicitations des soldats sont d'un grand poids auprès du Peuple Romain quand il faut nommer un consul. Dans les comices consulaires, ce sont des généraux qu'on choisit, et non des jurisconsultes. Quelle puissante recommandation que d'entendre dire à des soldats : Il m'a soigné dans mes blessures ; il m'a fait part du butin ; sous lui, nous avons forcé des camps et gagné des batailles ; jamais il n'a imposé de travail aux soldats qu'il ne l'ait partagé ; il fut toujours brave, toujours heureux ! Combien ce dernier motif sur-tout n'est-il pas propre à décider les opinions et à entraîner les volontés ? En effet (1), si, dans les

(1) J'ai un peu commenté toute la phrase, afin de mieux faire entendre la pensée de l'orateur.

grands comices, on se fait comme un devoir de religion de se conformer au suffrage de la première centurie, comme étant choisie par les Dieux, est-il étonnant que ce qu'on publioit du bonheur de Muréna, de cet avantage qui vient directement du ciel, ait eu un grand pouvoir sur l'esprit du Peuple?

Mais si ces considérations, qui sont très-importantes, vous le paroissent peu; si vous préférez les sollicitations des citoyens à celles des soldats, ne méprisez pas si fort la beauté des jeux et la magnificence des spectacles qu'a donnés Muréna, et qui lui ont servi infiniment dans sa demande. Dirai-je que le Peuple et la multitude ignorante sont avides de jeux et de spectacles? Encore qu'on ne doive pas s'en étonner, c'est toujours assez pour notre cause: car enfin c'est le Peuple et la multitude qui dominent dans les comices. Si donc la magnificence des jeux plaît au Peuple, il n'est pas étonnant que les jeux magnifiques de Muréna lui aient gagné les suffrages du Peu-

Omen praerogativum, c'est-à-dire *centuria praerogativae sorte ducta, cujus omen multùm valebat.*

ple. Mais si nous-mêmes, que les affaires éloignent des plaisirs, et à qui nos occupations procurent tant d'autres jouissances, si nous-mêmes, dis-je, nous aimons les jeux et y trouvons de l'attrait, devez-vous être surpris du goût qu'y prend une multitude peu instruite? Othon (1), homme ferme, mon sincère ami, a rendu aux chevaliers Romains leur dignité à la fois et leurs plaisirs. Aussi de toutes les loix qu'il a portées, la plus agréable est celle qui règle les places au théâtre, parce que cette loi a rendu à un ordre distingué, avec la considération, la douceur de jouir d'un délassement honnête. Les jeux, croyez-moi, charment non-seulement ceux qui avouent l'intérêt qu'ils y prennent, mais ceux encore qui ne veulent pas en convenir. Je l'ai éprouvé moi-même dans la demande du consulat : car j'ai trouvé aussi un compétiteur et un rival dans la magnificence d'un

(1) Lucius Roscius Otho, étant tribun du Peuple, porta une loi, par laquelle les chevaliers Romains auroient une place distinguée aux spectacles, c'est-à-dire, les quatorze premiers bancs après les sénateurs.

théâtre (1). Et si moi qui étant édile avois donné les trois jeux, j'étois cependant si allarmé de ceux d'Antonius, vous qui, par un coup du sort, n'en aviez donné aucun, croyez-vous que ce théâtre magnifique de Muréna, dont vous vous moquez, ne vous ait fait aucun tort ?

Mais, je le suppose, tout est égal de part et d'autre, les travaux du barreau ne sont pas inférieurs à ceux de la guerre, les sollicitations des citoyens à celles des soldats, c'est la même chose d'avoir donné des jeux magnifiques et de n'en avoir donné aucun; croyez-vous que, dans la préture même, il n'y ait pas eu de différence entre le département de Muréna et le vôtre ? Le sort lui a fait écheoir en partage la commission de rendre la justice, que nous vous désirions tous : commission qui procure autant de gloire par la grande impor-

(1) Le *scenam competitricem* du latin a une force et une grace particulière; j'ai tâché de les rendre en françois autant qu'il m'a été possible. — *Les trois jeux*, les jeux céréales, floraux et romains. — *Par un coup du sort.* C'étoit le sort qui avoit fait Muréna préteur de la ville, lequel seul étoit chargé de donner les jeux apollinaires.

tance des affaires que de crédit par le nombreux détail des jugemens ; commission dans laquelle un sage préteur, tel qu'étoit Muréna, évite par l'équité de ses décisions de choquer personne, et tâche de gagner tout le monde par la facilité de ses audiences ; commission privilégiée et bien propre à frayer la route au consulat, où, après avoir gagné les cœurs par son équité, par son intégrité, par son affabilité, on termine sa magistrature en flattant les regards par des jeux magnifiques. Et vous, Sulpicius, quel a été votre partage ? Un emploi triste et dur, une recherche des crimes de péculat : d'un côté le deuil et la désolation, de l'autre des chaînes (1) et des délateurs ; des juges qu'il falloit rassembler et retenir malgré eux ; un greffier condamné, et dont la condamnation a indisposé tout son corps ; les gra-

(1) *Des chaînes* ; sans doute, la prison, à laquelle étoient condamnés les accusés convaincus de péculat. — *Un greffier condamné*, comme coupable de péculat. — *Les gratifications de Sylla*... Sylla avoit récompensé beaucoup de ses partisans aux dépens du trésor ; après sa mort ils furent dénoncés comme détenteurs des deniers publics : un grand nombre étoient dans ce cas.

tifications de Sylla désapprouvées, et par-là un grand nombre de braves citoyens, presque (1) la moitié de la ville, portés à se plaindre ; des dépens taxés avec rigueur : celui que cette taxe satisfait l'oublie bien vîte, celui qu'elle afflige s'en souvient long-tems. Enfin, vous n'avez pas voulu prendre un gouvernement de province. Je ne puis blâmer en vous une conduite que j'ai tenue moi-même et durant ma préture et pendant mon consulat. Mais il n'en est pas moins vrai que le gouvernement de Muréna (2) lui a procuré, outre l'estime générale, un grand nombre d'amis puissans. La République à son départ l'a chargé de faire des levées en Ombrie ; ce qui lui donnoit le moyen d'obliger bien des personnes : et comme il en a su profiter, il s'est attaché plusieurs tribus composées des villes de l'Ombrie. Dans la Gaule, son activité et sa prudence ont fait rentrer dans la caisse de nos

(1) *Propè pars*, il faut sous-entendre *dimidia* ; et j'ai traduit en conséquence. — *Celui que cette taxe satisfait*, sans doute l'accusateur. *Celui qu'elle afflige*, l'accusé.

(2) Muréna eut pour département après sa préture la Gaule Transalpine.

fermiers des fonds qu'ils désespéroient de recouvrer. Vous cependant à Rome vous serviez vos amis, j'en conviens; mais faites-y attention, quelques amis se refroidissent pour ceux qu'ils voient dédaigner des gouvernemens de nos provinces.

Et puisque je vous ai montré, Romains, dans les deux rivaux égalité de mérite pour prétendre au consulat, mais une grande différence entre le département (1) de l'un et de l'autre, je vais maintenant expliquer sans détour en quoi Sulpicius, mon ami, étoit inférieur à Muréna: je lui dirai à la face du tribunal, aujourd'hui que le tems de l'élection est passé, ce que je lui ai dit souvent en particulier, lorsqu'il pouvoit en profiter encore.

Je vous ai souvent dit, Sulpicius, que vous ne saviez pas demander le consulat; et dans les occasions même où je vous voyois agir et parler avec force, je vous disois que vous montriez plutôt la fermeté d'un sénateur que l'habileté d'un candidat. En effet, ces menaces effrayantes

(1) Le département pendant la préture et après la préture. J'avoue que je n'entends guère ce que Cicéron veut dire par *provincialium negotiorum*.

d'accusation que vous répétiez sans cesse, annoncent une ame ferme, mais rallentissent le zèle des amis et font croire au Peuple qu'un candidat a perdu tout espoir de succès. Je ne sais comment il arrive toujours; et ce n'est ni une ni deux fois que je l'ai remarqué, j'en ai une constante expérience : dès qu'un candidat paroît s'occuper d'une accusation, il paroît désespérer de la charge qu'il sollicite. Quoi donc? est-ce que je m'oppose à ce qu'on venge un affront reçu? Non, certes, je ne m'y oppose pas; mais le tems de demander n'est pas celui de menacer. Je veux qu'un citoyen, sur-tout lorsqu'il demande le consulat, se montre dans la place publique et au champ de Mars avec un nombreux cortège d'amis, plein d'espoir et de confiance. Je n'aime pas qu'il fasse contre ses compétiteurs des informations qui présagent un refus, qu'il cherche des témoins plutôt que des suffrages, qu'il emploie des menaces plutôt que des caresses, qu'il se dispose à accuser ses rivaux plutôt que de s'empresser à saluer le Peuple; aujourd'hui sur-tout que l'usage s'est introduit d'aller dans les maisons des candidats, et de juger par l'air de leur visage quelles peuvent être leurs ressources et leurs espérances. Voyez-vous celui-ci, dit-on, comme il est triste et sombre? Il est abattu, il perd courage, il cède la partie. Ces bruits se répandent: savez-vous qu'il songe à une accusation, qu'il fait des informations contre ses compétiteurs, qu'il cherche des témoins? Je donnerai ma voix à un autre, puisqu'il désespère de réussir. Les meilleurs amis d'un tel candidat se rallentissent, leur zèle se refroidit, ils l'abandonnent, puisqu'il s'abandonne lui-même (1), ou du moins ils réservent leur crédit et leurs services pour l'accusation et le jugement. Ajoutez encore que le candidat lui-même ne peut donner tous ses soins, toute son attention et toute sa vigilance à la dignité qu'il poursuit, partagé comme il l'est par l'embarras d'une accusation, qui n'est pas, à mon avis, une légère entreprise, mais la plus sérieuse de toutes. Non, ce n'est pas une chose facile de disposer tous les moyens pour faire bannir de sa ville un homme puissant et riche, qui peut se défendre par lui-même, et avec le secours de ses amis et de ses proches, ou même des

(1) Latin *testatam rem abjiciunt*, ils abandonnent la chose en protestant de la raison pour laquelle ils l'abandonnent.

personnes indifférentes. Car nous nous empressons tous à défendre un malheureux; et pourvu que nous ne soyons pas ennemis déclarés, nous rendons aux personnes les plus étrangères, dans des accusations capitales, les services qu'on peut attendre de véritables amis. Ainsi, moi qui ai éprouvé tout l'embarras qu'entraînent la recherche des honneurs, la défense d'un accusé, la poursuite d'une accusation, j'ai reconnu qu'il faut une assiduité active pour postuler une magistrature, un zèle officieux pour défendre, une attention chagrine pour accuser. Je suis persuadé en conséquence qu'il est impossible de se préparer en même-tems, avec un soin convenable, à poursuivre une accusation et à postuler le consulat. Peu d'hommes suffisent à l'une de ces deux choses, personne à l'une et l'autre en même-tems. Vous, Sulpicius, après être sorti de la carrière des candidats pour vous jetter dans la route des accusateurs, avez-vous cru pouvoir faire face à l'un et l'autre objet? Vous vous êtes bien trompé, sans doute: depuis que vous avez entrepris d'accuser vos concurrens, s'est-il passé un seul jour où ce projet ne vous ait occupé tout entier?

Vous avez demandé avec instance une loi contre la brigue; et elle ne vous manquoit pas, vous en aviez une fort sévère dans la loi Calpurnia (1). On s'est prêté à vos désirs par égard pour votre mérite. Mais toute cette loi, qui vous auroit peut-être fourni une arme pour votre accusation, si vous aviez eu un accusé coupable, vous a ôté bien des suffrages pour le consulat. Vous avez sollicité une peine plus rigoureuse contre les plébéiens, ce qui a soulevé les esprits de la multitude: l'exil contre ceux de notre ordre; le sénat a acquiescé à cause de vous, mais ce n'est pas sans répugnance que, sur votre proposition, il a rendu plus dure la condition de tous les sénateurs. Vous avez aussi fait décerner des peines contre les candidats accusés qui ne paroîtroient pas en justice pour cause de maladie: par-là vous avez choqué beaucoup de citoyens, que vous réduisez à l'alternative, ou de se défendre au préjudice de leur santé, ou, s'ils veulent ménager leur vie, de sa-

(1) Lucius Calpurnius Piso, peu d'années avant le consulat de Cicéron, avoit porté une loi sévère contre la brigue. Cicéron étant consul, à la sollicitation de Sulpicius, en porta une qui ajoutoit à la sévérité de la loi Calpurnia.

crifier les autres avantages qui l'embellissent. Quel est donc, direz-vous, celui qui a porté ces loix ? Celui (1), sans doute, qui l'a fait pour obéir au sénat et par déférence pour un ami, à son propre préjudice. Quant à vos autres demandes, que le sénat en corps a rejettées comme je le désirois, croyez-vous qu'elles vous aient été peu contraires ? Vous demandiez qu'on remît en vigueur la loi Manilia (2), que les suffrages fussent confondus, qu'on n'eût égard ni au rang ni au crédit des personnes. Nombre de citoyens distingués et accrédités dans nos colonies et dans nos villes municipales, n'ont pas vu sans peine un homme tel que Sulpicius faire tous ses efforts pour détruire les distinctions du rang et du crédit. Vous vouliez aussi que les juges fussent au choix du seul accusateur (3) ; c'est-à-dire, vous vouliez que les haines

(1) *Celui*, Cicéron lui-même.

(2) Il y avoit des centuries plus ou moins distinguées ; le tribun Manilius avoit porté une loi pour que l'on comptât les suffrages sans indiquer les centuries qui les avoient donnés. Il y a toute apparence que sa loi fut adoptée, mais qu'elle ne tarda pas à être abrogée.

(3) Vous vouliez que l'accusateur pût nommer

particulières des citoyens, maintenant couvertes et cachées, éclatassent pour la ruine des principaux de Rome. Toutes ces démarches, en vous applanissant les voies pour l'accusation, vous fermoient celles du consulat.

Mais voici le coup le plus terrible que vous avez porté à vos prétentions, et dont je vous ai averti dans le tems. Hortensius en a déjà parlé avant moi, avec cette force et cette abondance qui caractérisent un si heureux génie. Et c'est même, pour le dire en passant, ce qui augmente ici mon embarras. Ayant à parler après un tel homme, ayant à parler après Crassus, personnage aussi illustre qu'excellent orateur, je viens le dernier de tous, non défendre quelque partie de la cause, mais prendre dans toute la cause ce que je jugerai à propos. Je me vois donc obligé de revenir sur les mêmes objets, et de prévenir vos (1) dégoûts autant qu'il

des juges sans qu'on pût les récuser. Ce qui auroit donné aux accusateurs un grand avantage, et auroit engagé beaucoup de citoyens à accuser d'illustres personnages, leurs ennemis particuliers.

(1) J'ai suivi la leçon *satietati* : d'autres lisent *sapientiae*.

m'est

m'est possible. Mais, je vous le demande, Sulpicius, quel coup mortel n'avez-vous point porté à vos prétentions au consulat, lorsque, renonçant à votre demande et vous occupant d'une accusation, vous avez réduit le Peuple Romain à craindre que Catilina ne fût fait consul ? On voyoit vos amis abattus ; on vous voyoit vous-même triste, inquiet, informer contre vos rivaux, observer toutes leurs actions, rassembler des témoins (1), chercher des accusateurs ; toutes démarches qui donnent aux candidats un air sombre. Catilina, au contraire, se montroit plein d'ardeur et de confiance, escorté d'une brillante jeunesse, entouré de délateurs et d'assassins, enflé par les espérances que lui donnoient les soldats, et par les promesses que lui faisoit mon collègue,

(1) *Testificatio*, l'action de rassembler des témoins. *Seductio testium*, l'action de faire venir chez soi les témoins, pour convenir de la manière dont ils doivent déposer. *Subscriptores*, ceux qui se joignoient à l'accusateur et ajoutoient leur nom au sien. Ils avoient des conférences entre eux et avec l'accusateur principal sur le meilleur moyen de disposer l'accusation. C'est ce que Cicéron appelle *secessio subscriptorum*.

comme il s'en vantoit lui-même, traînant à sa suite une armée d'Arretins et de Fésulans, composée d'hommes de toute espèce, parmi lesquels on remarquoit des citoyens proscrits dans les tems malheureux de Sylla. La fureur étoit peinte sur le visage de leur chef, ses yeux respiroient le crime, son langage étoit celui de l'arrogance : enfin, il paroissoit assuré du consulat, et le regarder comme un bien à lui. Il méprisoit Muréna ; il mettoit Sulpicius au nombre de ses accusateurs, et non de ses compétiteurs; il le menaçoit d'une violence ouverte, il menaçoit la République elle-même.

Quelles étoient alors les terreurs de tous les gens de bien, et quel désespoir c'eût été pour la République, si Catilina fût devenu consul! N'exigez pas, Romains, que je vous le rappelle, retracez-vous-en le souvenir à vous-mêmes. Vous ne l'avez pas oublié; lorsqu'on eut répandu dans le public les discours que cet infâme gladiateur avoit adressés, disoit-on, chez lui à ses conjurés, dans une de ses assemblées criminelles: les malheureux, suivant lui, ne pouvoient trouver de fidèle défenseur que dans celui qui lui-même étoit malheureux ; des gens ruinés, et presque sans ressource, ne devoient pas se fier aux promesses d'hommes riches et opulens ; ainsi, ceux qui voudroient réparer une fortune épuisée par leurs propres dépenses ou par le malheur des conjonctures, n'avoient qu'à considérer ce que Catilina avoit contracté de dettes, le peu qu'il avoit, ce qu'il pouvoit oser ; pour s'établir le chef des misérables et marcher à leur tête, il falloit être soi-même et misérable et nullement timide : ces discours, il vous en souvient, étant devenus publics, il fut statué, sur mon rapport, dans un sénatus-consulte, qu'on ne tiendroit pas le lendemain les comices consulaires, afin que le sénat pût délibérer sur ces objets importans. Ainsi, le lendemain, dans une assemblée nombreuse de sénateurs, je fis lever Catilina, et je lui ordonnai de se justifier sur les faits qui m'avoient été rapportés. Lui qui ne sut jamais dissimuler, loin de détruire ces faits, les confirma lui-même, et se trahit par ses propres paroles. Il dit qu'il y avoit deux corps dans l'état, l'un foible et sans vigueur, dont le chef étoit encore plus foible ; l'autre plein de force, mais sans chef : que ce dernier, auquel il devoit tout, ne manqueroit pas d'un chef tant qu'il vivroit. Tout le sénat frémit à ce discours, sans porter néanmoins un décret aussi sévère que le demandoit l'indignité de la chose. Plusieurs opinèrent avec mollesse, parce qu'ils ne craignoient rien, les autres, parce qu'ils craignoient trop. Alors Catilina sortit triomphant de ce lieu où il auroit dû laisser la vie; de ce lieu où, peu de jours auparavant, en présence des mêmes sénateurs, il avoit répondu à Caton, ce citoyen intrépide, qui le menaçoit d'un ton ferme de le traduire en justice, que, si on allumoit contre Catilina un incendie, il ne l'éteindroit pas, il l'étoufferoit sous des ruines. Frappé des discours de ce forcené, instruit d'ailleurs qu'il se faisoit suivre au champ de Mars par ses conjurés en armes, je n'y allai plus moi-même qu'escorté d'une troupe de citoyens courageux, et montrant cette large cuirasse, dont je m'étois muni, non pour mettre ma vie à couvert (car, je le savois, c'étoit à la tête, et non à l'estomac ou à la poitrine, que Catilina adressoit ses coups), mais pour avertir tous les gens de bien de la crainte et du péril où étoit leur consul, et afin que cette vue les engageât, comme ils l'ont fait, à se réunir tous pour venir à mon secours.

Ainsi, Sulpicius, lorsqu'on vit que vous

vous refroidissiez dans la demande du consulat ; et qu'au contraire les desirs et les espérances de Catilina s'enflammoient de plus en plus ; alors tous ceux qui vouloient éloigner de la République ce redoutable fléau se tournèrent à l'instant du côté de Muréna. Or rien n'est plus puissant dans les comices consulaires que cet entraînement soudain des volontés, sur-tout lorsqu'elles se portent vers un citoyen vertueux dans lequel sont réunis tous les titres qui peuvent appuyer une demande. Issu d'une famille distinguée, né d'un père illustre, recommandable par la modestie qui a décoré sa jeunesse, par les services qui ont signalé sa lieutenance, par l'intégrité qui a honoré sa préture, par les jeux qu'il a donnés au Peuple, par la province où il a laissé des traces de sa vertu, ayant sollicité avec ardeur, sans céder aux menaces et sans menacer personne, est-il étonnant que Muréna ait tiré un si grand avantage de l'espoir subit dont s'étoit flatté un audacieux de parvenir au consulat ?

Je vais m'occuper maintenant du troisième chef d'accusation, je veux dire du crime de brigue. Les orateurs qui ont parlé avant moi en ont déjà pleinement justifié Muréna ; mais puisque celui-ci l'exige, je traiterai moi-même ce chef après eux. Dans cette troisième partie de mon plaidoyer, je répondrai à Posthumius, mon ami intime, citoyen d'un mérite rare, sur les sommes d'argent qu'il dit avoir été surprises ou distribuées; au fils de Sulpicius, jeune homme plein d'honneur et de talent, sur les centuries des chevaliers qu'il prétend avoir été corrompues; enfin, à Caton, ce personnage accompli, sur le poids que peut avoir son accusation, sur le décret du sénat et sur les intérêts de la République.

Mais je vais auparavant déplorer le sort de Muréna, et vous faire part de réflexions qui m'ont frappé d'abord. Depuis long-tems les malheurs des autres et mes propres sollicitudes m'ont fait envier le bonheur de ceux qui, dégagés de tous les soins de l'ambition, ont embrassé un genre de vie tranquille et paisible: mais la situation critique où Muréna s'est vu tout-à-coup réduit, m'a pénétré au point, que je ne puis assez gémir sur la condition malheureuse de nous tous en général, et sur l'infortune de ce citoyen en particulier. A peine a-t-il voulu s'élever d'un seul dégré (1) au-dessus des

(1) Le père de Muréna et beaucoup de ses ancêtres avoient été préteurs sans être jamais consuls.

honneurs que ses ancêtres ont obtenus sans interruption, qu'il se voit en danger de perdre l'illustration que ses pères lui ont transmise et celle qu'il s'est acquise lui-même: la recherche d'un nouveau titre l'expose à voir s'évanouir tout l'éclat de son ancienne fortune. Mais ce qu'il y a dans son sort de plus triste et de plus cruel, c'est que ses accusateurs ne sont pas des ennemis qu'une haine personnelle ait portés à l'accuser, mais des hommes qu'un excès d'ardeur dans leur accusation a rendus ses ennemis. Car, sans parler de Sulpicius, qu'anime contre Muréna la rivalité seule, et non le ressentiment d'aucune injure, il est accusé par Posthumius, dont le père étoit ami du sien (1), son ancien voisin et ami, comme le dit Posthumius lui-même, qui allègue plusieurs raisons d'être lié avec Muréna, sans produire aucun motif d'inimitié: il est accusé par le jeune Sulpicius, ami de son fils, dont les talens ne devroient être employés qu'à défendre les amis

(1) *Dont le père étoit ami du sien*; c'est le sens de *paternus amicus*. Posthumius, plus jeune que Muréna, auroit-il été ami du père de Muréna?

de son père (1) : enfin il est accusé par Caton, qui, n'ayant aucune raison de regarder Muréna comme étranger pour lui, sembloit d'ailleurs avoir été donné à Rome pour défendre, par son crédit et par ses talens, les personnes les plus étrangères, et pour ne travailler à perdre pas même un seul de ses ennemis.

Je répondrai donc premièrement à Posthumius, qui me semble, je ne sais pourquoi, abandonner le rang de candidat prétorien, pour se mesurer avec un candidat consulaire, comme un cavalier qui sauteroit (2) de dessus un simple cheval sur un char attelé de quatre chevaux. Si aucun de ses compétiteurs n'est coupable de brigue, c'est à leur mérite qu'il a cédé en se désistant de sa demande : si quelqu'un d'eux a fait des largesses, on doit, certes, désirer d'avoir pour ami un homme qui oublie ses propres injures pour venger celles des autres.

Ici manquent les réponses faites à Posthumius et au fils de Sulpicius.

(1) *Qu'à défendre les amis de son père*, au lieu d'accuser le père de son ami.

(2) *Desultorius*, cavalier exercé à sauter d'un cheval sur un autre sans cesser de courir.

Je viens maintenant à Caton, Caton, la principale force et le soutien de toute cette accusation : mais quelque soit le ton d'énergie et de véhémence avec lequel il s'annonce, je crains beaucoup moins ses raisons que sa considération personnelle. Obligé de combattre un tel accusateur, je vous demanderai avant-tout, Romains, que l'éminence de son mérite, que son titre de tribun désigné, que l'éclat de ses vertus et la sévérité de sa vie, ne portent point préjudice à celui que je défends, enfin qu'elles ne soient point funestes au seul Muréna, les grandes qualités que Caton a reçues pour l'utilité de tous. Scipion l'Africain avoit été deux fois consul, il avoit détruit Carthage et Numance, les deux terreurs de cet empire, lorsqu'il accusa Cotta : l'éloquence, la justice, l'intégrité, se trouvoient chez lui dans un degré rare : sa dignité égaloit celle de l'empire Romain qu'il soutenoit par ses vertus. J'ai souvent entendu dire à nos anciens que rien n'avoit plus servi à Cotta que ce mérite éminent de l'accusateur. Les hommes sages qui composoient alors le tribunal, ne voulurent pas qu'on pût dire qu'un accusé eût succombé sous le crédit d'un trop puissant adversaire. Et

Galba (1), ne lisons-nous pas dans notre histoire que le Peuple Romain le sauva des poursuites de Marcus Cato, votre illustre bisayeul, qui s'acharnoit à sa perte? Toujours dans cette ville, et le Peuple en général, et les juges pleins de sagesse et de prévoyance, furent en garde contre le crédit excessif des accusateurs. Je ne veux pas qu'un accusateur se fasse redouter par sa puissance, qu'il apporte au tribunal une supériorité trop marquée, un ascendant extrême, un nom trop imposant. Que l'on ait égard à l'autorité des personnes, je ne m'y oppose pas, lorsqu'il est question de sauver l'innocence, de protéger la foiblesse, de secourir l'infortune : mais qu'on éloigne et qu'on écarte toute considération étrangère lorsqu'il s'agit de la perte de nos citoyens. Prétendre que Caton ne se seroit pas porté pour accusateur de Muréna, s'il ne l'avoit jugé coupable, ce seroit imposer à celui-ci une loi bien dure ; et il seroit cruel pour un accusé qu'on

(1) Servius Sulpicius Galba, homme très-éloquent, fut accusé par Lucius Libo, tribun du Peuple. Caton le censeur se joignit à Libon pour perdre Galba.

vît un préjugé contre lui dans le jugement de l'accusateur.

Pour moi, Caton, plein de respect pour votre vertu, je n'oserai blâmer les principes qui la dirigent; mais peut-être seroit-il possible de l'adoucir, et d'en changer un peu les formes. *Vous avez peu d'imperfections* (1), dit un sage vieillard à un jeune héros, *et je puis corriger celles que vous pourriez avoir.* Je le dirai de vous, Caton, avec beaucoup de vérité, vous n'avez nulle imperfection, et vous auriez plus besoin d'être un peu fléchi que d'être redressé. La nature vous a fait pour la sagesse, pour l'honneur, pour la tempérance, pour la magnanimité, pour la justice, enfin elle vous a fait pour être dans toutes les vertus un homme grand et sublime. A ce fonds si heureux vous avez joint une morale qui n'est ni douce ni modérée, mais, à ce qu'il me semble, plus sévère et plus rigide que la nature et la raison ne le comportent. Et comme je ne parle point ici devant une ignorante multitude, ni dans une as-

(1) *Vous avez peu*... Il y a toute apparence que Cicéron a pris ces paroles d'une tragédie où Chiron, maître d'Achille, donne des leçons à son jeune éleve.

semblée d'hommes étrangers aux sciences, je ne craindrai pas, Romains, de vous entretenir d'opinions philosophiques, qui ne vous sont inconnues ni à vous ni à moi, qui ne sauroient vous déplaire. Ce que nous voyons dans Caton d'excellent et de divin est à lui; ce que nous souhaiterions quelquefois n'y pas voir, ne vient pas de son fonds, mais du maître dont il a suivi les préceptes (1). Il a existé un certain Zénon, homme d'un grand génie, dont les sectateurs se nomment Stoïciens. Voici ses dogmes et ses maximes : Le sage est insensible à la faveur; il ne pardonne aucune faute; il n'y a qu'un esprit léger et frivole qui puisse écouter la compassion; il est indigne d'un homme d'accorder quelque chose aux prières, de se laisser fléchir. Le sage lui seul, fût-il difforme, est beau; fût-il réduit à la mendicité, est riche; fût-il esclave, est roi : nous autres, qui ne sommes point des sages, nous sommes de misérables

(1) Il n'est pas besoin de faire remarquer tout l'art de Cicéron, qui, voulant affoiblir l'autorité de Caton, attaque non sa personne, mais la secte stoïcienne dont il suivoit les maximes. Zénon, de Cittie, dans l'isle de Cypre, auteur et chef de cette secte.

esclaves, des ennemis, des exilés, des insensé en un mot. Toutes les fautes sont égales ; la moindre délit est un crime atroce : il y a autant de mal à étouffer un poulet sans nécessité, qu'à égorger son propre père. Le sage ne connoît ni l'opinion, ni le repentir, ni l'erreur, il ne se rétracte jamais.

Voilà les préceptes que Caton, cet homme si spirituel, a saisis avidement d'après de savans maîtres, non, comme beaucoup d'autres, pour en discourir, mais pour les pratiquer. Les fermiers de nos domaines demandent une remise. Gardez-vous, dit-il, de céder à la faveur. Des malheureux viennent vous supplier. Ce seroit un forfait, ce seroit un attentat de rien faire pour eux par compassion. Quelqu'un avoue sa faute, et il demande qu'on lui pardonne. C'est un crime horrible de pardonner. Mais la faute est légère. Toutes les fautes sont égales. Vous est-il échappé une parole ? c'est une sentence irrévocable. Mais ce n'est pas la vérité que vous avez suivie, c'est l'opinion. Le sage ne sait ce que c'est que l'opinion. Vous vous êtes trompé en quelque chose. C'est outrager le sage de dire qu'il se trompe. C'est d'après cette doctrine que Caton agit dans la cause présente. J'ai dit en plein sénat que je dénoncerois un candidat consulaire. C'est dans un mouvement de colère que vous l'avez dit. Le sage n'est jamais ému par la colère. C'étoit pour vous prêter à la conjoncture (1). Il n'appartient qu'à un mal-honnête homme de séduire par une politique trompeuse. Se rétracter est une honte, se laisser fléchir est un crime, ouvrir son cœur à la pitié est une bassesse.

Je l'avouerai, Caton, moi-même étant jeune, me défiant de mes propres forces, j'ai cherché des secours dans la philosophie ; mais les (2) philosophes sous qui j'ai étudié, formés par les principes doux et tempérés de Platon et d'Aristote, disent que le sage a quelquefois égard à la faveur ; qu'il est d'un homme de bien d'être sensible à la pitié ; que, comme il y a des degrés dans les fautes, il doit y en avoir aussi dans les peines ; que le plaisir de pardonner peut trouver place dans l'ame la plus ferme ; le sage lui-même, disent-ils, a souvent

(1) Pour obliger Sulpicius, et pour effrayer les autres candidats.

(2) Les philosophes académiciens, dont Platon et Aristote étoient les chefs.

des opinions quand il ne peut avoir des certitudes ; s'il s'emporte quelquefois, il s'appaise aussi et se laisse fléchir ; il sait dans l'occasion corriger ce qu'il a dit ; il est des cas où il abandonne son sentiment ; selon eux, enfin, toutes les vertus sont placées dans un juste milieu dont elles ne sauroient sortir.

Si, avec un naturel aussi excellent que le vôtre, Caton, quelque heureux hasard vous eût adressé à de tels maîtres, vous ne seriez, ni plus homme de bien, ni plus ferme, ni plus tempérant, ni plus juste, (cela n'est pas possible) mais un peu plus enclin à la douceur. Vous ne vous seriez pas permis, sans y être poussé par aucune inimitié, sans avoir été provoqué par aucune offense, d'accuser un homme plein de modestie et de sagesse, plein d'honneur et de mérite. La fortune vous ayant choisis vous et Muréna pour veiller dans la même année aux intérêts communs, vous vous regarderiez comme tenant à lui par des liens publics. La menace un peu dure que vous avez faite dans le sénat, ou vous ne l'auriez pas faite, ou vous l'auriez oubliée, ou vous l'auriez adoucie en lui donnant un sens favorable. Entraîné maintenant par une ardeur naturelle, cédant aux transports d'une ame forte et vigoureuse, encore échauffé par les leçons toutes récentes de ceux que vous avez pris pour maîtres, l'expérience, autant que je le conjecture, vous pliera peu à peu, le tems vous modérera, l'âge vous adoucira. En effet, si vos maîtres et vos guides dans la morale, ont reculé les devoirs un peu au-delà des bornes prescrites par la nature, c'est, je pense, afin que nous efforçant de parvenir au dernier terme, nous nous arrêtions dans la pratique au point convenable. Ne pardonnez jamais, disent les Stoïciens : c'est-à-dire, pardonnez quelquefois, mais non pas toujours. Ne faites rien par faveur : c'est-à-dire, résistez à la faveur quand le devoir et la conscience l'exigeront. Ne soyez pas sensible à la pitié : oui, si la pitié vous ôte la fermeté nécessaire; mais l'humanité aussi est une vertu. Persistez dans votre sentiment : sans doute, à moins qu'il ne se présente un sentiment meilleur.

Tel fut le grand Scipion (1), qui, comme vous, se faisoit un plaisir d'avoir auprès de

(1) Scipion (le second Africain) et Lélius, étoient fort amis ensemble, liés intimement avec Panétius, célèbre philosophe Stoïcien.

lui

lui un philosophe d'un savoir profond et presque divin, dont les préceptes et les maximes, quoique semblables aux vôtres, loin de rendre Scipion trop rigide, en firent, ainsi que je l'ai appris de nos vieillards, le plus doux des hommes. Qui fut plus sage, plus grave, et tout à la fois plus affable et plus gracieux que Lélius, quoique élevé dans les mêmes principes? J'en pourrois dire autant de Philippus (1) et de Gallus. Mais, sans sortir de votre famille, quel homme, je vous le demande, fut jamais plus populaire, plus facile, plus modére, plus obligeant en tout et plus humain que Caton, votre bisayeul? Vous-même, en parlant avec autant de vérité que de force de son éminente vertu, vous aviez, disiez-vous, un exemple domestique à imiter. Oui, sans doute, ce grand homme est pour vous un modèle : mais quoique la nature ait pu vous transmettre avec le

(1) Paul Manuce croit qu'il faut lire Philus au lieu de Philippus. Lucius Furius Philus, distingué par ses connoissances et par sa sagesse; Cicéron, dans le plaidoyer pour le poëte Archias, l'unit à Scipion, à Lélius et à Caton. Caïus Sulpicius Gallus, fort instruit pour son tems, personnage illustre; il triompha des Liguriens.

sang, et vous rendre plus propres qu'à chacun de nous les traits de son caractère; cependant ses vertus sont un modèle pour moi autant que pour vous - même. Au reste, si ses mœurs douces et faciles se marioient à votre génie ferme et austère, votre vertu n'en seroit pas plus parfaite, (pourroit-elle l'être davantage?) mais du moins elle auroit des formes plus douces et plus gracieuses.

Ainsi, pour revenir à mon objet, qu'on ôte de la cause le nom de Caton, qu'on éloigne, qu'on écarte toute autorité des personnes; elle ne doit être d'aucun poids dans les tribunaux, ou ne doit en avoir que pour le salut des citoyens. Ne m'opposez, Caton, que des griefs et des délits. Qu'apportez-vous au tribunal? qu'attaquez-vous? que condamnez-vous? vous attaquez la brigue? je ne la défends pas. Vous me reprochez de défendre ce que j'ai puni par une loi. J'ai puni la brigue, et non l'innocence. J'accuserai la brigue elle-même avec vous, si vous voulez. Le sénat, dites-vous, a rendu, sur mon rapport, un décret, par lequel les candidats qui auront fait distribuer de l'argent pour qu'on aille à leur rencontre ou pour qu'on les accompagne au champ de Mars, qui auront donné à des tribus entières, ou des repas publics, ou des places gratuites aux jeux des (1) gladiateurs, sont déclarés réfractaires à la loi Calpurnia. Le sénat, par ce décret, prononce que ceux qui se seront permis ces brigues, auront contrevenu à la loi : c'est-à-dire, que, pour complaire aux candidats, il statue ce qui n'avoit pas besoin de l'être. Car la grande question ici est de savoir si les brigues ont eu lieu ou non. Si elles ont eu lieu, peut-on douter qu'il n'y ait contravention à la loi ? Il est donc ridicule de laisser incertain ce qui est douteux, et de prononcer sur ce que personne ne révoque en doute. Aussi le décret a-t-il été rendu à la requête de tous les candidats ; et l'on ne peut connoître par sa teneur même à qui il est favorable, à qui il est contraire. Montrez donc que Muréna est coupable aux termes du sénatus-consulte ; et alors je vous accorde moi-même qu'il a contrevenu à la loi.

(1) *Gladiatoribus*, c'est-à-dire *ludis gladiatoriis* : Paul Manuce explique, *cum gladiatores Populo dantur.*

Une foule de citoyens, dites-vous, sont allés au devant de lui, lorsqu'il revenoit de sa province pour demander le consulat. Mais c'est l'usage. Au devant de qui ne va-t-on pas en pareille circonstance ? Mais pourquoi une si grande multitude ? d'abord, quand je ne pourrois vous en rendre raison ; qu'y a-t-il d'étonnant qu'une multitude de citoyens ait été au devant d'un tel homme à son retour, au devant d'un candidat consulaire ? Ce qui pourroit étonner, c'est qu'on ne l'eût pas fait. Que sera-ce, si j'ajoute que plusieurs même, ce qui se pratique ordinairement, ont été priés d'aller au devant de lui ? Regardera-t-on comme une chose étonnante, ou dont l'on puisse faire un crime, que, dans une ville où nous avons coutume, quand nous en sommes priés, d'accourir des quartiers les plus éloignés, même avant le jour, pour accompagner des fils de citoyens de la dernière classe, que, dans une pareille ville, on ne se soit fait aucune peine de se rendre en plein jour au champ de Mars, sur-tout à la prière d'un personnage de cette considération ? Mais si on y a vu toutes les compagnies des fermiers publics, parmi lesquels étoient plusieurs de nos juges ; si on y a vu beaucoup de sénateurs distingués ; si on y a vu toute la troupe des candidats, cette troupe officieuse qui se fait un devoir d'honorer le retour de tous les magistrats ; si enfin Posthumius lui-même, un de nos accusateurs, a été à la rencontre de Muréna avec un nombreux cortège, que trouvez-vous d'extraordinaire dans cette foule de monde que vous lui reprochez ? Je ne parle pas de ses cliens, de ses voisins, de ceux de sa tribu, de l'armée entière de Lucullus qui étoit venue pour partager le triomphe de son général ; je dis que, dans ces circonstances, on se fit toujours un plaisir d'accompagner sans aucun intérêt le candidat qui jouit de quelque distinction, et même celui qui paroît seulement le desirer.

Mais, ajoutez-vous, Muréna étoit suivi au champ de Mars d'une foule de personnes. Montrez qu'elles étoient payées, j'avouerai qu'il est coupable : si elles ne l'étoient pas, que trouvez-vous à redire ? Qu'est-il besoin, direz-vous toujours, d'être suivi d'une multitude ? Vous me demandez quel besoin il est d'une chose qui est parmi nous d'un usage constant ! Les hommes du Peuple n'ont que ce moyen de mériter et de reconnoître les bienfaits du sénat, je veux dire cette attention à nous suivre lorsque nous sollicitons les charges. Il n'est pas possible, et l'on ne doit pas exiger des sénateurs ou des chevaliers Romains qu'ils suivent les candidats leurs amis pendant des journées entières. S'ils fréquentent nos maisons, s'ils nous conduisent quelquefois jusqu'au forum, s'ils nous font l'honneur de nous accompagner l'espace de la basilique (1), on trouve que c'est nous témoigner assez d'égard et d'attention. Il n'y a que des personnes du Peuple et des amis oisifs qui puissent s'astreindre à de grandes assiduités. Tout citoyen bon et bienfaisant, ne manque jamais d'en avoir beaucoup à sa suite. N'ôtez donc pas, Caton, à la dernière classe du Peuple l'avantage de nous rendre quelques services; souffrez que ceux qui attendent tout de nous, puissent aussi nous obliger en quelque chose. S'il n'y a que leur suffrage, c'est bien peu, puisque dans cette partie il

(1) Basilique, grand et vaste édifice, voisin du forum : elle étoit appellée Porcienne, parce que Marcus Porcius Cato l'avoit considérablement augmentée.

n'ont presque aucune influence (1). Enfin, comme ils le disent eux-mêmes, ils ne peuvent plaider ni répondre pour nous, ni nous inviter à leur table ; c'est de nous qu'ils espèrent ces avantages, avantages qu'ils croient ne pouvoir reconnoître que par leur assiduité à nous suivre. Aussi se sont-ils fortement opposés à la loi Fabia qui régloit le cortège des candidats, et au sénatus-consulte porté sous le consul Lucius (2) Cæsar. Et, certes, il n'y a point de punition qui puisse empêcher les hommes du Peuple de nous faire leur cour, de nous rendre ces légers services qu'ils nous rendirent de tout tems.

Mais, dit-on, Muréna a donné au Peuple par tribus des repas, et des places pour les combats de gladiateurs. Ce n'est point Muréna, ce sont ses amis qui l'ont fait suivant l'usage

(1) Dans l'élection des premiers magistrats, on n'en venoit presque jamais à la dernière classe des citoyens ; ainsi elle n'avoit presque aucune influence dans cette élection. — *Ut suffragantur*, c'est-à-dire, *ubi suffragantur, cùm suffragantur.*

(2) Lucius Julius Cæsar, étoit consul avec Caïus Marcius Figulus immédiatement avant Cicéron.

et dans la mesure convenable ; mais, à ce propos, permettez-moi, Sulpicius, de vous dire que ces questions agitées dans le sénat vous ont enlevé bien des suffrages (1). En effet, y a-t-il jamais eu un tems dans la République où les candidats n'aient donné à leurs amis et à ceux de leur tribu des places dans le cirque et dans le forum, soit par générosité, soit par envie de s'élever aux honneurs ?.... Un inspecteur général pour la construction des machines guerrières n'a point été blâmé d'avoir donné des places à ceux de sa tribu ; blâmera-t-on les premiers hommes de l'état qui, pour la commodité de leur tribu, ont fait dresser des échafauds dans le cirque ?

Aussi, Sulpicius, tous les reproches que vous faites à Muréna sur ses repas, sur les places données pour les jeux, sur les cortèges de citoyens qui accompagnent au champ de

(1) *Puncta*, suffrages, parce que les suffrages se comptoient par des points. — *S'élever aux honneurs ?* J'ai mis plusieurs points après ces mots pour indiquer une lacune. J'ai laissé plusieurs mots dont je n'ai pu tirer aucun sens. J'ai tâché de tirer un sens de ce qui suit, et de le lier avec ce qui précède.

Mars, ont-ils été regardés par le Peuple comme l'effet d'une exactitude trop minutieuse; et d'ailleurs Muréna sur tous ces points a pour lui l'autorité du sénat. En effet, le sénat fait-il un crime d'aller au devant d'un candidat? Non, si on n'est point payé pour y aller. Prouvez donc que nous avons payé. Fait-il un crime d'être suivi au champ de Mars d'un cortège nombreux? Non, mais de prodiguer l'argent pour avoir ce cortège. Montrez que nous avons distribué de l'argent. Fait-il un crime de donner des repas et des places pour les jeux? Non, mais d'en donner à trop de monde, à des tribus entières. Si donc (1) Natta, jeune homme de la première noblesse, en qui nous voyons déja de grandes qualités, et qui promet plus encore pour la suite, a voulu se concilier par des repas les centuries des chevaliers, soit pour servir utilement Muréna, soit pour se les ménager lui-même à

(1) Lucius Natta, de la famille des Pinarius, fut ensuite pontife; ce fut lui que Clodius employa pour consacrer la maison de Cicéron. — *Et si une vestale*.... On voit ici, et on sait d'ailleurs que les vestales avoient une place marquée aux spectacles.

l'avenir, doit-on en faire un crime à son beau-père ? Et si une vestale, proche parente de celui que nous défendons, a bien voulu lui céder les places qu'elle a de droit aux spectacles, s'ensuit-il qu'elle n'ait pas fait une action louable, ou que Muréna soit en faute ? Pour moi, je ne vois dans tout cela que des services ordinaires entre des parens proches, que des occasions de s'obliger réciproquement procurées au simple peuple et aux candidats.

Mais Caton nous combat avec toute la sévérité du stoïcisme. Suivant lui, lorsqu'on demande les magistratures, c'est une indignité de gagner la bienveillance par des repas, de corrompre les suffrages par l'attrait du plaisir. Ainsi quiconque, dans cette vue, invite quelqu'un à sa table, doit être condamné. Comment, dit Caton, pour obtenir l'autorité suprême, pour vous faire mettre en main les rênes du gouvernement, vous irez flatter les passions des hommes, séduire leurs sens, corrompre leurs cœurs par l'appât de la volupté ? Est-ce donc l'intendance de ses débauches que vous sollicitiez auprès d'une jeunesse efféminée, ou l'empire de l'univers que vous demandiez au Peuple Romain ? Voilà un discours effrayant de sévérité, mais que rejettent nos usages, nos mœurs, notre gouvernement même. Cependant, ni les Lacédémoniens, ces grands partisans d'une vie austère et d'une morale rigide, qui prennent leurs repas assis sur le bois le plus dur (1), ni les Crétois qui ne mangent que debout, n'ont mieux administré leurs Républiques que les Romains qui partagent leur tems entre le plaisir et le travail. Nos troupes, dans une seule campagne, ont détruit les uns (2) ; les autres ne conservent leurs loix et leur discipline qu'à l'abri de notre protection.

Ne venez donc pas, Caton, blâmer trop sévérement des coutumes établies par nos

(1) *Assis sur le bois le plus dur*, sur des bancs de bois, et non couchés sur des lits, comme les Romains.

(2) Si l'on en croit l'histoire, Quintus Métellus, surnommé Créticus, mit trois ans à conquérir la Crète : ainsi l'orateur exagère un peu la facilité de cette conquête. Quant aux Lacédémoniens, ils étoient passés avec le reste de la Grèce sous la domination romaine.

ancêtres, autorisées dans cette République, et justifiées par la durée de notre empire. Il a existé, du tems de nos pères, un homme instruit, comme vous, dans les principes du portique, distingué par son savoir, par sa vertu et par sa naissance, Quintus Rubéro. Maximus (1) voulant donner un grand repas au Peuple pour célebrer la mort de Scipion l'Africain, son oncle paternel, pria Rubéron, neveu du même Scipion, de faire les apprêts du festin. Ce savant stoïcien fit étendre des peaux de boucs sur les lits (2) les plus simples,

(1) Lucius Æmilius Paulus (Paul Emile) eut deux fils de sa femme Papiria. L'un fut adopté par Quintus Fabius Maximus, et prit le nom de son père adoptif. Il eut un fils, c'est le Quintus Maximus dont il est ici question. L'autre fut adopté par Publius Cornélius Scipio, fils du premier Africain, et fut nommé Publius Cornélius Scipio Æmilianus, c'est le Scipion, destructeur de Carthage, second Africain, dont on fait ici l'éloge. Paul Emile eut d'une autre femme deux filles, dont l'une fut mariée à Quintus Ælius Rubéro, père du Rubéron dont il est parlé ici.

(2) Mot à mot, des lits carthaginois, des vases samiens, c'est-à-dire des lits bas et petits, tels qu'on en apporta d'abord de Carthage; des vases de terre tels qu'il s'en fabriquoit beaucoup à Samos.

et n'exposa que des vases de terre, comme s'il eût eu à célébrer les funérailles d'un Diogène le Cynique, et non celles du divin Scipion, que Maximus, dans l'éloge prononcé le jour de sa mort, loua d'une manière si noble ; il remercia les dieux d'avoir choisi Rome pour le lieu de la naissance de ce grand personnage, parce que l'empire du monde devoit être où seroit Scipion. Le Peuple Romain fut très-choqué que, dans les obsèques d'un tel homme, Rubéron se fût paré mal-à-propos de sa stoïque austérité. Aussi, malgré toute sa vertu, malgré son zèle pour la République, quoique petit-fils de Paul Emile et neveu par sa mère du second Africain, il essuya, grace à ses peaux de bouc, un refus dans la demande de la préture. Le Peuple Romain hait le luxe dans les particuliers, mais dans les occasions publiques il veut de la magnificence : il n'aime point dans les repas de folles profusions; mais une épargne sordide et la rusticité, beaucoup moins encore. Il distingue ce qu'il faut donner aux principes et à la circonstance ; il sait qu'il y a un tems pour le travail comme pour le plaisir.

Quant à ce que vous dites, Caton, que

le mérite seul doit déterminer les hommes à conférer les magistratures ; vous qui avez un mérite éminent, vous n'agissez pas selon vos principes. Car pourquoi priez-vous les citoyens de vous favoriser, de vous appuyer dans votre demande ? Quoi donc? vous me priez de vous choisir pour me commander, pour vous confier mes intérêts ? mais étoit-ce à vous à me solliciter ? n'étoit-ce pas plutôt à moi à vous prier de prendre des peines et de courir des périls pour mon avantage ? Pourquoi avez-vous un (1) nomenclateur ? c'est tromper et abuser le public. Si c'est une marque d'honnêteté de saluer les citoyens en les appellant par leur nom, quelle honte pour vous qu'ils soient plus connus de votre esclave que de vous-même ? Si vous les connoissez, ne pouvez-vous les saluer sans que votre esclave vous dise leur nom ? pourquoi le lui demandez-vous avant qu'il vous l'ait dit à l'oreille ? ou pourquoi, lorsqu'il vous avertit, saluez-vous des hommes que vous ne connoissez pas,

(1) *Nomenclateur*, esclave qui suivoit le candidat, et lui nommoit les citoyens qu'il vouloit aborder en les appellant par leur nom.

comme si vous les connoissiez ? pourquoi, lorsque vous êtes désigné, les saluez-vous avec moins d'empressement ? tout cela est dans l'ordre, si vous en jugez d'après les usages de notre ville : rien de plus irrégulier, si vous le mesurez sur la règle austère de votre philosophie. Ne cherchez donc point à abolir des usages établis par nos ancêtres ; n'ôtez point au simple Peuple l'avantage des repas, des jeux et des spectacles, ni aux candidats le plaisir d'obliger leurs concitoyens, plaisir dont le principe est une honnête générosité, et non une largesse criminelle.

C'est, dites-vous, l'intérêt de la République qui vous a amené à cette accusation. Je crois, Caton, que vous êtes guidé par cette pensée et par ce motif ; mais, sans y prendre garde, vous tombez dans l'erreur. Pour moi, si je défends aujourd'hui Muréna, c'est que je considère l'amitié qui nous unit, son mérite personnel, et sur-tout le bien de la paix, de la tranquillité et de la concorde, la liberté, la sûreté et la vie de tous les citoyens ; je le déclare hautement et je le proteste. Ecoutez, Romains, écoutez un consul, je ne dis rien de trop, qui n'est occupé nuit et jour que de la République. Catilina ne la méprise pas assez, cette République, pour espérer de pouvoir opprimer Rome avec les troupes qui le suivent. La contagion de son attentat est plus répandue qu'on ne pense, bien des hommes en sont infectés. C'est au dedans, oui, c'est au dedans de nos murs qu'est le cheval de Troie (1) : mais tant que je serai consul, il ne vous surprendra point durant votre sommeil. Vous me demandez pourquoi je crains tant Catilina. Je ne le crains pas, et j'ai pourvu à ce que personne ne le craigne : ce sont ses troupes, que je vois au milieu de nous, qui sont à craindre ; je redoute moins l'armée de Catilina, que ceux qui, dit-on, ont abandonné cette armée. Non, ils n'ont pas abandonné l'armée, mais leur chef les a laissés et comme placés au-dessus de nos têtes, pour épier le moment de nous égorger tous. Ils voient dans Muréna un consul irréprochable, un brave capitaine, qui, par caractère autant que par intérêt, est fortement attaché au bien de la

(1) Catilina étoit parti de Rome, mais il y avoit laissé beaucoup de ses complices prêts à exécuter ses détestables projets.

République :

République : ils voudroient par vos suffrages le renverser du poste où il a été placé par le Peuple Romain pour défendre cette ville. J'ai réprimé leur audace et leur violence dans le Champ de Mars, j'ai brisé leurs forces dans le forum, j'ai souvent arrêté leur fureur jusques dans ma maison (1). Si vous leur sacrifiez un des deux consuls, ils auront plus obtenu par vos suffrages que par leurs armes. Il est d'une grande conséquence pour l'état qu'il y ait deux consuls dans Rome aux calendes de janvier, ce que je me suis efforcé d'obtenir malgré tant d'oppositions. Ne pensez pas, Romains, qu'on emploie des moyens accoutumés et des voies usitées, une loi pernicieuse ou des largesses criminelles, pour causer à la République de ces maux ordinaires et connus : on a formé au milieu de Rome le projet de la détruire, d'en massacrer tous les habitans, d'effacer jusqu'à la dernière trace du nom Romain. Ce sont des citoyens, oui des citoyens, si on doit leur donner ce nom, qui ont médité et qui méditent la ruine de

(1) *Dans ma maison*, où ils ont envoyé des assassins pour m'égorger.

leur patrie. Chaque jour je préviens leurs noirs complots, je réprime leur audace, j'arrête leurs forfaits. Mais je vous en avertis, Romains, mon consulat touche à son terme : ne m'ôtez pas celui qui doit succéder à ma vigilance, ne m'enlevez pas celui entre les mains de qui je veux remettre la République saine et entière, pour qu'il la garantisse des affreux périls qui la menacent.

Mais ce ne sont pas là les seuls maux qu'on nous prépare. Et ici, c'est vous, Caton, c'est vous que j'interpelle. Eh quoi ! ne prévoyez-vous pas les tempêtes qui vont agiter l'année de votre magistrature ? n'avez-vous pas entendu gronder dans l'assemblée d'hier la voix désastreuse de votre collègue (1) désigné ? Votre rare prudence a vu qu'il falloit rompre ses fureurs, et c'est avec beaucoup de sagesse que tous les gens de bien vous ont engagé à demander la place de tribun. Tout ce qui s'est tramé depuis trois ans, depuis que Cati-

(1) De Métellus Népos, désigné tribun, et qui étant déjà entré en charge lorsque Cicéron en sortit, l'empêcha de prononcer le discours qu'il avoit préparé.

lina et Pison formèrent le complot (1) d'égorger le sénat, c'est dans ces jours, dans ces mois, dans ce tems-ci qu'il éclate. Est-il un lieu, est-il un tems, un jour, une nuit, où par ma vigilance, et plus encore par la protection des immortels, je n'échappe aux pièges et ne me dérobe aux poignards de ces scélérats? Et ce n'est point par haine pour ma personne qu'ils cherchent à me faire périr; ils voudroient arracher à son poste un consul vigilant, un consul attentif à garder la République et à la défendre. Ce n'est pas avec moins d'ardeur, Caton, qu'ils voudroient se délivrer de vous par quelque moyen: c'est ce qu'ils méditent, croyez-moi, c'est à quoi ils travaillent. Ils voient quel est votre génie, quel est votre courage, tout ce que vous avez de considération, tout ce que la République trouve en vous de ressource. Mais ils se persuadent que lorsqu'ils auront dépouillé votre puissance tribunitienne du secours et de l'autorité consulaire, vous trouvant alors désarmé et sans

(1) Sous le consulat de Lépidus et de Rullus; ce fut sous ces consuls que fut formée la première conjuration qui n'éclata pas alors.

force, ils auront beaucoup moins de peine pour vous accabler. Assurés de l'opposition des autres tribuns, ils ne craignent point qu'on substitue un consul à Muréna. Ils espèrent donc que l'illustre Silanus (1) leur sera livré sans collègue, vous sans consul, et la République sans défenseurs. Dans des conjonctures aussi importantes et aussi critiques, c'est à vous, Caton, qui êtes né, non pour vous, non pour moi, mais pour la patrie, à bien examiner les projets des méchans, à retenir, pour vous aider et vous seconder dans l'administration de la République, un consul sans ambition, un consul tel qu'il le faut dans les circonstances présentes, assez fortuné pour chérir la paix, assez habile pour conduire la guerre, assez expérimenté et assez ferme pour se charger de tout ce qu'on voudra confier à son zèle.

Mais que dis-je? c'est de vous seuls, Romains, que dépend la décision de ces grands objets: vous disposez dans cette cause des intérêts et du destin de toute la République. Si

(1) Décius Silanus, désigné consul avec Muréna.

Catilina pouvoit juger cette affaire au milieu des scélérats qu'il a emmenés avec lui, il condamneroit Muréna, il le feroit même mourir, s'il en étoit le maître : car ses intérêts veulent que la République soit privée de secours, qu'on diminue le nombre des généraux capables de combattre ses fureurs, et qu'en éloignant un redoutable adversaire pour les tribuns, ceux-ci n'en sèment que plus aisément le trouble et la discorde. Les hommes les plus sages et les plus distingués, choisis dans les premiers ordres de l'état, jugeront-ils donc comme jugeroit cet infâme gladiateur, cet ennemi de la République ? Croyez-moi, Romains, vous avez à prononcer dans cette cause, non seulement sur le sort de Muréna, mais sur le vôtre. Notre position est des plus critiques : je ne vois plus ce qui pourroit rétablir nos forces ou nous retenir dans notre chûte. Ainsi, loin de diminuer nos ressources, il faudroit, s'il étoit possible, nous en procurer de nouvelles. L'ennemi n'est pas sur les bords du Réveron, circonstance qui parut si effrayante dans la guerre punique : il y a des ennemis dans cette ville, il y en a au milieu du forum ; et qui peut, grands Dieux ! le dire sans gémir ? il y en a dans le sanctuaire auguste de la République, dans le sénat même. Fassent les Dieux que mon collègue, ce vaillant homme, étouffe les armes à la main l'affreux brigandage de Catilina! Pour moi, sans quitter la toge, avec votre secours et celui de tous les citoyens vertueux, j'espère dissiper par mes soins l'orage qui couve dans le sein de la République, tout près d'éclater. Mais qu'arrivera-t-il, si, échappant à ma vigilance, le mal vient à s'étendre sur l'année qui va suivre mon consulat? Il n'y aura qu'un consul, et un consul plus occupé à se donner un collègue qu'à soutenir la guerre. On verra bientôt paroître ceux qui le traverseront dans ce travail (1). Catilina, ce funeste fléau de la patrie, ce monstre exécrable, s'élancera par-tout où il pourra s'introduire. Il menace déja le Peuple Romain: il volera bientôt jusqu'aux portes de Rome. On verra donc la fureur dans son camp, la frayeur dans le sénat, les factions dans le forum, l'armée

(1) Il manque quelque chose dans le texte après *impedituri sint*: j'ai traduit comme si on lisoit après ces mots *parati sunt. Ceux qui le traverseront...* Sans doute, les troupes de Catilina qui viendront camper dans le champ de Mars.

ennemie dans le Champ de Mars, la désolation dans les campagnes : nul asyle pour nous assez sûr; nous aurons par-tout à craindre le fer et la flamme. Si la République est pourvue de ses chefs, tous ces complots horribles, qui se trament depuis long-tems, seront facilement étouffés par la sagesse des magistrats et par le zèle actif des particuliers.

Dans cet état des choses, Romains, d'abord au nom de la République, qui doit être pour chacun de nous l'objet le plus cher, je vous avertis par le droit que m'en donne ma vigilance perpétuelle et assez connue pour le salut de l'état, je vous exhorte avec toute l'autorité d'un consul, je vous conjure par la grandeur du péril présent, de pourvoir par vos suffrages au repos, à la paix, à la liberté commune, à votre propre conservation et à celle de tous les citoyens : ensuite, comme défenseur (1) et comme ami de Muréna, je vous en prie et je vous en supplie, dans un malheureux que tourmentent les afflictions, et de l'esprit et du corps, ne venez pas étouffer

(1) Latin, *fide vel* : je crois avec Paul Manuce que ce *vel* doit être supprimé.

tout-à-coup les félicitations de la joie par les gémissemens de la douleur. Il n'y a que peu de jours, décoré du plus grand bienfait qu'on puisse tenir du Peuple Romain, on le trouvoit heureux d'avoir porté le premier le consulat dans une ville et dans une famille anciennes : aujourd'hui revêtu d'habits de deuil, baigné de larmes, plongé dans la tristesse, epuisé par la maladie, il est votre suppliant, Romains, il a recours à votre justice, il implore votre sensibilité, il attend tout de votre puissante protection. Au nom des Dieux, n'allez pas, en le dépouillant d'un honneur dont il croyoit tirer un titre nouveau d'illustration, le dépouiller de tous ses anciens titres, de tout l'éclat de sa fortune passée. Muréna, Romains, vous conjure de lui être favorables, s'il est vrai qu'il n'a fait tort à personne, qu'il n'a blessé personne par ses discours ou par ses actions, s'il est vrai, pour ne rien dire de plus, qu'il n'a encouru la haine de personne à Rome ou dans les armées. Que la pudeur trouve auprès de vous un secours, la modestie un asyle, la simplicité et la modération un refuge. C'est un objet bien digne de pitié qu'un homme dépouillé du consulat, puisqu'en le perdant il perd tout : et le consulat, dans les tems où nous sommes, peut-il être un objet d'envie ? Un consul aujourd'hui se voit en butte aux invectives des séditieux, aux complots des conjurés, aux poignards de Catilina ; il se voit seul exposé à tous les périls, à tous les traits de la haine. Ainsi je ne vois point, dans cette superbe magistrature, ce qui pourroit exciter les desirs de Muréna ou de tout autre : mais ce qui peut aujourd'hui intéresser la pitié en sa faveur, est présent à mes yeux, et vous pouvez, Romains, le voir aussi bien que moi-même.

Que si votre arrêt (puisse le grand Jupiter détourner ce présage !) si votre arrêt lui porte le coup mortel, de quel côté cet infortuné tournera-t-il ses pas ? Rentrera-t-il dans sa maison, afin que l'image (1) de son illustre père, qui, tout à l'heure couronnée de

(1) On sait que les nobles, et ceux dont les pères en parvenant aux honneurs avoient acquis *jus imaginis*, conservoient les images ou portraits de leurs pères : dans les événemens heureux, et lorsqu'ils parvenoient aux premières dignités, ils les découvroient et les couronnoient de lauriers.

lauriers, sembloit prendre part à l'élévation de son fils, il la voie partager son deuil et son humiliation ? Se retirera-t-il auprès de sa mère, de cette malheureuse mère qui, après avoir, il n'y a que peu de jours, embrassé son fils comme consul, est aujourd'hui agitée des plus vives inquiétudes, tourmentée par la crainte de le revoir dépouillé de toutes ses distinctions ? Mais que parlé-je de mère et de maison pour celui qu'une nouvelle peine (1) imposée par la loi, prive de sa maison, de sa mère, de la société et de la vue de tous les siens ? L'infortuné, il ira donc en exil ! mais dans quelles régions ? sera-ce dans celles de l'Orient, où il a passé plusieurs années décoré d'un titre (2) honorable, où il a commandé les troupes, où il s'est signalé par de grands

(1) La nouvelle loi portée contre la brigue par Cicéron lui-même, ajoûtoit aux autres peines un exil de dix ans.

(2) Muréna avoit été lieutenant en Asie dans la guerre contre Mithridate : il avoit commandé dans la Gaule comme préteur. On ne sait pour quelle raison ou à quel titre son frère se trouvoit alors dans cette province.

exploits ? Il est bien douloureux, après être revenu d'un pays comblé de gloire, d'y retourner couvert de honte. Ira-t-il se cacher dans les régions opposées, afin que la Gaule Transalpine, qui l'a vu naguère avec tant de satisfaction revêtu du pouvoir suprême, le voie aujourd'hui exilé de sa patrie, baigné de larmes, accablé de tristesse ? et dans cette province, quelle sera son entrevue avec son frère ? Quelle sera la douleur de l'un, la désolation de l'autre ? quelles plaintes lamentables de la part de tous deux ? Quel bouleversement dans la fortune et dans les idées, lorsqu'en ces lieux, où peu de jours auparavant des lettres et des couriers avoient annoncé Muréna consul, d'où ses amis et ses hôtes étoient accourus à Rome pour l'en féliciter, il viendra subitement donner lui-même la nouvelle de sa disgrace ?

S'il est vrai, Romains, que de telles infortunes seroient cruelles, affreuses, déplorables, si votre douceur et votre sensibilité y répugnent, conservez à Muréna le bienfait du Peuple, rendez à la République son consul. Accordez cette grace à la vertu du fils, à la mémoire du père, à une famille illustre et ancienne (1) ; accordez-la aux vœux d'une ville distinguée, de Lanuvium, dont vous avez vu les habitans désolés assister en foule à cette cause, et la suivre toute entière. Tous les consuls sacrifient à Junon *conservatrice* ; ne lui enlevez pas un consul qu'elle regarde comme le sien, puisqu'il est de la ville qu'elle protège. Pour moi, Romains, si la recommandation et la garantie d'un consul peuvent être auprès de vous de quelque poids, avoir quelque autorité ; en vous recommandant un consul, je vous l'annonce comme devant être sincère ami du repos, zélé partisan des gens de bien, ardent pour réprimer les séditions, intrépide dans la guerre, ennemi déclaré de la conjuration qui menace de renverser la République ; voilà, dis-je, ce que j'ose vous promettre et vous garantir.

(1) *Genus* étoit plus étendu que *familia*. Ainsi en françois, maison et branche d'une maison. Murena étoit de Lanuvium, où Junon étoit particulièrement révérée sous le nom de *Sospita*, de *conservatrice*.

PREMIÈRE CATILINAIRE.

Sommaire.

Lucius Sergius Catilina étoit d'une des plus anciennes familles patriciennes : il avoit une assez haute naissance et d'assez grandes qualités pour prétendre aux premières charges de la république; mais un naturel mal-faisant et pervers ne lui faisoit trouver de plaisir que dans le crime et l'infamie. Je ne ferai pas ici son portrait, qui a été tracé de main de maîtres, et par Salluste dans son histoire de la conjuration de Catilina, et par Cicéron, soit dans ses discours contre ce même homme, soit dans quelques autres encore : il fut nommé préteur, et après sa préture il alla gouverner l'Afrique, qu'il pilla et vexa cruellement. Cela ne l'empêcha point de revenir à Rome la tête levée pour demander le consulat; mais il fut accusé de concussion, ce qui l'exclut du nombre des compétiteurs. Publius Sylla et Publius Autronius, désignés consuls, furent accusés de brigue, dépouillés de leur charge, et remplacés par Cotta et Torquatus. Avant que ceux-ci entrassent dans l'exercice de leur magistrature, Catilina forma une première conjuration qui fut découverte et ne fut pas punie. Quoique chargé de la haine publique, pour avoir tramé l'horrible projet d'égorger les consuls et de tout bouleverser; quoique convaincu de rapines et de brigandages exercés dans sa province, il fut néanmoins absous, et se remit sur les rangs pour demander le consulat. Il trouva pour principaux compétiteurs Cicéron et Caïus Antonius. Les talens et les vertus de Cicéron sollicitoient puissamment pour lui; les deux autres employoient une brigue odieuse. Catilina travailloit fortement à avancer le projet d'une nouvelle conjuration, laquelle ayant percé dans le public, le fit exclure de la charge qu'il demandoit, et donna l'avantage à Cicéron et à Caïus Antonius ses rivaux. Irrité du refus qu'il avoit essuyé, il porta ses fureurs à leur comble, il grossit son parti d'un nombre infini de jeunes gens, et ramassa des forces dans toute l'Italie, n'attendant que le moment favorable pour éclater. Un des conjurés avoit commerce avec Fulvie, femme d'une grande naissance, mais fort peu réglée dans ses mœurs. Cicéron, qui étoit en plein exercice du consulat, et qui avoit déjà donné plusieurs preuves de fermeté et de sagesse, fut instruit, par le moyen de cette Fulvie, de presque tous les détails de la conjura-

tion. Autant par sa vigilance que parce qu'il fut instruit à propos, il échappa plus d'une fois au coup de la mort et aux piéges qu'on lui tendoit de toutes parts. Eclairé et animé par ses discours, le sénat avoit armé les consuls d'un pouvoir absolu, en les chargeant de veiller à ce que la République ne souffrît aucun dommage.

Enfin Cicéron qui vouloit s'assurer de la personne de Catilina, ou du moins le contraindre de quitter Rome et de lever l'étendard de son brigandage, assembla le sénat dans le temple de Jupiter Stator, où le chef audacieux de la conjuration osa se rendre avec les autres, mais où il reçut des marques visibles de la haine qu'on lui portoit. Le consul l'apostrophe vivement, et lui adresse le discours plein de feu, qui est parvenu jusqu'à nous, sous le nom de première Catilinaire, dont le but principal est d'obliger Catilina à sortir de Rome. Ses fureurs et ses crimes qu'il lui reproche avec véhémence, soit en son propre nom, soit au nom de la patrie; sa conjuration horrible dont le secret est dévoilé, et dont il lui expose à lui même bien des détails qu'il ne pouvoit croire lui être aussi parfaitement connus; la nécessité où lui Cicéron se trouvera enfin de s'assurer de sa personne; le motif qui l'en aempêché jusqu'à présent, et qui l'en empêche encore : ces raisons, et d'autres pareilles, présentées avec la plus grande force, doivent obliger Catilina d'abandonner une ville qui ne peut plus le souffrir dans son enceinte.

Les quatre Catilinaires ont déjà été traduites par d'habiles mains : j'ai lu les principales traductions qui en ont été faites ; il m'a semblé que les mouvemens oratoires, la rapidité ou la majesté du style, en un mot, que le caractère de l'orateur romain, dans ces discours, n'étoit pas assez fidèlement rendu.

PREMIÈRE CATILINAIRE.

JUSQUES à quand donc, Catilina, abuserez-vous de notre patience ? serons-nous long-tems encore le jouet de votre fureur ? quel terme mettrez-vous aux emportemens de votre audace effrénée ? Quoi ! la garde qu'on fait toutes les nuits sur le mont Palatin (1), les soldats distribués dans tous les quartiers de la ville,

(1) Mont Palatin, une des sept montagnes que Rome renfermoit dans son enceinte. — *Ce lieu fortifié*, c'étoit le temple de Jupiter Stator.

ville, l'effroi du peuple, le concours de tous les bons citoyens, ce lieu fortifié où s'assemble le sénat, la présence, les regards de ces sénateurs, rien ne fait donc impression sur vous ? Ne sentez-vous pas que vos complots sont découverts? ne voyez-vous pas qu'éclairée de toutes parts, votre conjuration est comme arrêtée et enchaînée? croyez-vous qu'un seul de nous ignore ce que vous avez fait la nuit dernière, ce que vous fîtes la précédente, le lieu où vous vous êtes rendu, les hommes que vous y avez assemblés, les projets que vous y avez formés? O temps ! ô mœurs ! le sénat est instruit de ces démarches, un consul les voit; et Catilina vit encore : il vit ! que dis-je ? il entre au sénat, il assiste à notre délibération, il parcourt et marque de l'œil ceux d'entre nous qu'il destine à la mort. Nous cependant, hommes courageux, nous pensons être quittes envers la République, si nous évitons le poignard de ce forcené. Il y a long-temps, Catilina, que vous auriez dû être traîné au supplice par ordre du consul; il y a long-temps que les coups dont vous menacez nos têtes, auroient dû frapper la vôtre.

L'illustre Scipion (1), n'étant que souverain pontife, fit périr de son autorité privée, Tibérius Gracchus, pour de légères entreprises contre la République : Catilina médite de ravager toute la terre, de la remplir de meurtres, d'incendies ; et nous consuls, nous voyons d'un œil tranquille ses fureurs ! Je supprime des exemples trop éloignés, tels que celui de Servilius Ahala (2), qui tua de sa propre main Spurius Melius, parce qu'il vouloit introduire des nouveautés nuisibles. Telle étoit, oui, telle étoit la vertu et la fermeté de nos pères, qu'ils traitoient avec plus de rigueur un citoyen dangereux qu'un implacable ennemi. Nous avons contre vous, Catilina, un sénatus-consulte

(1) Publius Scipion Nasica. Quoique souverain pontife, il est appellé ici homme privé, parce que le sacerdoce n'étoit pas mis au rang des magistratures. On sait que Tiberius Gracchus, et Caïus son frère, dont il est parlé ensuite, furent tués dans des séditions qu'excitoit la loi agraire qu'ils proposoient et qu'ils vouloient faire passer.

(2) Servilius Ahala, commandant de la cavalerie, tua de sa propre main Spurius Melius, de l'ordre des chevaliers, qui, dans une disette de bled, fit des largesses au peuple, lesquelles parurent suspectes au sénat.

foudroyant. Ni la prudence du sénat, ni l'autorité de ses décisions, ne manquent à la République : c'est nous, je le dis clairement; c'est nous, consuls, qui lui manquons.

Opimius, dans le rang où je suis, fut autorisé, par un arrêt du sénat, à veiller par tous les moyens à la sûreté de la République; et le même jour Caïus Gracchus, soupçonné d'être l'auteur de quelques séditions, fut mis à mort, sans égard au mérite et aux services de son père, de son aïeul, de ses ancêtres: on fit subir la même peine à Fulvius (1), qui avoit été consul, et à ses enfans. Depuis, le sénat ayant muni du même pouvoir les consuls Marius et Valérius; une mort violente tarda-t-elle d'un jour à venger la République des entreprises du tribun Saturninus et du préteur Servilius (2)? Et nous, depuis vingt jours, nous laissons

(1) Marcus Fulvius Flaccus, personnage consulaire, s'étoit attaché à Caïus Gracchus, et le soutenoit dans ses projets séditieux. Lui et ses deux fils furent enveloppés avec Gracchus dans la même ruine.

(2) Lucius Saturninus et Caïus Servilius Glaucia troubloient la République par des loix séditieuses: Marius, consul pour la sixième fois, étant muni d'un arrêt du sénat, les fit mettre à mort.

s'émousser le glaive de l'autorité : nous sommes armés d'un arrêt semblable ; mais il reste sans effet dans les registres, comme une épée dans le fourreau. En vertu de cet arrêt, Catilina, on devroit sur le champ vous conduire au supplice : vous vivez, et vous ne vivez que pour redoubler de jour en jour d'audace.

Je suis porté à la clémence, PÈRES CONSCRIPTS (1) ; je ne veux point non plus manquer de fermeté dans les périls pressans de la République : mais déjà je me reproche à moi-même de la foiblesse et de la lâcheté. Je vois une armée levée contre nous, elle campe dans l'Italie, dans les gorges de l'Etrurie (2) : le nombre de nos ennemis s'accroît de jour en jour ; et le général de cette armée, le chef de ces

(1) Plusieurs de nos bons écrivains, dit l'abbé d'Olivet, ont déjà employé ce mot, PERES CONSCRIPTS. J'avoue qu'il ne s'entend pas trop en françois ; mais sans nous embarrasser de l'étymologie, qui n'est pas même bien certaine parmi les auteurs latins, il nous suffit ici de savoir que c'est ainsi qu'on appelloit les sénateurs.

(2) *Dans les gorges de l'Etrurie ;* c'est-à-dire, à Fésules, où Catilina avoit déjà envoyé Manlius (ou Mallius, comme d'autres le nomment), une de ses principales créatures, qui avoit servi sous Sylla.

ennemis se trouve dans l'enceinte de nos murs; il est dans le sénat même ; chaque jour il forme contre l'état, au sein même de l'état, quelque projet funeste. Si à l'instant, Catilina, je m'assurois de vous, je vous faisois mourir, j'aurois peut-être lieu de craindre que les gens de bien ne me reprochassent d'avoir usé de lenteur ; mais personne ne m'accuseroit de cruauté. Ce que j'aurois dû faire il y a long-temps, j'ai mes raisons pour le différer encore. Je vous ferai mourir, mais lorsqu'il n'y aura plus d'homme assez méchant, assez pervers, assez semblable à vous, pour ne pas applaudir à ma conduite. Tant qu'il restera quelqu'un qui ose vous défendre, vous vivrez ; mais vous vivrez, comme aujourd'hui, environné d'une garde forte et nombreuse, que j'ai posée moi-même pour arrêter vos entreprises contre la République. Par-tout il y aura des yeux et des oreilles pour observer et pour entendre, comme on a fait jusqu'ici à votre insu, tous vos discours et toutes vos démarches.

En effet, Catilina, qu'attendez-vous encore, puisque vos complots ne peuvent être voilés par les ténèbres de la nuit, puisque le secret de votre conjuration ne peut être retenu dans les murs où vous prétendez le renfermer, puisque tout perce, tout est éclairé ? Changez de résolution, croyez-moi ; renoncez aux meurtres et aux incendies. Vous êtes pris de toutes parts ; tous vos desseins sont pour nous plus clairs que le jour. Voulez-vous en suivre avec moi le détail ? le voici.

Vous vous le rappellez : le 20 d'octobre (1), je disois en plein sénat que Manlius, le satellite et le ministre de votre audace, seroit sous les armes un jour marqué, que ce jour seroit le 27 du même mois. Etois-je mal instruit, Catilina, d'un attentat si énorme, si atroce, si incroyable ? et, ce qui est bien plus étonnant, ne savois-je pas même le jour ? J'ai encore dit dans le sénat, que vous aviez remis au 28 d'octobre le massacre des premiers de la ville : dans ce jour, plusieurs des principaux de Rome en étoient partis, moins pour échapper à votre poignard, que pour faire échouer vos desseins. Pouvez-vous nier que ce jour-là même, investi par les gardes que j'avois placés

(1) Le 20 octobre, les 27 et 28 du même mois; en latin le douzième jour, le sixième et le cinquième avant les calendes de novembre.

en divers lieux, enchaîné par ma vigilance, vous n'avez pu faire aucun mouvement contre la République? Vous disiez, en voyant partir le plus grand nombre des principaux de cette ville, que vous vous contenteriez du meurtre de ceux d'entre nous qui étoient restés. Et lorsque vous comptiez surprendre Préneste (1) la nuit du premier jour de novembre, vous êtes-vous apperçu que par mon ordre on avoit fortifié cette colonie d'une garnison, qu'on y avoit distribué par-tout des soldats? Vos actions, vos projets, vos pensées même, je les entends, je les vois, je les connois parfaitement.

Rappellez-vous enfin ce qui se passa l'avant-dernière nuit, vous verrez que j'ai beaucoup plus de vigilance pour sauver la République que vous pour la perdre. Je dis donc que l'avant-dernière nuit (je m'explique clairement) vous vîntes dans la maison de (2) Lecca, où se rendirent plusieurs des complices de votre fureur et de votre scélératesse. Osez-vous en discon-

(1) Préneste, ville du Latium en Italie.

(2) Le latin ajoute *inter falcarios*, dans la rue des Fourbisseurs, où étoit située la maison de Marcus Lecca. J'ai cru devoir supprimer cette circonstance.

venir ? que ne répondez-vous ? je vous confonds, si vous le niez ; car j'en vois ici dans le sénat qui étoient de cette assemblée.

Où sommes-nous, dieux immortels ? quelle ville habitons-nous ? quelle est notre République ? Ici, oui ici, au milieu de nous, P. C., dans cette compagnie la plus respectable, la plus auguste de l'univers, il en est qui méditent votre mort et la mienne, la ruine de cette ville et celle du monde entier. Je les vois, je suis consul, je prends leurs avis, et des hommes qu'il faudroit exterminer avec le fer, je crains même de les blesser par de simples paroles. Vous vous êtes donc rendu, Catilina, la nuit d'avant-hier chez Lecca ; vous avez fait le partage de l'Italie (1), réglé le rendez-vous de chacun, choisi ceux qui resteroient ici, ceux qui vous suivroient ; vous avez marqué les quartiers de Rome où l'on mettroit le feu, assurant que vous ne tarderiez pas à partir ; que la seule considération qui vous arrêtoit, c'est que je vivois encore. Il se présenta deux chevaliers romains, qui, pour vous tirer d'em-

(1) *Vous avez fait le partage de l'Italie.* Catilina avoit envoyé Manlius à Fésules, Septimius dans le Picenum, Julius dans la Pouille.

barras, se chargèrent de me poignarder cette nuit-là même dans mon lit, un peu avant le jour. A peine étiez-vous séparés que je fus instruit de tout. Je fis doubler la garde de ma maison, et défendre ma porte à ceux qui venoient dès le grand matin me saluer de votre part. Je les avois nommés, j'avois indiqué l'heure à plusieurs personnes de marque.

Ainsi, Catilina, suivez vos projets; sortez enfin de Rome, les portes sont ouvertes, partez. Il y a trop long-temps que le camp de Manlius demande son général. Emmenez avec vous tous vos complices, au moins le plus que vous pourrez; purgez la ville. Je ne cesserai de prendre l'alarme que lorsqu'un mur sera entre vous et moi. Vous ne pouvez être plus long-temps avec nous; non, je ne le souffrirai point, je ne le permettrai point, je n'y consentirai jamais.

Rome a bien des graces à rendre aux dieux immortels, et sur-tout au grand Jupiter, son plus ancien protecteur (1), pour avoir tant de

(1) En latin, *Jupiter Stator.* Romulus étant poursuivi par les Sabins, pria le grand Jupiter d'arrêter la fuite de ses troupes, faisant vœu de lui ériger un

fois échappé aux projets funestes d'un monstre abominable. Il ne faut pas qu'un seul homme la mette si souvent en péril. Toutes les fois, Catilina, que vous m'avez tendu des pieges, quand j'étois consul désigné, je les ai évités par ma propre vigilance sans aucun secours public. Lorsqu'aux dernières assemblées pour l'élection des magistrats dans le champ de Mars, vous voulûtes m'ôter la vie à moi consul et à vos compétiteurs, je réprimai vos criminels efforts avec l'aide et le secours de mes amis, sans bruit et sans tumulte. Enfin, tant que vous n'avez attaqué que moi, je vous ai résisté par moi-même, quoique je fusse persuadé que le salut de la République tenoit à la conservation de mes jours. Mais aujourd'hui vous attaquez ouvertement la République entière ; vous avez juré la mort de tous les citoyens, la ruine de nos temples, de nos maisons, enfin de toute l'Italie, dont vous avez résolu de ne faire qu'une affreuse solitude. Si je n'ose pas encore prendre un parti qu'il eût fallu prendre d'abord, un parti conforme à la sévérité de ma place (1) et

temple dans cet endroit-là même. Il le lui érigea en effet sous le nom de Jupiter Stator.

(1) *A la sévérité de ma place.* Voilà comme j'en-

aux usages de nos ancêtres, j'en prendrai un autre qui sera moins imposant pour la terreur des coupables, mais plus utile pour le salut de tous. Car si je vous livrois au supplice, Rome verroit encore dans son sein le reste des conjurés ; au lieu que si vous quittez cette ville, comme je vous y exhorte depuis long-temps, elle se trouvera enfin déchargée de la lie impure de tous ces scélérats qui méditent sa ruine.

Eh bien ! Catilina, balancez-vous à faire, par mon ordre, ce que vous faisiez déja de vous-même ? Le consul vous signifie comme à un ennemi de sortir de Rome. Me demandez-vous si c'est pour aller en exil ? je ne vous l'ordonne pas. Me consultez-vous ? je vous le conseille. En effet, Catilina, qu'est-ce qui peut vous plaire encore dans une ville, où, excepté tout ce ramas d'hommes pervers, vos complices, il n'est personne qui ne vous craigne, personne qui ne vous déteste ? Quelle flétrissure n'ont point imprimée sur votre vie vos désordres domestiques ? de quel opprobre votre conduite privée n'a-t-elle point chargé votre

tends, *hujus imperii*, c'est-à-dire, *imperii consularis quo ego induor*. Je n'ignore pas qu'on pourroit donner un autre sens à ces mots.

public deshonneur (1)? cessâtes-vous jamais de livrer vos yeux à toutes les sortes de voluptés, vos mains à toute espèce d'assassinats, votre personne entière aux infamies de tous les genres? parmi les jeunes gens pris dans vos filets à l'amorce du plaisir, quel est celui que vous n'ayez pas servi dans ses vengeances atroces, ou guidé dans ses honteuses passions? Tout récemment encore, lorsqu'en vous défaisant d'une première épouse vous fîtes place à une seconde, n'avez-vous pas mis le comble à ce crime par un autre crime inoui (2)? je le passe sous silence, et je veux bien qu'on le taise, afin qu'il ne soit pas dit qu'une action aussi horrible, ou ait été commise dans cette ville, ou soit restée impunie. Je ne parle point non plus du triste état de votre fortune, dont vous verrez la ruine aux ides prochaines (3); et,

(1) Latin, *non haeret infamiae*, c'est-à-dire, du moins je le pense ainsi, *non additur infamiae tuae publicae*.

(2) Catilina avoit fait périr sa première épouse pour se marier à Aurelia Orestilla, qui exigea de lui, comme une condition de son mariage, qu'il fît mourir l'enfant qu'il avoit eu de sa première femme.

(3) C'étoit aux ides, c'est-à-dire, au 13 de chaque mois, que les usuriers se faisoient payer leurs intérêts.

sans m'arrêter davantage à la turpitude de vos désordres, ou au désastre de vos affaires, je ne toucherai que ce qui intéresse le salut de la République, la conservation et la vie de tous les citoyens.

Ce jour qui nous éclaire, l'air que nous respirons, pouvez-vous en jouir, Catilina, n'ignorant pas que de tous les sénateurs il n'en est point qui ne sache que le dernier jour de décembre, sous le consulat (1) de Lepidus et de Tullus, vous vous étiez rendu à l'assemblée des comices, armé d'un poignard ; que vous aviez ramassé une troupe d'assassins pour égorger les consuls et les premiers de la ville ; que ce n'est ni le repentir ni la crainte de votre part, mais la fortune de la République qui les a soustraits à votre fureur et à votre scélératesse ? Mais je supprime les faits anciens ; ils sont assez connus ; et d'ailleurs, il en est tant d'autres encore tout récens ! Combien de fois avez-vous attenté à mes jours, quand j'étois consul désigné ou dans l'exercice du consulat ? combien de fois

(1) Cicéron parle ici d'une première conjuration formée par Catilina, dont nous avons fait mention dans le sommaire de ce discours.

ai-je évité avec adresse et par de sages précautions, vos coups, si bien mesurés qu'ils paroissoient inévitables? Non, vous ne faites rien, vous ne tentez rien, vous ne tramez rien, que je ne puisse découvrir à propos; et cependant vous ne cessez d'agir et d'entreprendre contre moi. Ce poignard dont vous êtes encore armé, combien de fois vous l'a-t-on arraché? combien de fois, par je ne sais quel hasard, vous est-il échappé, vous est-il tombé des mains? Vous ne pouvez toutefois vous en dessaisir: il semble que vous l'ayez voué à quelque divinité, et que vous vous fassiez un devoir religieux de le plonger dans le sein d'un consul (1).

Mais à présent quelle vie que la vôtre? car je vais vous parler de manière à vous faire comprendre que c'est moins la haine que je dois vous porter qui m'anime, qu'un reste de pitié dont vous n'êtes pas digne. Vous venez d'entrer au sénat: dans une assemblée si nombreuse, où vous avez tant d'amis et de parens,

(1) *Et que vous vous fassiez un devoir religieux de le plonger dans le sein d'un consul;* car vous avez voulu d'abord en percer les consuls Cotta et Torquatus.

quelqu'un vous a-t-il salué ? Si personne avant vous n'essuya jamais un pareil affront, pourquoi attendre qu'on s'explique par des paroles, lorsque le silence vous condamne si hautement? Le banc où vous veniez vous asseoir, n'est-il pas resté vuide à votre arrivée? tous ces consulaires dont vous avez tant de fois médité la mort, ne se sont-ils pas aussi-tôt éloignés de vous, ne vous ont-ils pas laissé seul dans la place où nous vous voyons? Comment devez-vous prendre cette insulte? Pour moi, certes, si j'étois craint de mes esclaves comme vous l'êtes de vos concitoyens, je croirois devoir quitter ma maison; et vous, Catilina, vous ne quittez pas Rome! Si je me voyois aussi suspect, aussi odieux à mes concitoyens, même sans l'avoir mérité, je me priverois de les voir plutôt que d'en être vu d'un œil d'indignation : et vous qui, ayant à vous reprocher tant de forfaits, êtes forcé de reconnoître que vous méritez depuis long-temps la haine générale qu'on vous porte, vous balancez encore à éviter l'aspect de ceux dont votre présence seule aigrit le cœur et offense les regards !

Si votre père, si votre mère vous craignoient et vous haïssoient, et que vous n'eussiez aucun espoir de les appaiser, vous vous retireriez, je pense, vous vous éloigneriez de leur vue. Eh bien ! Catilina, la patrie, qui est notre mère commune, vous hait et vous craint, convaincue depuis long-temps que vous n'êtes qu'un parricide sans cesse occupé de sa perte ; et vous n'aurez ni respect pour son autorité, ni déférence pour ses volontés, ni crainte de ses châtimens !

Ecoutez ce qu'elle vous dit par ma bouche, et comment elle vous parle dans son silence. Depuis quelques années, Catilina, il ne s'est commis aucun crime que tu n'aies secondé, aucune infamie que tu n'aies partagée. Seul tu as pu librement et impunément assassiner nombre de citoyens, piller et ravager les alliés (1). Tu as été assez puissant, non-seulement pour mépriser les loix et les tribunaux, mais encore pour en briser, pour en arracher les barrières.

(1) Catilina, préteur en Afrique, avoit pillé et vexé cruellement cette province.—*Pour mépriser....* On méprise les loix et les tribunaux, lorsqu'on se livre à des excès criminels sans craindre leurs menaces. On en brise, on en arrache les barrières en quelque sorte, lorsque cité devant les tribunaux, étant visiblement coupable, on trouve moyen d'échapper à leur rigueur.

Quoique

Quoique tous ces excès ne fussent pas supportables, je les ai supportés comme j'ai pu. Mais qu'aujourd'hui l'alarme soit universelle à cause de toi seul ; qu'au moindre bruit, au moindre mouvement, on redoute Catilina ; qu'on ne puisse former contre moi aucune entreprise qui n'entre dans la chaîne de tes crimes ; ma patience est à bout, je ne puis le supporter. Retire-toi donc, et dissipe mes frayeurs : si elles sont bien fondées, que je ne sois pas la victime de ta scélératesse ; si elles sont vaines, que je cesse enfin de te craindre.

Si la patrie, Catilina, vous adressoit ces paroles, ne devroit-elle pas être obéie, quand elle ne pourroit employer la force? Mais vous-même, pour vous purger de tout soupçon, n'avez-vous pas cherché à vous mettre chez une personne qui pût répondre de toutes vos démarches? Rebuté par Lépidus que vous aviez d'abord prié de vous recevoir, vous avez même osé vous présenter chez moi et demander que je vous recueillisse dans ma maison. Sur ma réponse, que me trouvant trop près de vous dans l'enceinte de la même ville, je pouvois bien moins encore être en sûreté sous le même toit, vous avez eu recours au préteur Metellus, qui vous refusa pareillement : de-là vous vous êtes transporté chez Marcellus (1), cet homme de bien, un de vos bons amis ; persuadé, sans doute, qu'il ne manqueroit ni d'exactitude pour garder votre personne, ni de pénétration pour découvrir vos projets, ni de courage pour en solliciter le châtiment. Mais est-on bien loin de mériter la prison et les fers, quand on sent soi-même qu'on a besoin d'être gardé à vue ?

Après cela, Catilina, si vous ne pouvez vous résoudre à vous donner ici la mort, balancerez-vous du moins à prendre la fuite, à vous confiner dans quelque pays éloigné, à cacher dans la solitude une vie arrachée à tous les supplices qui vous sont dus ? Vous me dites : faites votre rapport au sénat (n'est-ce pas là ce que vous demandez ?) ; et si le sénat décide que vous devez aller en exil, vous obéirez, dites-vous. Non, je ne ferai pas un rapport qui n'est point dans mon caractère ; mais je tâcherai de vous faire comprendre ce que pen-

(1) Ce Marcellus étoit autre que celui dont il sera parlé tout-à-l'heure ; mauvais citoyen, ami du trouble et du tumulte, et par conséquent de Catilina.

sent de vous tous les sénateurs. Sortez de Rome, Catilina ; délivrez la République de ses craintes : s'il faut trancher le mot, partez pour l'exil. Eh bien ! Catilina, remarquez-vous le silence de ceux qui m'écoutent ? ils ne s'opposent point à ce que je dis, ils se taisent. Attendez-vous qu'ils expliquent leur volonté par des arrêts, lorsqu'ils la manifestent par leur silence ? Certes, si j'eusse adressé la même parole au jeune et vertueux (1) Sextius, ou au brave et ferme Marcellus, les sénateurs se seroient soulevés avec raison contre moi dans ce temple auguste, et ne m'auroient pas épargné, quoique consul. Mais ici, Catilina, leur tranquillité est une approbation, leur patience une décision, leur silence est un cri. Et ce n'est pas seulement les sénateurs qui vous sont contraires, ces sénateurs dont vous respectez sans doute l'autorité, et dont la vie vous est si peu précieuse ; mais encore les che-

(1) Ce Sextius étoit questeur du consul Antonius, le même pour lequel nous avons un discours de Cicéron. Le Marcellus dont il est fait ensuite mention, est celui pour qui le même orateur a parlé devant César.

valiers romains distingués par leurs richesses et par leur mérite, et tous ces braves citoyens qui environnent le sénat. Vous avez pu voir quelle étoit leur multitude, remarquer leur zèle, et entendre, il y a quelques momens, leurs clameurs. J'ai bien de la peine à les empêcher de se jetter sur vous et de vous percer de leurs épées : cependant si vous quittez Rome dont vous méditez il y a long-temps le ravage et la désolation, je les engagerai sans peine à vous accompagner jusqu'aux portes.

Mais je parle en vain ; peut-on espérer qu'aucun motif vous ébranle, que vous changiez jamais, que vous pensiez à prendre la fuite, à vous exiler de vous-même ? Puissent les dieux vous en inspirer le dessein ! Je prévois cependant que votre exil, s'il est une suite de l'effroi que je vous aurai inspiré, me suscitera une foule d'ennemis, qui, pour décharger sur moi tout le poids de leur haine, attendront un temps plus éloigné où l'idée de vos crimes ne sera plus si présente. Mais n'importe (1), pourvu

(1) *Mais n'importe.* Latin, *sed est tanti*, c'est-à-dire, *tanti reipublicae interesse duco te ex urbe exire, ut, dùm id fiat, non recusem omnem invidiae tempestatem subire.*

que mon malheur me soit personnel, et n'entraîne pas celui de la République. Au reste, Catilina, vous ne pourriez être touché à la vue de vos désordres, vous ne pourriez ni redouter la rigueur des loix, ni céder à la nécessité des conjonctures ; il ne faut pas l'attendre de vous. Vous n'avez ni assez de pudeur pour rougir de l'infamie, ni assez de sagesse pour craindre le péril, ni assez de raison pour renoncer à des projets furieux. Ainsi, je le répète encore, partez ; et si je suis votre ennemi comme vous le publiez, allez droit en exil, afin de me rendre odieux. J'aurai peine, si vous le faites, à tenir contre les discours des citoyens ; j'aurai peine, si vous allez en exil par l'ordre du consul, à supporter tout le poids de la haine des méchans. Voulez-vous consulter les intérêts de ma gloire? sortez avec votre troupe affreuse de scélérats ; rendez-vous au camp de Manlius ; ramassez tous les citoyens pervers ; séparez-vous des bons ; déclarez la guerre à la patrie ; applaudissez-vous d'un brigandage sacrilège ; qu'il ne paroisse pas que, chassé par moi, vous vous êtes transporté chez des étrangers ; mais qu'appellé par vos complices, vous avez été les rejoindre.

Mais pourquoi vous exhorter à partir? ne sais-je pas que vous avez envoyé devant vous des gens armés pour vous attendre sur la route (1)? ne sais-je pas que vous avez pris jour avec Manlius? ne sais-je pas enfin que vous vous êtes fait précéder par cette aigle d'argent (2), qui, je l'espère, vous sera fatale à vous et à tous les vôtres ; cette aigle, votre divinité détestable, dont l'autel consacré dans votre maison n'étoit honoré que par vos forfaits? pouvez-vous être plus long-temps éloigné de cette aigle à qui vous rendiez vos hommages avant d'aller commettre un meurtre, à qui vous offriez de l'encens de cette main coupable que vous alliez plonger dans le sang de vos concitoyens?

Vous irez donc enfin où vous entraînoit depuis long-temps une passion aveugle et impé-

(1) *Sur la route.* En latin, *ad forum Aurelium*; c'étoit une ville par où devoit passer Catilina, pour se rendre au camp de Manlius.

(2) On prétend que Marius avoit eu cette aigle d'argent pour enseigne dans la guerre contre les Cimbres. Au reste, on voit par ce qui suit, que les hommes les plus scélérats et les plus audacieux ont souvent les foiblesses de la superstition.

tueuse. Votre départ, loin de vous causer aucune peine, vous comble de satisfaction. La nature vous a formé pour de tels crimes, le goût vous en fait une habitude, votre destin vous les réservoit. Vous ne désirâtes jamais le repos, ni même la guerre, si elle n'étoit criminelle. Vous avez rassemblé une troupe de scélérats déterminés qui ont tout perdu jusqu'à l'espérance. Quel contentement pour vous, quels transports de joie, quelle ivresse de volupté; lorsque dans cette foule de vos partisans vous ne verrez, vous n'entendrez aucun homme de bien ! C'est à cette vie perverse que vous disposoient vos travaux fameux et si vantés ; toutes ces nuits où vous étiez couché sur le pavé pour épier l'occasion d'un meurtre ou d'un adultère ; ces veilles continuelles pour tendre des pièges à l'honneur des époux endormis, ou à la fortune des citoyens tranquilles (1). Voici l'occasion de faire briller ce merveilleux courage à supporter la faim, le froid, une disette extrême, tous ces maux sous lesquels vous ne tarderez pas d'être accablé. En vous éloignant du consu-

(1) On lit dans plusieurs livres *occisorum* : j'ai préféré *otiosorum*.

lat, j'ai procuré à la République l'avantage de n'avoir à craindre que les vains efforts d'un banni, et non les violences d'un consul; j'ai fait ensorte que votre entreprise criminelle ne pût passer que pour un brigandage, et non pour une véritable guerre.

Maintenant, PÈRES CONSCRIPTS, pour prévenir et arrêter (1) les justes plaintes que la patrie pourroit former contre son consul, daignez prêter une oreille attentive à ce que je vais vous dire, et gravez-le profondément dans vos esprits et dans vos cœurs. Je suppose que la patrie qui m'est plus chère mille fois que le jour, je suppose que toute l'Italie, que toute la République m'adresse ces paroles : Quoi donc, Marcus Tullius? un homme en qui tu as découvert un ennemi de l'état, qui va se mettre à la tête d'une armée levée contre nous, qui déja est attendu dans le camp ennemi, le chef de l'attentat, l'auteur de la conjuration, qui soulève, qui enrôle de vils esclaves et des citoyens perdus, tu le laisseras partir, de sorte

(1) *Pour prévenir et arrêter.* Latin, *detester ac deprecer,* c'est-à-dire *depellam quasi testatione et prece adhibitâ.*

qu'il paroîtra moins avoir été chassé de Rome que déchaîné contre elle ! n'ordonneras-tu pas qu'il soit conduit en prison, traîné à la mort, qu'on lui fasse subir le dernier supplice? Qui t'arrête en ce moment? les usages de nos ancêtres? mais souvent dans cette République, de simples particuliers ont donné la mort à des citoyens pernicieux. Les loix (1) concernant la punition des citoyens romains? mais jamais dans cette ville des rebelles n'ont joui des droits de citoyen. Crains-tu pour l'avenir le blâme public? C'est, sans doute, te montrer fort reconnoissant des bienfaits de ce Peuple, qui voyant en toi un homme connu par lui seul, sans aucune recommandation de ses ancêtres, t'a fait passer rapidement par tous les honneurs, et vient enfin de t'élever à la suprême magistrature; c'est te montrer fort reconnoissant des faveurs du Peuple, que de trahir ses plus chers intérêts par l'appréhension d'un blâme injuste ou par la crainte d'un péril. Mais falloit-il redouter les reproches, doit-on

(1) Sans doute, les loix Valeria, Porcia, Sempronia, qui ne permettoient pas de battre de verges des citoyens Romains.

craindre de les encourir par une fermeté mâle et sévère, plutôt que par une molle et lâche indulgence? eh! quand l'Italie sera désolée par la guerre, les villes ravagées, les maisons embrâsées, ne vois-tu pas que les feux de la haine s'allumeront contre toi de toutes parts?

A ces plaintes sacrées de la patrie, et aux secrets reproches de ceux qui pensent comme elle, voici ma réponse en peu de mots : si j'avois cru, P. C., que le parti le plus sage fût de punir de mort Catilina, je n'aurois pas laissé un instant de vie à ce gladiateur. Car si de grands hommes n'ont pas souillé, que dis-je? s'ils ont honoré leur main par le sang des Gracques (1), de Saturninus, de Flaccus, et de plusieurs autres factieux dans des tems plus anciens; certes, en faisant mourir ce meurtrier de ses concitoyens, je n'avois à craindre dans les tems qui suivroient aucune défaveur publique. Mais dussé-je par la suite encourir le blâme, mon sentiment fut toujours qu'être blâmé pour avoir fait son devoir, est un honneur, non une disgrace.

Au reste, il en est parmi nous, ou qui ne

(1) *Le sang de Saturninus*......... Voyez plus haut.

voient pas où qui affectent de ne pas voir les périls dont nous sommes menacés ; qui par de foibles tempéramens ont nourri l'espérance de Catilina, et par une incrédulité funeste ont laissé prendre des forces à la conjuration naissante. D'après leurs sentimens, beaucoup de citoyens mal intentionnés ou mal informés, ne manqueroient pas, si je sévissois contre ce perfide, de crier à la cruauté, à la tyrannie. Mais si, d'après son projet, il se rend au camp de Manlius, alors les moins éclairés seront convaincus qu'il existe une conjuration, et les plus méchans forcés d'en convenir. La mort du seul Catilina, je le vois, ne feroit qu'éloigner pour un tems l'orage suspendu sur nos têtes, sans le dissiper pour toujours : mais si nous forçons notre ennemi de se bannir lui-même, d'emmener ses complices, de ramasser tous ces odieux débris d'un misérable naufrage, nous ne détruirons pas simplement le mal actuel déja invétéré, nous arracherons jusqu'à la racine, jusqu'au germe de tous les maux.

Il y a long-tems, PÈRES CONSCRIPTS, que nous marchons au milieu des périls et des pièges de la conjuration ; mais je sais comment l'explosion de tous ces anciens projets de crimes, de fureur et d'audace ont enfin éclaté sous mon consulat. Si de toute cette horde de brigands, on se contente de détruire le chef, nous paroîtrons peut-être soulagés et délivrés pour un tems de nos inquiétudes et de nos alarmes, mais le péril subsistera toujours enfermé dans les veines et dans les entrailles de la République. Tel qu'un malade, tourmenté par une fièvre dévorante, si dans l'accès du mal il cherche en buvant de l'eau froide à calmer l'ardeur qui le consume, semble d'abord éprouver quelque soulagement, et bientôt retombe dans un accablement plus profond : telle la République, par le supplice de Catilina, sentiroit un moment s'appaiser la maladie qui la travaille, et ne tarderoit pas, si on épargnoit les autres, à retomber dans une crise plus violente.

Ainsi donc, PÈRES CONSCRIPTS, que les méchans se retirent, qu'ils se séparent des bons, qu'ils se rassemblent dans un même lieu; que des remparts, comme je l'ai dit tant de fois, s'élèvent entre eux et nous; qu'ils cessent de menacer la vie d'un consul dans sa maison, d'investir le tribunal du préteur (1), d'as-

(1) C'étoit Lucius Valerius Flaccus qui étoit alors

siéger avec des épées la salle du sénat, d'amasser des torches et des brandons pour embraser la ville; qu'enfin on lise sur le front de chaque citoyen ses vrais sentimens pour la République. Je vous l'annonce, P. C., et reposez-vous-en sur la vigilance des consuls, sur votre propre fermeté, sur le courage des chevaliers romains, sur l'accord unanime des citoyens vertueux; au départ de Catilina tout sera découvert, manifesté, étouffé, puni.

Avec de tels présages, pour le bonheur et le salut de la République, pour la consommation de votre ruine, de la ruine de tous les traîtres associés à vos crimes et à votre parricide, partez, Catilina, allez commencer une guerre impie et sacrilège. Et toi (1), puissant Jupiter, toi, dont le culte fut établi sous les mêmes auspices que Rome fut bâtie, toi que nous nommons à juste titre le protecteur de cette ville et de cet empire, daigne, nous t'en conjurons,

préteur dans Rome, *praetor urbanus;* charge qui lui donnoit l'administration de la justice.

(1) *Et toi*, latin *tùm tu*. La particule *tùm* étoit d'usage dans les prières. — *Quem verè nominamus statorem*.... sans doute parce que *tuâ ope stat urbs et imperium.*

daigne préserver de la fureur de Catilina et de ses complices tes autels et tous nos temples, les maisons et les murs de Rome, la fortune et la vie de tous les citoyens : extermine tous ces ennemis des gens honnêtes, ces bourreaux de là patrie ; ces brigands de l'Italie, unis entre eux par une société de forfaits et par d'abominables sermens : que vivans et morts, ils soient livrés tous à d'éternels supplices!

SECONDE CATILINAIRE.

Sommaire.

LE premier discours de Cicéron produisit tout l'effet qu'il pouvoit désirer. Catilina frappé comme d'un coup de foudre, voyant ses projets découverts, regardé généralement comme un ennemi public, partit dès la nuit suivante avec trois cents hommes armés. Il avoit donné ses ordres à Lentulus, à Cethegus, et aux autres chefs de la conjuration ; il les avoit chargés d'achever ce qu'il étoit obligé de laisser imparfait, c'est-à-dire, d'assassiner le consul et de mettre le feu à la ville, leur promettant qu'il seroit bientôt aux portes de Rome avec une armée formidable. Cependant, afin de rendre odieux le consul, on publioit qu'il avoit exilé Catilina de son autorité privée, et que celui-ci, pour ne point troubler la paix de la ville et de ses concitoyens, avoit pris le parti de se retirer à Marseille. Il n'étoit pas possible que ces discours ne donnassent de l'inquiétude à Cicéron, mais ils ne diminuèrent rien de son zèle et de son activité. Dès le lendemain du départ de Catilina, il assembla le Peuple pour lui rendre compte de cet important événement.

Il triomphe de ce qu'enfin Rome ne voit plus dans son sein un ennemi mortel ; il s'applaudit de ce qu'il l'a obligé à ne plus cacher sa marche, à lever l'étendard de son brigandage. On lui faisoit deux reproches tout-à-fait contraires : les uns l'accusoient de mollesse pour n'avoir pas ôté la vie à l'ennemi public, et les autres de rigueur et presque de tyrannie, pour avoir, disoient-ils, exilé un citoyen. Il détruit ce double reproche, le premier, en exposant les motifs qui l'empêchoient d'agir avec plus de fermeté : quant au second, il annonce, comme sa justification complette, l'arrivée prochaine de Catilina dans le camp de Manlius. Il rejette et détruit ce qu'on disoit de sa retraite à Marseille ; et à ce sujet il montre des sentimens bien dignes d'un souverain magistrat. Dans tout le reste du discours, il cherche à montrer combien Catilina étoit redoutable dans l'enceinte de Rome ; il s'étend sur-tout à faire voir que les conjurés qu'il y avoit laissés, étoient aussi odieux que méprisables. Son but est de les rendre

rendre ridicules et de leur inspirer de la terreur. Il promet aux Romains, pour sa part, de la vigilance et du zèle, et un puissant secours de la part des Dieux immortels.

En général, on peut remarquer que l'orateur n'a pas le même ton lorsqu'il parle au sénat ou au Peuple. Dans les discours qu'il adresse au sénat, il y a plus de gravité et de fermeté; dans les autres, il se livre davantage à la fougue de son imagination, à l'impétuosité de ses sentimens, quelquefois même à des plaisanteries qu'il ne se seroit point permises devant les sénateurs.

SECONDE CATILINAIRE.

ENFIN, Romains, ce fougueux conspirateur, qui n'écoutoit que son audace, qui ne respiroit que le crime, ce scélérat qui avoit tramé la ruine de sa patrie, qui menaçoit de tout brûler, de tout massacrer dans cette ville; Catilina a disparu du milieu de nous: nous l'avons ou chassé, ou laissé partir; ou, si l'on veut, c'est un grand général, c'est un magistrat suprême, que nous avons reconduit honorablement jusqu'aux portes (1). Il est sorti, il s'est échappé, il a pris la fuite, il s'est élancé hors de nos murs. Ils ne seront plus conçus dans l'enceinte de Rome, les projets formés par ce monstre pour la destruction de Rome. Nous avons vaincu sans combat l'unique chef d'une guerre intestine. Nous n'aurons plus à redouter ce poignard assassin, qui sans cesse menaçoit nos flancs, qui nous poursuivoit dans le champ de Mars, dans la place publique, dans la salle du sénat, dans l'intérieur de nos maisons. Avoir chassé de Rome Catilina, c'est l'avoir chassé de son poste : c'est maintenant un ennemi déclaré à qui rien ne nous empêche de faire une guerre ouverte. Nous l'avons, oui, nous l'avons pleinement vaincu, nous avons remporté sur lui un triomphe éclatant, en

(1) *Ou, si l'on veut*..... J'ai allongé un peu cet endroit, afin de mieux faire sentir l'idée de Cicéron, et l'ironie piquante qu'il emploie. En général, ce début est celui d'un orateur qui triomphe, et qui triomphe devant le Peuple : il ne craint donc pas d'accumuler les mots, les images et les figures, enfin d'affecter un certain bruit de paroles.

l'obligeant à ne plus cacher sa marche, à lever l'étendard du brigandage. Mais quand il pense qu'il n'a pu, selon son desir, retirer de nos flancs son poignard ensanglanté, qu'il nous a laissés vivans, que nous lui avons arraché le fer des mains, que nos citoyens respirent encore, que Rome est debout, quelle est, je vous le demande, quelle est sa consternation et son désespoir? Oui, Romains, ce forcené est enfin renversé et abattu : et sans doute que terrassé du coup dont il sent lui-même toute la force, il tourne souvent les yeux vers la proie qu'il voit avec douleur arrachée à sa furie, vers cette ville qui maintenant me semble tressaillir de joie de ce qu'elle a vomi de son sein et rejetté le monstre impur qui la souilloit.

Toutefois s'il est des citoyens zélés, comme tous devroient l'être, qui se plaignent de ce départ de Catilina, dont ma voix s'applaudit et triomphe, qui me fassent un crime d'avoir laissé partir cet ennemi atroce au lieu de le saisir; c'est moins ma faute, Romains, que celle des circonstances. Livrer Catilina à la mort, à toutes les rigueurs du supplice, il y a long-tems qu'on auroit dû le faire ; les usages de nos ancêtres,

X 2

la sévérité de ma place (1), l'intérêt de la République, l'exigeoient de moi. Mais combien dans cette ville auroient refusé d'ajouter foi à mes accusations ? combien étoient assez peu instruits pour le croire innocent, combien assez aveugles pour prendre sa défense, combien assez méchans pour favoriser ses projets ! Si en faisant périr Catilina, j'avois pensé pouvoir vous mettre à l'abri de tout péril, il y a longtems que je l'aurois fait aux dépens de ma tranquillité, et même aux risques de mes jours. Mais en lui infligeant un trop juste supplice avant que vous fussiez tous pleinement convaincus de la conjuration, je craignois que mécontens de la mort du chef, on ne m'empêchât de poursuivre les complices ; j'ai donc amené les choses au point que vous pussiez combattre ouvertement votre ennemi lorsqu'il se seroit déclaré. Et voyez, Romains, si je regarde cet ennemi comme bien redoutable hors de Rome, puisque toute ma peine est qu'il en soit sorti si mal accompagné. Que n'a-t-il entraîné avec lui toute sa suite ! il n'a emmené qu'un Ton-

(1) *La sévérité de ma place* : latin, *hujus imperii severitas*. Voyez plus haut.

gilius qui s'étoit prostitué à lui dès l'enfance(1) ; un Publicius et un Munatius, dont les dettes contractées dans les tavernes n'auroient pu alarmer l'état. Mais quels hommes nous a-t-il laissés ? qui ne seroit effrayé de leurs dettes, de leur crédit, de leur naissance ?

Comparons l'armée de Catilina à nos légions (2) gauloises, aux milices que Métellus commande dans le Picenum et dans la Gaule, aux troupes que nous levons tous les jours : qu'elle est méprisable en comparaison de toutes nos forces, cette armée qui n'est qu'un ramas de vieillards réduits au désespoir, de débauchés rustiques, de mendians vagabonds, de dissipateurs, de gens qui ont mieux aimé manquer à leurs cautions (3) qu'à leur général ! que

(1) *Dès l'enfance*: latin, *in praetextâ*. Robe prétexte, robe bordée de pourpre que les enfans portoient jusqu'à l'âge de dix-sept ans.

(2) *Commande*. Le latin porte *habuit*; j'ai traduit comme si on lisoit *habet*. Cicéron dit en propres termes, dans ce même discours, qu'il avoit eu la précaution de faire partir Métellus pour la Gaule et pour le Picenum.

(3) *Manquer à leurs cautions*. Lorsqu'un débiteur étoit cité en justice pour être condamné à payer sa

je leur montre seulement la disposition de notre armée, ou même un simple édit du préteur, ils fuiront frappés d'épouvante. Je crains davantage ces jeunes Romains que je vois voltiger dans la place publique, assiéger la porte du sénat, entrer même dans le sénat, parfumés d'essences et tout brillans de pourpre. Que Catilina ne les a-t-il emmenés dans son camp! s'ils restent ici, songez-y bien, ces hommes qui n'ont pas rejoint l'armée sont plus redoutables que l'armée même. Je les regarde comme d'autant plus à craindre, qu'ils me savent instruits de tous leurs projets, et qu'ils n'en sont pas fort émus.

Je sais à qui on a donné la Pouille, pour département, à qui l'Etrurie, à qui le Picénum, à qui la Gaule : je connois ceux qui ont brigué

dette, il donnoit une caution comme il se présenteroit tel jour. Manquer à se présenter, s'appelloit en latin *vadimonium deserere.* Alors le préteur rendoit un édit et ordonnoit la vente des biens du débiteur au profit du créancier. *Leur montrer un simple édit du préteur.* Cicéron sans doute, fait ici allusion à cette armée d'esclaves rebelles que les Scythes mirent en fuite en leur montrant les fouets avec lesquels on punit les esclaves.

la commission d'embrâser Rome, d'égorger les citoyens. Tout ce qu'ils ont résolu dans leur dernière assemblée nocturne, m'a été rapporté, ils le savent. Hier j'en rendis compte au sénat, Catilina lui-même fut effrayé, il a pris la fuite: qu'attendent ceux qui restent ici ? assurément ils se trompent, s'ils espèrent que ma longue indulgence ne se lassera jamais. Je suis déja parvenu, comme je me l'étois proposé, à vous convaincre tous qu'il éxiste une conjuration contre la République, à vous la mettre sous les yeux : à moins qu'on ne prétende que des hommes qui ont tous les vices de Catilina ne partagent pas ses sentimens. La douceur n'est plus de saison : il faut de la sévérité. Cependant je puis encore leur accorder une grace : qu'ils se retirent, qu'ils partent; qu'ils ne laissent pas leur cher Catilina languir de regret et sécher d'ennui. Je leur enseignerai la route; il est parti par la voie Aurélia : s'ils veulent se hâter, ils pourront le rejoindre dès ce soir.

Quel bonheur pour Rome, si elle avoit jetté hors de son sein tous ces poisons de la patrie ! purgée du seul Catilina, elle me paroît reprendre des esprits et des forces. Quel crime, en effet, quelle horreur peut-on imaginer dont ce monstre affreux n'ait pas conçu l'idée? est-il dans l'Italie un empoisonneur, un gladiateur, un brigand, un assassin, un parricide, un faussaire, un libertin, un suborneur, un dissipateur, un séducteur, une femme prostituée, un corrupteur de jeunesse, un homme corrompu, un scélérat enfin et un pervers, qui n'avoue avoir vécu avec Catilina dans la plus intime familiarité? qu'on me cite dans ces dernières années un meurtre, une infamie dont il n'ait été le complice ou l'instrument? Qui jamais eut plus d'artifice pour séduire la jeunesse? les uns étoient l'objet de ses désirs honteux, il étoit le ministre des infâmes passions des autres : il promettoit à ceux-ci la jouissance de leurs amours, à ceux-là la mort de leurs pères; peu content de les exciter au parricide, il les secondoit encore. Mais avec quelle promptitude n'avoit-il pas ramassé un nombre infini de scélérats, soit dans la ville, soit dans les campagnes? pas un homme obéré, ni à Rome, ni en quelque coin de l'Italie, qu'il n'ait fait entrer dans cette horrible conspiration. Et pour vous prouver qu'il prend tous les caractères suivant les circonstances, sachez qu'il n'est pas de gladiateur audacieux et déterminé, qui ne convienne de son intimité avec Catilina ; qu'il n'est pas d'histrion vicieux et dissolu, qui ne se vante d'avoir été le compagnon de ses plaisirs. Et ce même homme à qui ses infamies et ses excès en tout genre, avoient acquis l'habitude de supporter le froid, la faim, la soif, les veilles, étoit célébré par ses complices comme une ame forte, parce qu'il dissipoit dans le crime et dans la débauche les moyens de la vertu et les ressources du courage.

O si tous ses partisans le rejoignoient, si cette troupe impure d'hommes désespérés sortoit de la ville, quel bonheur pour nous et pour la République ! quelle gloire pour mon consulat ! Leur dissolution a franchi toutes bornes ; leur audace est inouie, elle n'est plus supportable ; ils ne respirent que meurtres, qu'incendies, que rapines. Ils ont dissipé leur patrimoine, consumé leurs biens : depuis long-tems leur fortune est épuisée ; le crédit même leur manque ; et cependant ils conservent les mêmes desirs qu'ils avoient dans l'abondance. Si dans les festins et le jeu, ils se proposoient seulement le plaisir de la table et des femmes, quoiqu'on n'en pût rien espérer de bon, on les souffriroit : mais qui peut souffrir que les plus lâches des hommes dressent des embûches aux plus courageux, les plus insensés aux plus sages, les plus intempérans aux plus sobres, les plus endormis aux plus vigilans? Languissamment couchés dans leurs festins dissolus, dans les embrassemens de femmes impudiques, abrutis par le vin, regorgeant de viandes, couronnés de fleurs, inondés de parfums, épuisés de plaisirs et de débauches, ils concertent les moyens de brûler Rome et d'égorger les citoyens vertueux; leur bouche impure vomit des projets d'incendie et de carnage.

Je vois approcher le moment de leur ruine; ce moment fatal qui amène le châtiment de la perversité, des dissolutions et des crimes de tous ces perfides. La peine qui leur est due est déja toute prête, ou le sera bientôt. Si mon consulat ne peut guérir ces membres gangrénés, du moins en les retranchant il aura prolongé la durée de la République, non de quelques années, mais de plusieurs siècles. Nous n'avons plus de nation à craindre, plus de roi qui ose nous attaquer. Au dehors, nous voyons les terres et les mers pacifiées par le courage d'un seul homme (1). C'est au dedans que

(1) Ce seul homme étoit Pompée, qui avoit purgé

la guerre réside ; il n'y a plus d'embûches, plus de péril qu'au dedans ; c'est au dedans qu'est l'ennemi : c'est contre la débauche, contre la fureur, contre la scélératesse, que nous avons à combattre. Je me déclare, Romains, le chef de cette guerre ; je prends sur moi la haine des méchans. Les parties de l'état qui pourront être guéries, je les guérirai par tous les moyens possibles : celles qu'il faudra retrancher, je ne permettrai pas qu'elles subsistent pour la perte du corps entier de l'état. Ainsi donc qu'ils se retirent, ou qu'ils renoncent à leurs fureurs ; ou s'ils ne veulent quitter ni Rome ni leurs projets, qu'ils s'attendent au juste châtiment de leurs crimes.

Et il en est encore qui publient que j'ai exilé Catilina. Si je pouvois d'un mot bannir des citoyens, je bannirois ceux qui tiennent ce langage. Oui, sans doute, oui, modeste et timide à l'excès, Catilina n'a pu soutenir la voix d'un consul : sur un simple ordre d'aller en exil, il a obéi, il est parti.

la mer des brigands maritimes, et terminé la guerre contre Mithridate.

Vous saurez, Romains, qu'hier, ayant manqué d'être assassiné dans ma maison, je convoquai le sénat dans le temple de Jupiter Stator, j'instruisis de tout les PÈRES CONSCRIPTS. Lorsque Catilina parut, fut-il salué, fut-il regardé par aucun d'eux ? ne crut-on pas voir en lui un citoyen désespéré, ou plutôt un ennemi cruel ? Bien plus, les principaux de cet ordre abandonnèrent le banc où il venoit s'asseoir. Ce consul violent qui d'une parole exile les citoyens, lui demanda s'il s'étoit trouvé ou non à une assemblée tenue pendant la nuit chez Lecca. Accablé du témoignage de sa conscience, le plus audacieux des hommes ne put rien répondre. Je dévoilai donc le reste. Je montrai ce qu'il avoit fait cette nuit-là, où il s'étoit rendu, ce qu'il avoit arrêté pour la nuit suivante, comment il avoit tout disposé pour la guerre. Le voyant surpris, embarrassé, je lui demandai pourquoi il ne se rendoit pas où depuis long-tems il avoit dessein de se rendre, sur-tout ayant déja envoyé des armes, des haches, des faisceaux, des trompettes, et cette aigle d'argent à laquelle il avoit consacré dans sa maison un autel qui n'étoit honoré que [illegible] forfaits. [illegible]-je donc celui que je voyois partant déja pour la guerre ? C'étoit apparemment, c'étoit de son chef, que le centurion Manlius, qui a campé sous Fesules, déclaroit la guerre au peuple Romain. Son camp n'attend pas aujourd'hui Catilina ; et ce n'est pas dans ce camp, comme le disent quelques-uns, mais à Marseille, que cet exilé se retire.

Quelle triste condition, que d'avoir un état non-seulement à gouverner, mais encore à sauver ! Si par mon activité, si par la sagesse de mes mesures, si au risque de mes jours, j'ai investi de toutes parts Catilina, je l'ai mis hors d'état d'agir ; si, épouvanté tout-à-coup, il change d'avis, il renonce à prendre les armes, il se détourne du chemin qui le conduit à une guerre criminelle pour aller en exil ; on ne dira pas que par ma vigilance j'ai réprimé ses efforts, ruiné ses ressources, que j'ai étonné, effrayé, désarmé son audace ; on dira que c'est un homme innocent qui, sans être entendu, a été banni par la violence et les menaces d'un consul ; il en est même qui le trouveront à plaindre, loin de le regarder comme un scélérat, qui voudront me faire passer pour un tyran cruel, et non pour un consul zélé.

Mais je me soumets (1), Romains, à porter tout le poids d'une haine injuste, pourvu que j'éloigne de vous le danger d'une guerre horrible et atroce. Qu'on dise que j'ai banni Catilina, j'y consens, pourvu qu'il aille en exil; mais, croyez-moi, il n'ira pas. Certes, je ne souhaiterai jamais que, pour ma justification, vous appreniez que Catilina est à la tête d'un corps d'ennemis, qu'il court la campagne avec une armée : mais dans trois jours vous l'apprendrez ; et je crains bien plus qu'on ne me reproche par la suite de l'avoir laissé partir que de l'avoir banni. Mais s'il en est qui disent que je l'ai banni, quoiqu'il soit parti de lui-même, que diroient-ils si je l'avois fait mourir? Au reste, ceux qui disent qu'il se rend à Marseille, ne se plaignent pas tant de son exil qu'ils ne l'appréhendent. Avec toute cette pitié qu'ils affectent, ils seroient bien fâchés qu'il se rendît à Marseille plutôt qu'au camp de Manlius. Pour ce qui est de Catilina, quand sa démarche actuelle n'auroit pas été

(1) *Mais je me soumets*..... Latin, *est mihi tanti*..... J'acheterai volontiers au prix d'une haine injuste l'avantage d'éloigner de vous le péril.

préméditée, il eût mieux aimé, sans doute, périr dans son brigandage que de vivre exilé. Quoi qu'il en soit, comme la seule chose qui ait encore trompé ses vues et ses desirs, c'est de nous avoir laissé la vie quand il est sorti de Rome, souhaitons qu'il aille en exil plutôt que de nous en plaindre.

Mais pourquoi parler si long-tems d'un ennemi seul, d'un ennemi qui se déclare tel, et qui n'est plus à craindre, maintenant que, selon mes vœux, un mur nous sépare; tandis que nous ne disons rien de nos ennemis secrets, qui restent dans Rome, qui sont au milieu de nous? Je ne cherche pas tant à sévir contre eux, qu'à les ramener, s'il est possible, et à les réconcilier avec la République. Et au fond, s'ils veulent me croire, je n'y vois pas d'impossibilité. Je vais distribuer en différentes classes les partisans de Catilina, et leur donner à tous en particulier des avis qui pourront leur être salutaires.

La première classe est composée de ceux qui ont contracté de grandes dettes, dont les possessions sont plus que suffisantes pour les éteindre, mais qui ne peuvent se détacher d'une partie de leurs biens pour se libérer. C'est la classe la plus honnête de toutes. Car enfin ils ont de la fortune, il ne leur manque que la bonne volonté et la pudeur. Quoi donc? vous êtes riches en terres, en édifices, en vases d'argent, en esclaves, fournis abondamment de tout; et vous refusez d'aliéner une partie de vos fonds pour satisfaire à vos engagemens (1)! Qu'attendez-vous? la guerre? Mais au milieu de la désolation générale, croyez-vous que vos possessions seront sacrées? La suppression des dettes? ils sont dans l'erreur ceux qui espèrent de Catilina cet avantage. C'est à moi qu'ils seront redevables, non de la suppression, mais de l'extinction de leurs dettes, aux dépens d'une partie de leurs biens vendus à l'encan (2). Les

(1) *D'aliéner*... mot à mot, *de retrancher de la possession pour ajouter au crédit* qu'on perd en ne payant pas.

(2) *Non de la suppression*.... Lorsque le peuple étoit trop accablé de dettes, le sénat, en vertu d'un arrêt, faisoit quelquefois afficher des tables (*tabulae novae*) qui annonçoient la réduction ou la suppression des dettes. Catilina avoit promis cet avantage à ses partisans. *Tabulae auctionariae* étoient des tables qui annonçoient que les biens de telles ou telles personnes seroient vendus à l'encan.

propriétaires

propriétaires endettés n'ont que ce moyen de rétablir leurs affaires. S'ils l'eussent fait plutôt, si, par un trait de la plus grande folie, ils n'eussent pas prétendu éteindre les intérêts avec les seuls produits de leurs fonds, ils seroient et plus riches et meilleurs citoyens. Mais je ne crois pas qu'on doive craindre des hommes à qui l'on peut faire changer de sentiment, ou qui sont dans le cas, s'ils y persistent, de faire des vœux contre la République plutôt que d'armer contre elle.

La seconde classe renferme ceux qui, accablés de dettes, sont dévorés d'ambition. Ils sont jaloux de commander ; et les honneurs qu'ils ne peuvent espérer dans le calme de l'état, ils se flattent de pouvoir les obtenir dans le trouble. J'ai un avis à leur donner, que j'adresse aussi à tous les autres, c'est de ne pas s'attendre à voir leurs desirs accomplis. Qu'ils sachent que je veille aux intérêts de la République, que je suis par-tout, que je pourvois à tout : qu'ils sachent encore que les gens de bien sont pleins de courage, étroitement unis et en grand nombre ; qu'outre cela nous avons de puissantes armées ; qu'enfin les Dieux immortels protégeront contre la violence et le crime, ce Peuple invincible, cet empire illustre, cette ville florissante. Mais quand même ils obtiendroient ce qu'ils desirent avec tant de fureur, espèrent-ils, après avoir embrasé Rome et massacré les citoyens, comme ils en ont formé le projet détestable, espèrent-ils, au milieu des cendres et du sang, être consuls, dictateurs, ou même rois? Ne voient-ils pas que la République qu'ils se proposent d'envahir, il faudra l'abandonner, quand ils s'en seront rendus maîtres, à un fugitif ou à un gladiateur.

Dans la troisième classe sont des hommes affoiblis par l'âge, mais fortifiés par l'exercice. Dans cette classe est Manlius lui-même que Catilina va remplacer. Ils sont tous sortis des colonies établies par Sylla à Fésules. Je conviens qu'en général ces colonies étoient composées de braves et honnêtes citoyens; mais devenus riches tout-à-coup, contre leur attente, ils se sont livrés à de folles dépenses et à un luxe effréné. En voulant imiter les grands, bâtir, avoir des terres, des équipages, un nombreux domestique, donner des repas somptueux, ils ont contracté des dettes si énormes que, pour rétablir leurs affaires, il leur faudroit ressusciter Sylla. Ils ont engagé dans leur parti quelques gens de la campagne sans fortune et sans naissance, en leur faisant espérer les rapines qui les ont enrichis. Les uns et les autres forment la même troupe de voleurs et de brigands ; mais je les en avertis, qu'ils cessent de s'emporter, de penser aux proscriptions et aux dictatures. Car les violences de ces anciens tems ont laissé dans tous les cœurs un souvenir si profond et si douloureux, que de pareils excès ne pourroient plus être soufferts aujourd'hui, je ne dis pas seulement par des êtres raisonnables, je dis même par des animaux dépourvus d'intelligence (1).

La quatrième classe est un amas confus de brouillons et de séditieux. Depuis long-tems ils sont dans la détresse, jamais ils n'en sortiront. Accablés de dettes anciennes, qu'ont accumulées leur indolence, leur mauvaise conduite, leurs dépenses énormes, ils sont près de périr. Fatigués d'ajournemens, de décrets,

(1) *Je dis même*... c'est ici une exagération et une figure pour montrer combien la seule idée des proscriptions de Sylla faisoit frémir.

de saisies ; plusieurs, à ce qu'on rapporte, quittent la ville et les campagnes pour se rendre au camp de Manlius. Ce sont moins à mes yeux de braves soldats que de lâches banqueroutiers. S'ils ne peuvent se soutenir, qu'ils tombent ; mais que la ville, que leurs plus proches voisins, ne s'apperçoivent pas de leur chûte. Eh ! pourquoi, s'ils ne peuvent vivre avec honneur, voudroient-ils mourir avec honte ? Ou pourquoi s'imaginent-ils qu'il leur sera moins pénible de périr en compagnie que de périr seuls ?

La cinquième classe n'offre que des parricides, des assassins, des scélérats de profession. Laissons-les avec Catilina, on ne peut les en séparer : qu'ils périssent dans leur brigandage ; aussi-bien la prison seroit trop étroite pour les contenir.

Ceux que je place les derniers de tous, qui le sont en effet par leur petit nombre et par leur genre de vie, c'est la vraie troupe de Catilina, ses gens d'élite, les favoris de son cœur. C'est cette espèce d'hommes que l'on voit la chevelure si élégamment peignée, sans barbe, ou la barbe si proprement arrangée, portant de longues tuniques à manches, se parant des étoffes les plus fines et les plus légères (1), ne montrant de vigueur et d'activité que dans les festins qu'ils prolongent jusqu'au jour. Auprès d'eux se sont réunis tous les joueurs de profession, tous les adultères, tous les impudiques, tous les infâmes. Ces jeunes efféminés, si tendres et si délicats, n'ont pas appris seulement à sentir ou à inspirer l'amour, à chanter et à danser, ils savent manier le poignard et préparer le poison. S'ils ne partent et s'ils ne périssent, sachez que, quand Catilina périroit, ils seront pour la République une pépinière de Catilina. Les malheureux, que prétendent-ils? Emmeneront-ils leurs courtisannes à l'armée? Pourront-ils aussi s'en passer, sur-tout pendant de si longues nuits? Résisteront-ils aux frimats et aux neiges de l'Apennin? Ils se croient, sans doute, en état de soutenir les rigueurs du

(1) Mot à mot, *vêtus de voiles, et non de toges.* On sait que l'habillement des Romains en paix étoit la toge. Cicéron représente ici les hommes dont il parle, comme des efféminés, qui ne rougissent pas de prendre des vêtemens qui ne conviendroient qu'à des femmes, et dont les toges sont d'étoffes si fines, que ce sont des voiles plutôt que des toges.

froid, parce qu'ils sont accoutumés à danser nuds dans les festins. O guerre bien formidable que celle où des infâmes formeront la cohorte prétorienne (1) de Catilina!

Préparez maintenant, Romains, contre cette brillante armée de nos ennemis, vos forces et vos légions. A ce gladiateur foible et languissant, opposez vos consuls et vos généraux : pour faire tête à toute cette troupe de malheureux bannis, noyés de dettes, mettez en campagne la fleur et la force de toute l'Italie : vous avez pour répondre à ces hauteurs et à ces bois où se retranche Catilina, vos colonies et vos villes municipales. Quant à tous les autres avantages qui vous rendent puissans et redoutables, je ne dois pas les comparer avec la pauvreté et l'indigence de ce brigand.

Mais sans compter toutes les ressources que nous avons et qui lui manquent, le sénat, les chevaliers, le Peuple, la ville, le trésor, nos revenus, toute l'Italie, toutes les provinces, les nations étrangères ; sans compter,

(1) On appelloit *cohorte prétorienne* celle que le général avoit toujours auprès de lui.

dis-je, toutes ces ressources, comparons ensemble les deux partis qui combattent l'un contre l'autre, et il sera facile de voir quelle est la foiblesse de nos ennemis. Dans cette guerre on voit combattre d'un côté la pudeur, de l'autre l'insolence ; chez nos ennemis le plus odieux libertinage ; ici la droiture, là la mauvaise foi ; ici la piété, là le crime ; ici la fermeté, là l'emportement ; ici l'honneur, là l'infamie ; ici la sagesse, là la passion. Enfin l'équité, la tempérance, le courage, la prudence, toutes les vertus combattent contre l'injustice, la débauche, la lâcheté, la témérité, contre tous les vices. En un mot, nous voyons la disette se mesurer avec l'abondance, la fureur avec la modération, la folie avec la raison, le plus extrême désespoir avec l'espérance la mieux fondée. Dans un tel combat, quand l'ardeur manqueroit aux hommes, les dieux même forceroient tous les obstacles pour faire triompher des vertus si éclatantes d'une foule de vices si affreux.

Ainsi, Romains, je vous l'ai déja dit, défendez et gardez vos maisons. J'ai pris toutes les mesures pour mettre la ville en sûreté sans vous causer d'alarmes, sans exciter de tumulte.

Vos colonies et vos villes municipales, que j'ai informées de l'évasion nocturne de Catilina, sauront se garantir de ses insultes. Quoique les gladiateurs, sur lesquels il comptoit davantage, dont il espéroit grossir et fortifier son armée, soient mieux intentionnés que beaucoup de patriciens, je les contiendrai cependant par l'autorité de ma place. Metellus que j'ai eu la précaution de faire partir pour la Gaule et pour le Picenum, accablera notre ennemi, ou, observant ses démarches, rompra tous ses desseins. A l'égard des autres objets qu'il faut régler tranquillement ou exécuter avec promptitude, nous en ferons notre rapport au sénat, dont l'assemblée se forme.

Quant aux conjurés que Catilina a laissés pour travailler à la ruine de Rome et à votre perte, ce sont des ennemis, il est vrai; mais comme ils sont nés citoyens, je les avertis encore, je leur déclare que mon indulgence, qui a pu paroître excessive à quelques-uns, vouloit attendre que tout fût dévoilé. Désormais je ne puis plus oublier que c'est ici ma patrie, que je suis le consul de ces citoyens, que je dois vivre avec eux ou mourir pour eux. Il n'y a point de gardes aux portes, ni d'espions sur les routes ; sortira librement qui voudra. Mais quiconque restera dans Rome, s'il y remue, si je découvre qu'il y exécute, qu'il y forme, qu'il y conçoive même quelque entreprise contre la patrie, il sentira qu'il est ici des consuls vigilans, d'excellens magistrats, un sénat courageux, des armes, et une prison établie par nos ancêtres pour la punition des crimes atroces et notoires. Tout se passera de telle sorte, Romains, que les plus grands troubles seront appaisés sans bruit, les plus grands périls éloignés sans tumulte, que la guerre intestine et domestique, la plus cruelle et la plus importante qui fut jamais, sera terminée par moi seul, par un général qui n'aura point quitté la toge. Je me conduirai de manière qu'aucun méchant, s'il est possible, ne subisse dans cette ville la peine de ses forfaits. Mais si la hardiesse d'un attentat manifeste, si le péril prochain de la patrie, me forcent à démentir ma douceur, je pourvoirai, ce qu'on n'auroit pas lieu d'attendre dans une guerre si dangereuse, à ce qu'il ne périsse aucun homme de bien, et que le supplice d'un petit nombre de scélérats nous mette tous en sûreté.

Dans les promesses que je vous fais, Romains, je me fonde, non sur ma prudence, non sur des précautions humaines, mais sur les témoignages (1) des dieux immortels, les plus sensibles et les plus multipliés. Ce sont eux qui m'ont inspiré ces sentimens, qui m'ont fait concevoir ces espérances. Ce n'est pas de loin, comme autrefois, qu'ils nous secourent contre un ennemi étranger; mais ici présens par une protection efficace, ils défendent leurs temples et vos maisons contre un ennemi domestique. Vous devez, Romains, leur adresser vos prières, vos hommages et vos vœux, leur demander qu'après avoir élevé Rome à un si haut degré de gloire et de splendeur, après l'avoir fait triompher de tous ses ennemis sur terre et sur mer, ils ne permettent pas qu'elle succombe sous les attentats horribles de ses propres citoyens.

(1) Ces témoignages étoient plusieurs prodiges et prédictions: l'orateur en rapportera quelques-uns dans la Catilinaire suivante.

TROISIÈME CATILINAIRE.

Sommaire.

Lentulus, que Catilina avoit chargé de consommer ses projets funestes, songeoit à grossir le parti, et à gagner tous ceux dont il espéroit pouvoir tirer du service. Les Allobroges, peuple gaulois qui habitoit entre l'Isère et le Rhône, avoient alors à Rome des députés, Ils y étoient venus pour se plaindre de l'avidité des magistrats romains, et n'obtenant aucune justice du sénat, ils étoient fort mécontens de leur situation. Dans de telles circonstances, Lentulus se persuada qu'il les gagneroit aisément : il chargea donc de les sonder un certain Umbrenus qui avoit des habitudes dans la Gàule, où il avoit long-tems fait le commerce. Umbrenus réussit à persuader les Allobroges, qui promirent d'entrer dans le complot. Mais lorsqu'ils furent seuls, ayant balancé long-tems entre les avantages qu'ils pouvoient espérer, s'ils partageoient une telle conspiration, et ceux qu'ils pouvoient se promettre, s'ils la découvroient, ils se déterminèrent à aller trouver Quintus Fabius Sanga, protecteur de leur nation, et à l'instruire de tout ce qui leur avoit été dit par Umbrenus. Sanga en avertit Cicéron, qui donna ordre aux Allobroges de feindre beaucoup de zèle pour le succès de la conjuration, de voir les conjurés, de leur faire de grandes promesses, et de tâcher de tirer d'eux des preuves qui pussent servir à les convaincre.

La manière dont les députés des Allobroges furent arrêtés au sortir de Rome, selon qu'on en étoit convenu, et conduits au sénat où ils firent leur dénonciation; celle dont les principaux conjurés, que Cicéron avoit fait venir, furent convaincus par les dénonciations des Allobroges et par l'inspection de leurs propres lettres, qu'ils ne purent s'empêcher de reconnoître; le décret par lequel le sénat rend grace aux consuls, et aux préteurs qui les avoient secondés avec zèle, par lequel il ordonne que Lentulus, Céthégus, et sept autres, seront mis et enfermés dans des maisons particulières où l'on répondra d'eux, par lequel enfin il décerne des prières publiques pour reconnoître le bienfait signalé des dieux immortels : tout cela est raconté avec beaucoup d'intérêt et de détail dans cette troi-

sième Catilinaire adressée au Peuple. Cicéron y félicite les Romains et se félicite soi-même de ce que Rome et ses habitans sont échappés aux flammes et au massacre. Après quoi suit le récit dont nous venons de parler. L'orateur montre combien il étoit essentiel de faire sortir de Rome Catilina, avec quelle facilité et quelle évidence on a découvert les projets horribles des hommes qu'il y avoit laissés. Il attribue ces découvertes importantes aux dieux, qui ont manifesté leur protection par des prodiges si frappans et des témoignages si visibles, qu'il est impossible de s'y refuser. Il exhorte les Romains à leur rendre des actions de grace solemnelles, comme venant d'être sauvés d'une ruine totale. Il leur demande pour lui-même qu'ils ne perdent jamais le souvenir de cette mémorable journée, qu'ils fassent ensorte que ses services ne lui soient pas funestes, et qu'ayant à vivre désormais avec ses ennemis, il ne soit pas victime de leurs fureurs. Il s'engage à ne rien faire à l'avenir qui deshonore le service qu'il vient de leur rendre, service auquel il va mettre la dernière main, en leur procurant une paix inaltérable.

TROISIÈME CATILINAIRE.

Vous avez échappé, Romains, aux périls qui vous menaçoient tous; vos biens, vos personnes, vos femmes, vos enfans, n'ont pas été la proie d'un ennemi furieux; la République subsiste encore; le siège d'un illustre empire, cette ville si superbe, si florissante, dérobée au fer et à la flamme, arrachée presque à la rigueur du destin, vous est conservée, vous est rendue aujourd'hui; c'est sur-tout à la bienveillance des dieux immortels que vous devez cette faveur insigne; vous la devez aussi à la vigilance de votre consul, à toutes les mesures qu'il a prises, à tous les dangers qu'il a courus. Et si les jours marqués par notre conservation ne sont pour nous ni moins précieux, ni moins mémorables que le jour même de notre naissance, parce que, sans doute, l'avantage d'être sauvé du trépas n'est point équivoque, au lieu qu'on ignore si c'en est un d'entrer dans la vie; et parce que d'ailleurs on ne sent point le bonheur de naître, tandis que celui d'être conservé est goûté avec délices: assurément, si l'admiration et l'amour vous ont fait placer le fondateur de Rome au rang des immortels, celui-là doit s'attendre à être honoré de vous et de votre postérité, qui a sauvé cette même ville fondée par Romulus, lorsqu'elle avoit reçu de si grands accroissemens. Nous avons éteint des feux déja allumés et près d'embraser vos murs, vos temples, vos maisons; nous avons détourné les épées déja tirées contre la République, et repoussé le glaive prêt à vous égorger tous. C'est par mes soins que ces affreux complots ont été découverts, c'est moi qui les ai éclairés, qui les ai dévoilés dans le sénat; je vais vous les exposer en peu de mots, Romains : je satisferai l'empressement que vous marquez d'en être instruits, en même tems que je vous apprendrai combien il importoit de les découvrir, avec quelle évidence et par quels moyens ils ont été rendus manifestes.

Et d'abord, lorsque Catilina, il y a peu de jours, fut sorti brusquement de Rome, où il avoit laissé les complices de son crime, les chefs les plus ardens d'une guerre sacrilège, je ne cessai d'avoir l'œil ouvert sur eux, et de chercher les moyens de vous faire échapper à toutes les secrettes embûches qu'on vous dressoit. En chassant Catilina de Rome ; car je ne crains plus de prononcer le mot, j'appréhende plutôt qu'on ne me reproche de l'avoir laissé partir, de ne lui avoir pas donné la mort ; en voulant, dis-je, que Catilina fût jetté hors de ces murs, je m'imaginois que les autres conjurés sortiroient avec lui, ou que, s'il en restoit quelques-uns, privés de leur chef, ils demeureroient sans force et sans courage. Mais quand je m'apperçus que les plus furieux et les plus pervers étoient restés dans Rome, au milieu de nous, je ne m'étudiai nuit et jour qu'à suivre toutes leurs démarches, qu'à épier toutes leurs manœuvres : et puisque l'atrocité de l'attentat vous rendoit incrédules, fermoit vos oreilles à mes discours, je voulois m'assurer du fait par des preuves assez évidentes pour déterminer vos volontés à vous occuper enfin de votre conservation, lorsque vous verriez le crime de vos propres yeux. Ainsi, dès que j'eus découvert que Lentulus avoit sollicité les députés des Allobroges pour les engager à soulever contre nous la Gaule transalpine (1), qu'on les renvoyoit vers

(1) La Gaule étoit divisée en transalpine et cisal-

leurs compatriotes, qu'ils devoient joindre Catilina dans leur route, lui remettre des dépêches et des instructions, qu'on leur avoit donné pour les accompagner Vulturcius, à qui on avoit aussi remis des dépêches pour Catilina, je crus voir naître l'occasion, que je n'espérois pas, et que je n'avois cessé de demander au ciel, non-seulement de découvrir pour moi-même toute la conjuration, mais encore d'en dévoiler le mystère aux yeux du sénat et du Peuple.

Je fis donc venir hier chez moi les préteurs Flaccus et Pontinus, personnages aussi courageux que zélés pour la République; je les instruisis du dessein des conjurés, et leur fis connoître ce que j'attendois de leur zèle. Ces ames nobles qui ne trouvoient rien de bas quand il étoit question de servir la patrie, se chargèrent avec plaisir et sans délai de cette entreprise. A la fin du jour, ils se rendent

pine: la première étoit au-delà des Alpes, par rapport aux Romains; l'autre en deçà des Alpes et dans l'Italie même. Il y a dans le latin *tumultûs gallici*. Les Romains appelloient *tumulte* une guerre faite sans avoir été déclarée, comme la leur faisoient toujours les Gaulois.

secrètement au pont Milvius (1), et là ils se postent dans les maisons voisines, après s'être partagés en deux corps, et avoir laissé entre eux le pont et le Tibre. Ils s'étoient fait suivre, sans qu'on pénétrât leur motif, d'un certain nombre de braves citoyens; et moi je leur avois envoyé une troupe choisie de jeunes gens bien armés, de la ville de Réate (2), dont je me sers habituellement pour la défense de la République.

Vers la fin de la nuit, les députés des Allobroges commençoient à entrer sur le pont, suivis d'une troupe nombreuse, et accompagnés de Vulturcius : on se jette sur eux; on tire l'épée de part et d'autre. Les préteurs seuls avoient le secret; dès qu'ils se montrent, le combat cesse : toutes les lettres leur sont remises sans être décachetées. On se saisit des députés

(1) Le pont Milvius étoit sur le Tibre, à six stades de Rome, dans la route qui conduisoit en Etrurie.

(2) Réate, ville d'Italie. Le latin porte *de la préfecture de Réate*. On appelloit *préfectures* les villes où l'on envoyoit tous les ans des *préfets* pour rendre la justice. — *Vers la fin de la nuit.* Latin, *la troisième veille étant presque passée*, c'est-à-dire, trois heures environ avant le jour, la nuit étant partagée en quatre veilles de trois heures chacune.

et de leur suite, on me les amène dès la pointe du jour. J'envoyai aussi-tôt chercher, avant qu'il pût avoir aucune défiance, Gabinius l'artisan détestable de toute cette manœuvre. Je fais aussi venir Statilius, et après lui Céthégus. Lentulus arriva le dernier, sans doute parce qu'il venoit, contre sa coutume, de passer la nuit à écrire des dépêches.

Les personnages les plus distingués de cette ville, qui, sur cette nouvelle, étoient accourus chez moi en grand nombre dès le matin, étoient d'avis que j'ouvrisse les lettres avant de faire mon rapport au sénat, dans la crainte que, si elles ne contenoient rien d'important, je ne parusse avoir donné l'alarme mal-à-propos : mais je leur déclarai que je ne pouvois me dispenser de donner au conseil de l'état la première connoissance d'une affaire qui intéressoit le salut de l'état. En effet, Romains, quand les rapports ne se seroient pas trouvés véritables, je ne pensois pas devoir craindre qu'on pût me reprocher trop d'attention et d'exactitude dans une conjoncture aussi critique.

Je convoquai aussi-tôt, comme vous l'avez vu, une assemblée du sénat : et cependant, d'après l'avis des Allobroges, j'envoyai sur le champ le préteur Sulpicius, homme de tête, pour enlever de la maison de Céthégus tout ce qui s'y trouveroit d'armes. Il en tira en effet un grand nombre de poignards et d'épées. Je fis entrer Vulturcius sans les Gaulois ; et lui promettant toute sûreté au nom du sénat, je l'engageai à déclarer hardiment ce qu'il savoit. Il avoit un peu de peine à se rassurer; mais enfin il avoua que Lentulus l'avoit chargé de dépêches et d'instructions pour Catilina, par lesquelles on pressoit celui-ci d'armer les esclaves, et d'approcher au plutôt des portes de Rome avec ses troupes, afin qu'au moment où, d'après le plan convenu, on auroit mis le feu à tous les quartiers et fait un massacre général, il pût arrêter ceux qui prendroient la fuite, et se joindre aux chefs du parti resté dans Rome.

Les Gaulois, que je fais entrer ensuite, déclarent que Lentulus, Céthégus et Statilius, avoient prêté serment entre leurs mains, et leur avoient remis des lettres pour leur nation ; qu'eux et Cassius les avoient chargés de faire passer au plutôt de la cavalerie en Italie, où l'infanterie ne leur manqueroit pas : Lentulus, ajoutoient-ils, les avoit assurés que, suivant les livres de la Sibylle (1) et les réponses des aruspices, il étoit le troisième Cornelius destiné à posséder la souveraineté dans Rome; que Cinna et Sylla l'avoient obtenue avant lui : il leur avoit dit encore que l'année présente seroit nécessairement fatale à cette ville et à cet empire, parce que c'étoit la dixième depuis l'absolution des vestales (2), et la vingtième depuis l'embrasement du Capitole. Ils ajoutoient qu'il s'étoit élevé une contestation entre les conjurés sur le jour qu'on fixeroit pour le massacre des citoyens et l'incendie de Rome, Lentulus et les autres voulant différer

(1) Les livres de la Sibylle contenoient, dit-les destinées de Rome; ils étoient gardés avec soin et consultés dans les grands périls de la République. — Cinna et Sylla étoient tous deux Cornelius, c'est-à-dire, de la famille Cornelia.

(2) *L'absolution des vestales.* Quelque tems avant la conjuration, une vestale nommée Fabia fut accusée de s'être laissée séduire par Catilina; elle trouva moyen de se faire absoudre. — *L'embrasement du Capitole.* A l'époque dont parle Cicéron, le feu avoit pris au Capitole, qui fut entièrement consumé, et rétabli ensuite par Catulus.

jusqu'aux Saturnales (1), et Céthégus trouvant ce terme trop éloigné.

En un mot, Romains, nous produisîmes les lettres qu'on nous attestoit avoir été écrites par chacun d'eux. Et d'abord nous montrons à Céthégus son cachet. Il l'a reconnu. Nous décachetons, nous lisons. Il avoit écrit en substance, de sa propre main, qu'il tiendroit au sénat et au peuple des Allobroges les promesses qu'il avoit faites à leurs députés, mais qu'il les prioit aussi de remplir les engagemens que leurs députés avoient pris avec lui. Alors Céthégus qui, pour se justifier des épées et des poignards qu'on avoit trouvés chez lui, venoit de répondre qu'il avoit toujours été curieux de bonnes armes ; abattu et consterné à la lecture de sa lettre, convaincu par ses propres remords, perdit tout-à-coup la parole. On fait entrer Statilius qui a reconnu son cachet et sa signature. On lit sa lettre qui étoit conçue à-peu-près dans les mêmes termes ; il a tout avoué.

Je montrai ensuite à Lentulus sa lettre, et

(1) Les Saturnales, ou fêtes de Saturne, tomboient le 14 février.

je lui demandai si c'étoit-là son cachet. Oui, dit-il. En effet, lui dis-je, ce cachet est trop connu. C'est le portrait de votre aïeul (1), personnage illustre, qui portoit sa patrie et ses concitoyens dans son cœur; son image, quoique muette, eût dû vous détourner d'un si horrible attentat. On lit de la même manière la lettre qu'il avoit adressée au sénat et au peuple des Allobroges. Je dis à Lentulus que, s'il vouloit se justifier, il le pouvoit: il a tout nié d'abord. Un moment après, voyant que tout étoit dévoilé et prouvé, il se leve, il demande aux Allobroges et à Vulturcius ce qu'il avoit de commun avec eux, et pourquoi ils étoient venus le trouver. Ceux-ci lui répondent avec précision et fermeté, lui rappellent par l'entremise de qui et combien de fois ils étoient venus dans sa maison : ils lui demandent s'il ne leur avoit point parlé des livres de la Sibylle. A ces mots Lentulus, troublé par le sentiment de son crime, a bien montré quel est l'empire de la conscience. Il

(1) *De votre aïeul*, de Publius Lentulus, prince du sénat, qui combattit courageusement contre Caïus Gracchus, et qui dans le combat reçut une blessure considérable.

pouvoit nier tout ; il a tout avoué aussi-tôt, contre l'attente de tous ceux qui étoient présens. Telle étoit l'évidence du forfait dont il venoit d'être convaincu, que non-seulement les ressources de son esprit, et la facilité à parler qui le distingua toujours, mais encore cette audace et cette impudence en quoi il n'eut jamais d'égal, l'abandonnèrent dans cette occasion. Vulturcius nous pria d'ouvrir la lettre qu'il disoit avoir reçue de Lentulus pour Catilina. Malgré son trouble extrême, Lentulus reconnut son cachet et son écriture. Cette lettre étoit sans nom ; mais en voici le contenu : *Celui que je vous envoie vous apprendra qui je suis. Montrez-vous un homme ferme. Songez au point où vous êtes arrivé, et voyez ce qui vous reste à faire. Ne négligez le secours de personne, pas même des hommes les plus vils.* Gabinius, qu'on fit entrer le dernier, se défendit d'abord avec impudence ; mais enfin il ne put nier aucune des imputations des Gaulois.

C'étoit pour moi, Romains, des preuves certaines et non équivoques du crime des coupables, que leurs lettres, leur cachet, leur écriture, enfin l'aveu de chacun ; mais les témoignages les plus forts et les plus convaincans, c'étoient leurs visages même, leur changement de couleur, leurs yeux, leur silence. Telle étoit leur consternation ; tel étoit l'air étonné et interdit dont ils fixoient la terre, dont quelquefois ils se regardoient furtivement les uns les autres, qu'ils sembloient moins être dénoncés que se dénoncer eux-mêmes.

Toutes les dénonciations achevées, je consultai le sénat sur le parti qu'on devoit prendre pour le bien de la République. Ceux qui étoient à la tête de la compagnie, opinèrent avec beaucoup de force et de sévérité ; leur avis fut adopté tout d'une voix. Le sénatus-consulte n'est pas encore rédigé par écrit ; mais en voici la substance que ma mémoire me rappelle.

D'abord, on rend graces au consul dans les termes les plus honorables, de ce qu'il a sauvé la République d'un si grand péril par son courage, sa sagesse et ses soins. Ensuite, on accorde de justes éloges aux préteurs Flaccus et Pontinus, pour m'avoir secondé avec autant de zèle que de fidélité : on loue aussi la fermeté de mon collègue, pour n'avoir donné aucune confiance aux complices de la conjuration, ni comme particulier, ni en qualité de consul. On arrêta ensuite que Lentulus, après qu'il auroit abdiqué la préture, seroit enfermé et gardé dans une maison particulière (1), aussi-bien que Céthégus, Statilius, Gabinius, qui étoient tous présens. La même peine fut portée contre Cassius, qui s'étoit chargé de mettre le feu à la ville; contre Céparius, convaincu par des dénonciations d'avoir brigué la commission de soulever les bergers de la Pouille; contre Furius, un de ces soldats établis par Sylla à Fésules; contre Magius, qui avoit travaillé conjointement avec Furius à gagner les Allobroges; contre Umbrenus affranchi (2), que l'on savoit certainement avoir conduit le premier les Gaulois chez Gabinius. Telle a été, Romains, la douceur du sénat : il a pensé que, dans une conjuration aussi étendue, parmi une si grande foule d'ennemis domestiques, on pouvoit, par

(1) Lentulus fut remis à la garde de Publius Lentulus Spinther, édile curule; les autres conjurés furent remis à d'autres citoyens qu'il est inutile de nommer.

(2) *Affranchi*, latin, *libertinum*. Du tems de Cicéron, *libertinus* vouloit dire simplement *affranchi*; quelque tems après il signifia *fils d'affranchi*.

le supplice de neuf citoyens désespérés, ramener les autres et sauver la République. Pour reconnoître le bienfait signalé des dieux immortels, on a ordonné en mon nom des prières publiques (1); honneur qui, depuis la fondation de cette ville, n'a été décerné avant moi à aucun magistrat en tems de paix. Le décret porte en propres termes, *que j'ai garanti la ville de l'incendie, les citoyens du carnage. et l'Italie de la guerre.* Au sujet de cet honneur qu'on me décerne, considérez, Romains, que, si d'autres l'ont obtenu pour avoir illustré la République par des conquêtes, moi seul l'ai mérité pour l'avoir sauvée de sa ruine. Enfin on a rempli une formalité par laquelle nous aurions dû commencer d'abord. En effet, quoique Lentulus, déclaré coupable par des dénonciations étrangères et par ses

(1) Les prières publiques, *supplicationes*, n'étoient décernées que pour des succès remportés à la guerre par des généraux. — *A aucun magistrat en tems de paix*; mot à mot *à aucun magistrat en toge* : on sait que la toge étoit l'habillement de paix. Il faut remarquer, par rapport à l'expression latine *benè gestâ republicâ*, qui vient après, que *benè gerere rempublicam* ne se disoit que des exploits militaires.

propres aveux, fût déchu, au jugement du sénat, des privilèges de préteur et même des droits de citoyen, il a abdiqué de lui-même la préture, et dès-lors nous pouvons le punir sans scrupule (1) comme particulier; scrupule toutefois qui n'arrêta point le célèbre Marius, lorsqu'il mit à mort le préteur Servilius, contre qui le sénat n'avoit rien décidé nommément.

Maintenant, Romains, puisque nous avons pris, et que nous avons en notre pouvoir, les chefs détestables d'une guerre si criminelle et si funeste, soyez persuadés que Rome étant affranchie du péril, Catilina a perdu toutes ses forces, toutes ses ressources, toutes ses espérances. Pour moi, en le chassant de la ville, je prévoyois bien que je n'aurois à redouter ni l'assoupissement d'un Lentulus, ni l'embonpoint d'un Cassius, ni la fureur téméraire d'un Céthégus. De tous les conjurés, Catilina seul étoit à craindre; mais il ne

(1) On ne pouvoit, suivant les loix, faire enfermer et punir un magistrat tant qu'il étoit en charge. — *Le préteur Servilius*. Caïus Servilius Glaucia, dont nous avons parlé plus haut.

l'étoit que dans l'enceinte de nos murs. Il connoissoit tout, il avoit accès par-tout; il pouvoit, il osoit aborder, sonder, solliciter: génie propre à concevoir un crime, assez éloquent pour le persuader, assez hardi pour le consommer. Certains hommes étoient choisis et marqués par lui pour l'exécution de ses desseins; mais il ne croyoit pas avoir tout fait quand il avoit donné ses ordres. Il visitoit tout, pourvoyoit à tout, veilloit à tout, il agissoit lui-même: le froid, la faim, la soif, il supportoit tout.

Cet homme si ardent, si déterminé, si audacieux, si rusé, si vigilant et si attentif pour faire réussir ses horribles projets, si je ne l'eusse forcé de quitter Rome où il cachoit sa marche, de se retirer dans un camp, de lever l'étendard du brigandage; je dirai, Romains, ce que je pense, je n'aurois pas facilement dissipé l'orage affreux suspendu sur vos têtes. Ce n'est pas lui qui auroit différé jusqu'aux Saturnales, qui auroit annoncé si long--tems d'avance le jour marqué pour la ruine de la République, qui auroit exposé à être surprises, des lettres écrites de sa main et scellées de son cachet, pour être les témoins et la preuve de son crime. C'est ce qui est arrivé en son absence, et de manière que jamais vol domestique ne fut ni si manifestement dévoilé, ni si évidemment prouvé, que ne l'a été cette conjuration monstrueuse tramée contre l'état. Si Catilina fût demeuré dans Rome jusqu'à ce jour, quoique j'aie prévenu et traversé tous ses desseins lorsqu'il y étoit encore, cependant, pour ne rien dire de plus, il eût fallu combattre contre lui; et tant qu'il seroit resté au milieu de nous, nous n'aurions jamais pu arracher la République à un si grand péril avec si peu de tumulte et dans un calme si paisible.

Au reste, ne croyez pas, Romains, que je m'attribue la gloire de ces événemens; tout a été réglé et exécuté par la sagesse et la puissance des dieux immortels. Nous pouvons nous en assurer en faisant attention que la sagesse humaine n'étoit guere capable de nous procurer de tels succès dans une affaire d'une semblable importance; mais sur-tout parce que les dieux nous ont secourus dans ces tems critiques d'une manière si frappante et si marquée, que nous n'avions presque qu'à ouvrir les yeux pour les voir agir eux-mêmes.

Car, sans parler des feux nocturnes qui ont embrasé le ciel du côté de l'occident, sans parler des coups de foudre, des tremblemens de terre, sans parler des autres prodiges arrivés pendant mon consulat, et en si grand nombre que les dieux immortels sembloient annoncer ce que nous voyons aujourd'hui; il est, Romains, quelque chose de plus extraordinaire que je ne dois pas omettre. Vous vous rappellez sans doute que, sous le consulat de Cotta et de Torquatus, le feu du ciel tomba sur plusieurs tours dans le Capitole, que les images des dieux furent déplacées, les statues des anciens héros renversées, les tables de nos loix fondues: le feu n'épargna pas même la statue dorée de Romulus, fondateur de cette ville. Vous vous ressouvenez qu'il étoit représenté dans le Capitole sous la figure d'un enfant, la bouche ouverte pour saisir les mamelles d'une louve.

Dans ce tems, les aruspices mandés de toute l'Etrurie (1), répondirent qu'on étoit

(1) Les Etrusques ou Toscans étoient fort adonnés à la divination, et passoient pour les plus habiles aruspices.

menacé de meurtres, d'incendies, du renversement des loix, de guerre civile et domestique, de la ruine de Rome et de la chûte de l'empire, à moins que les dieux immortels, appaisés par tous les moyens, ne voulussent en quelque sorte changer l'ordre des destinées. Sur leurs réponses, on célébra des jeux pendant dix jours, et l'on n'omit rien de ce qui pouvoit appaiser les dieux. Les aruspices ordonnèrent encore de faire une statue de Jupiter plus grande, de la placer plus haut, et de la tourner d'un côté opposé à l'autre, du côté de l'orient. Leur motif étoit que, si cette statue, celle que vous voyez, regardoit le soleil levant, la place publique et la salle du sénat, alors les desseins secrets formés contre l'état, seroient découverts et viendroient à la connoissance du sénat et du Peuple. L'ouvrage fut donc ordonné par les consuls; mais on y a travaillé si lentement, que la statue n'a pu être placée, ni par nos prédécesseurs, ni par nous avant ce jour.

Y auroit-il ici, Romains, un homme assez téméraire, assez ennemi de la vérité, assez dépourvu de sens, pour prétendre que tout cet univers, et principalement cette ville, ne sont

sont pas gouvernés par la volonté toute-puissante des dieux immortels? Lorsque les aruspices nous ont répondu que nous étions menacés de meurtres, d'incendies, du renversement de la République, et cela de la part de nos propres citoyens, leurs prédictions, vu l'énormité de l'attentat, paroissoient alors incroyables à plusieurs; cependant vous voyez que des citoyens pervers ont conçu et même entrepris d'exécuter ces projets.

Mais voici une circonstance bien frappante, et qui annonce la protection visible du grand Jupiter. Aujourd'hui, ce matin, dans l'instant où par mon ordre les conjurés et leurs dénonciateurs traversoient la place publique pour aller au temple de la Concorde, dans cet instant-là même on plaçoit la statue. A peine l'a-t-on eu placée et tournée vers le sénat et vers le Peuple, que tous les desseins funestes de la conjuration ont été découverts, ont été dévoilés pour vous et pour le sénat. Et les conjurés méritent d'autant plus d'encourir votre haine, de subir les derniers supplices, qu'ils avoient pris l'horrible résolution de réduire en cendres non-seulement vos maisons, mais encore les temples et les autels des dieux. Si je m'attribuois le mérite d'avoir réprimé leurs efforts, ce seroit de ma part une présomption coupable. C'est Jupiter lui-même, oui, c'est Jupiter qui leur a opposé sa puissance, c'est lui qui a voulu sauver le Capitole, sauver ces temples, sauver Rome, vous sauver tous. Ce sont les dieux immortels qui m'ont inspiré, qui m'ont dirigé, qui m'ont amené à ces importantes découvertes. Que dirai-je de la négociation avec les Allobroges (1)? Lentulus et les autres ennemis domestiques n'auroient jamais, sans doute, confié si imprudemment des secrets et des lettres d'une telle conséquence à des inconnus, à des barbares, si les dieux n'eussent aveuglé leur audace. Mais ne regardez-vous pas comme une faveur céleste que des Gaulois, habitans d'une province encore mal intentionnée pour nous, des Gaulois membres d'une nation qui seule maintenant ait la faculté et le desir de faire la guerre au Peuple Romain, aient préféré votre salut à leurs intérêts propres, aient fermé

(1) Que dirai-je... Latin, *jam verò illa Allobrogum sollicitatio*, ces mots doivent former une phrase en sous-entendant *quomodò peracta est?*

l'oreille aux espérances flatteuses que venoient leur offrir des patriciens, sur-tout dans une conjoncture où, pour nous vaincre, il leur suffisoit, sans prendre les armes, de garder le silence?

Ainsi, Romains, puisqu'on a ordonné des prières publiques dans tous les temples (1), acquittez-vous de ce pieux devoir avec vos femmes et vos enfans. On a souvent rendu aux dieux immortels de justes et légitimes hommages; mais on peut dire que jamais les dieux n'eurent plus de droit à notre reconnoissance. Vous venez d'être arrachés à la mort la plus cruelle et la plus déplorable, et cela sans lever de troupes, sans répandre de sang, sans armes et sans combat. Vous avez vaincu vos ennemis sans quitter la toge, n'ayant pour chef et pour général qu'un consul qui ne l'a point quittée lui-même.

Rappellez-vous toutes les dissentions civiles, celles dont vous avez oui parler et celles dont

(1) *Dans tous les temples* : latin, *ad omnia pulvinaria*. Dans certaines fêtes et dans certaines circonstances, on descendoit les statues de leurs bases, et on les couchoit sur des coussins appellés *pulvinaria*.

vous avez pu être témoins. Sylla fit périr Sulpicius ; il chassa de Rome Marius, le défenseur de Rome ; il en bannit plusieurs citoyens vertueux ; il donna la mort à beaucoup d'autres. Le consul Octavius força son collègue, les armes à la main, de sortir de la ville ; toute cette place fut remplie de cadavres et regorgea du sang des citoyens. Cinna reprit le dessus avec Marius ; il en coûta la vie à plusieurs illustres personnages, l'ornement de cet empire. Sylla ensuite vengea cette cruauté ; qu'est-il besoin de dire combien cette vengeance nous enleva de citoyens, combien elle causa de maux à la République ? Lépidus eut un démêlé avec Catulus, personnage illustre et courageux. La mort de Lépidus a entraîné celle de beaucoup d'autres dont la perte nous fut bien plus sensible (1). Toutes ces divisions cependant étoient moins de nature à détruire qu'à changer le gouvernement : leurs auteurs ne vouloient pas anéantir la République,

(1) Ceux qui voudroient avoir de plus grands détails sur les guerres civiles et troubles domestiques dont il est parlé dans tout cet endroit, peuvent consulter l'histoire romaine de ces tems-là.

mais être les premiers dans une République toujours subsistante ; ils ne vouloient pas embraser la ville, mais y dominer. En un mot, toutes ces dissentions, dont aucune n'avoit pour but la ruine de l'état, trop violentes pour être terminées par des voies de conciliation, n'ont pu l'être que par le massacre des citoyens. Mais dans cette guerre intestine, la plus redoutable et la plus cruelle qui fut jamais, guerre telle qu'aucun barbare ne la fit jamais à sa nation, dans une guerre où Lentulus, Catilina, Cassius et Céthégus, s'étoient fait une loi de traiter en ennemis ceux qui pourroient rester dans Rome, si Rome subsistoit ; j'ai réussi, Romains, à vous sauver tous : et lorsque vos ennemis se flattoient que de tous les citoyens il ne resteroit que ce qui auroit pu se dérober au massacre, et de toute cette ville que ce qui auroit pu échapper aux flammes, j'ai sauvé la ville entière et tous les citoyens.

Pour de si grands services, je ne vous demande, Romains, d'autre récompense, d'autre distinction, d'autre monument, qu'un éternel souvenir de ce jour mémorable. C'est dans vos cœurs que je veux établir, que je veux placer tous mes triomphes, tous mes honneurs, toutes les marques et tous les titres de ma gloire. Rien de muet, rien d'insensible, rien de ce qui peut n'être pas accordé au mérite, n'a droit de me plaire. Mes actions, Romains, trouveront leur vie dans votre souvenir, leur accroissement dans vos discours, et dans vos annales une force qui ne cessera d'augmenter en vieillissant. Cette journée prolongée sans fin (1), cette journée, je m'en flatte, sera éternelle, et assurera pour toujours le salut de Rome et la mémoire de mon consulat. Tous les siècles publieront que, dans le même tems, il exista dans la République deux citoyens (2), dont l'un recula les bornes de cet empire jusqu'aux lieux où le soleil cesse d'éclairer le monde, et l'autre sauva le siège et la capitale de ce même empire.

Mais puisque les services que j'ai rendus à l'état ne sont pas de même nature que les exploits des généraux qui ont terminé des

(1) *Prolongée sans fin*, par le souvenir des citoyens, qui l'auront toujours présente à l'esprit.

(2) *Deux citoyens*, Pompée et Cicéron.

guerres étrangères ; puisque moi je suis obligé de vivre avec des ennemis domestiqués vaincus et soumis, au lieu que les ennemis des généraux, après la victoire, sont tués ou réduits ; si les exploits des guerriers leur sont utiles, c'est à vous, Romains, de faire ensorte que mes services ne me soient pas funestes. J'ai pourvu à ce que les desseins criminels de l'audace ne pussent vous nuire, c'est à vous de pourvoir à ce qu'ils ne me nuisent pas à moi-même. Cependant je n'ai plus rien à craindre de leur part. Les gens de bien sont d'un puissant secours, et ce secours ne me manquera jamais. La République vient de reprendre une autorité qui saura toute seule soutenir ma cause. Tel est le pouvoir de la conscience, que ceux qui, malgré ses remords, voudront m'attaquer, se dénonceront eux-mêmes. Et d'ailleurs, j'ai assez de courage non-seulement pour ne céder à aucun audacieux, mais encore pour provoquer sans cesse tous les méchans. Au reste, s'il arrive que les ennemis domestiques dont je vous ai garantis, réunissent tous leurs efforts contre moi seul, ce sera à vous de régler quel doit être désormais le sort des hommes qui, pour votre salut, auront bravé les inimitiés et tous les périls. Quant à ce qui me regarde, que pourroit-il manquer à mon bonheur ? est-il, soit dans les honneurs que vous pouvez accorder, soit dans la gloire qui naît de la vertu, un terme plus élevé où je puisse maintenant prétendre ? Je travaillerai du moins à soutenir, dans une condition privée, les actions de mon consulat, à leur donner un nouveau lustre ; ensorte que si mon zèle pour la conservation de la République, m'a attiré quelques inimitiés, ces inimitiés ne fassent tort qu'à mes ennemis et tournent au profit de ma gloire. En un mot, fidèle à ne démentir jamais ce que j'ai fait pour la République, je tâcherai que ma conduite paroisse l'ouvrage de la vertu, et non l'effet du hasard.

Pour vous, Romains, puisqu'il est déjà nuit, allez rendre vos hommages au grand Jupiter, protecteur de cette ville et de vos personnes : retirez-vous ensuite dans vos maisons ; et quoique le péril soit écarté, gardez-les cependant avec le même soin que la nuit précédente. Je prendrai des mesures pour vous délivrer bientôt de cet embarras, et vous faire jouir d'une paix inaltérable.

QUATRIÈME CATILINAIRE.

Sommaire.

ON étoit toujours saisi des principaux conjurés qu'on tenoit enfermés dans des maisons particulières. Le sénat s'étoit rassemblé pour décerner des récompenses à Vulturcius et aux députés des Allobroges. Il se faisoit des mouvemens parmi les affranchis et les cliens de Lentulus et de Céthégus pour les enlever de force des maisons où ils étoient gardés. La chose ne souffroit point de délai. Cicéron assemble donc de nouveau le sénat et met l'affaire en délibération. Décius Silanus, consul désigné, et qui en cette qualité étoit le premier opinant, prit le parti de la sévérité, et fut d'avis que l'on mît à mort sur le champ les prisonniers sans autre forme de procès. César, préteur désigné, donna un avis plus doux; il vouloit simplement qu'ils fussent condamnés à une prison perpétuelle. Salluste lui met dans la bouche un discours plein d'adresse, et qui offre les raisons au moins les plus spécieuses.

Le sénat balançoit entre ces deux avis, il étoit inquiet pour le consul dont il sentoit tout l'embarras; Cicéron prend la parole, il remercie les sénateurs de l'inquiétude qu'ils témoignent en sa faveur, et après avoir manifesté les sentimens les plus tendres à la fois, les plus nobles et les plus généreux, il expose les deux principaux avis. Il parle de celui de César avec de grands ménagemens et pour la personne et pour l'opinion : mais il incline visiblement pour l'avis de Silanus, qu'il justifie du reproche de cruauté, en rappellant les projets affreux des hommes sur lesquels on délibéroit, et en offrant un tableau frappant des horreurs qui en auroient été la suite. Pour déterminer les sénateurs à prendre le parti de la sévérité sans rien craindre, il leur promet pour sa part du zèle et de la vigilance, il leur montre le concert unanime du sénat, du Peuple, des chevaliers, de la dernière classe des citoyens, des affranchis, des esclaves, en un mot des hommes de tous les âges, de tous les ordres, de toutes les conditions. Avant que de prendre les avis, il dit un mot de lui-même; il se flatte d'être toujours à l'avenir puissamment soutenu par tous les gens de bien : mais quand même les méchans devroient l'empor-

ter, il se consolera par l'idée de la gloire immortelle, qui sera le prix du service important qu'il aura rendu à la République. Tout ce qu'il demande aux sénateurs pour tous les sacrifices qu'il a faits, pour tous les dangers qu'il a courus, c'est qu'ils ne perdent jamais le souvenir de cette journée et de tout son consulat. Il les exhorte à opiner avec fermeté contre les citoyens les plus criminels.

Cette dernière Catilinaire est une des plus belles. Il y règne un ton de dignité, de force, de sagesse, de générosité, un pathétique noble et majestueux. Le sénat prit le parti de la sévérité comme Cicéron le désiroit. Les conjurés furent tirés des maisons où ils étoient tenus sous bonne garde, et conduits dans les cachots publics où ils furent mis à mort. Caton en haranguant le Peuple, Catulus en opinant dans le sénat nommèrent Cicéron père de la patrie : *titre que lui confirma la voix publique. Il fut affecté depuis par les empereurs ; mais Rome libre ne l'a donné qu'au seul Cicéron.*

QUATRIÈME CATILINAIRE.

JE vois, PÈRES CONSCRIPTS, que toute votre attention, que tous vos regards sont arrêtés sur moi : je vois que vous n'êtes pas seulement occupés du péril qui vous menace vous et la République, mais que, quand l'état seroit en sûreté, vous craindriez pour ma personne. Il m'est bien doux, au milieu de mes peines et de mes maux, d'être l'objet de vos alarmes ; mais, je vous en conjure au nom des dieux, cessez de vous inquiéter pour moi, et oubliant ce qui me regarde, ne songez qu'à vous et à vos enfans. Si le sort me condamne à payer l'honneur du consulat par tous les genres d'amertumes, de disgraces et de souffrances, je les supporterai avec courage et même avec joie, pourvu que le salut et la gloire du Peuple Romain soient le fruit de mes travaux et de mes peines.

Je suis ce consul privilégié, pour qui ni la place publique où la justice rend tous ses oracles, ni le champ de Mars consacré par les auspices consulaires, ni la salle du sénat, ce refuge auguste de tous les peuples, ni la maison, qui doit être pour chaque homme un asyle assuré, ni le lit destiné au repos, ni la chaire curule, ce siège honorable, pour qui rien, en un mot, n'a pu être un abri contre les embûches et les périls de la mort. J'ai dissimulé, enduré, cédé beaucoup de choses (1): dans vos alarmes, j'ai remédié à beaucoup de maux aux dépens de mon bonheur. Si telle est aujourd'hui la volonté des dieux immortels, que la fin de mon consulat soit marquée par la gloire de vous avoir dérobés à d'horribles massacres vous et le Peuple Romain ; d'avoir garanti des plus cruels outrages vos femmes, vos enfans, les vestales ; d'avoir arraché aux ravages de l'incendie les temples et les autels des dieux, cette patrie commune si florissante ; d'avoir soustrait toute l'Italie aux horreurs de la guerre et de la désolation ; quelque sort que les dieux me réservent pour moi seul, j'y souscris : et si Lentulus a cru, sur la foi des devins, que les destins attachoient la ruine de la République à son nom (2), pourquoi ne me réjouirois-je

(1) *Cédé beaucoup de choses*. L'orateur fait allusion à la province de Macédoine, qu'il avoit cédée à son collègue pour l'attacher inviolablement au parti de la République.

(2) *Que les destins attachoient*.... Voyez plus haut.

pas que ces mêmes destins aient attaché à mon consulat le salut de cette même République?

Ne songez donc, P. C., ne songez qu'à vous et à la patrie; conservez vos personnes, vos femmes, vos enfans, vos fortunes; maintenez le salut et le nom du Peuple Romain; cessez de craindre pour moi, de vous occuper de moi. D'abord, j'ai lieu d'espérer que les dieux immortels, protecteurs de Rome, m'accorderont la juste récompense de mes actions. D'ailleurs, s'il faut subir la mort, je l'attends sans crainte, et la recevrai tranquillement; d'autant plus que la mort ne sauroit être ni déshonorante pour un homme courageux, ni prématurée pour un consulaire, ni affligeante pour le sage. Cependant je ne porte pas un cœur assez insensible pour n'être touché ni de la douleur d'un frère ici présent, qui m'est si cher et dont je suis si tendrement aimé, ni des larmes de tous ceux qui m'environnent. Puis-je n'être pas rappellé dans le sein de ma famille, par le souvenir d'une épouse consternée, d'une fille éplorée, d'un fils dans l'âge le plus tendre, un fils que la République paroît embrasser comme l'ôtage de mon consulat, par la présence de l'époux de ma fille, que je vois içi attendre l'événement de cette journée ? Tous ces objets me touchent et m'attendrissent ; mais tout ce qu'opère ma sensibilité, c'est que j'aime mieux, si je dois périr par quelque violence, qué ma famille soit sauvée avec la République, que de les voir l'une et l'autre enveloppées dans la même ruine.

Donnez donc tous vos soins, P. C., au salut de la patrie ; portez de tous côtés vos regards ; voyez quels orages sont près de fondre sur nous, si vous ne les prévenez. Ce n'est ni un Tiberius Gracchus, qui vouloit être nommé une seconde fois tribun du Peuple, ni un Caïus Gracchus, qui s'efforçoit de soulever les partisans de la loi agraire, ni un Saturninus, qui fit assassiner Memmius ; ce n'est aucun de ces hommes que nous citons aujourd'hui à votre tribunal, que nous soumettons à la rigueur de vos jugemens : nous sommes saisis de citoyens perfides qui sont restés à Rome pour l'embraser, pour vous égorger tous, pour ouvrir les portes à Catilina. Nous avons leurs lettres, leur cachet, leur signature, leur aveu. On sollicite les Allobroges, on soulève les esclaves, on appelle Catilina ; c'est-à-dire, on forme le projet de vous massacrer tous, de ne laisser personne pour pleurer snr les cendres (1) de la République, et gémir sur le désastre d'un si grand empire.

Tout cela, P. C., les témoins l'ont attesté, les coupables l'ont avoué, vous l'avez déjà jugé de plusieurs manières, soit en me remerciant, dans les termes les plus honorables, d'avoir su, par ma vigueur et par ma vigilance, découvrir les complots de scélérats déterminés, soit en forçant Lentulus de se démettre de la préture, soit en le faisant enfermer lui et les autres que vous avez reconnus ses complices, soit surtout en ordonnant des prières publiques en mon nom, honneur qui avant moi ne fut jamais décerné à aucun magistrat en tèms de paix ; enfin hier vous accordâtes de grandes récompenses aux députés des Allobroges et à Vulturcius : toute cette conduite annonce, sans qu'on en puisse douter, que vous avez déjà condamné ceux qui ont été enfermés par vos ordres. Cependant, P. C., je vais vous exposer l'affaire de nouveau, reprendre votre décision sur le

(1) *Pour pleurer sur les cendres*.... Le mot latin *deplorandum* étoit usité dans les funérailles.

crime

crime et vos opinions sur la peine. Je dirai d'abord ce que je dois dire en qualité de consul.

Il y avoit long-tems que je voyois la fureur s'emparer de certains esprits ; que je voyois se préparer dans la République des innovations pernicieuses, des mouvemens et des troubles : mais je n'ai jamais cru que des citoyens fussent capables de complots aussi horribles, aussi funestes. Présentement, quelque parti que vous preniez, de quelque côté que penchent vos décisions, il faut vous déterminer avant la nuit (1). Vous voyez toute la noirceur du crime qu'on vous dénonce ; si vous croyez qu'il y ait peu de complices, vous êtes dans l'erreur. Le mal est plus étendu qu'on ne pense ; ce n'est pas seulement dans l'Italie qu'il s'est répandu, il a passé les Alpes et s'est introduit sourdement dans plusieurs provinces. Ce n'est pas en différant, en temporisant, qu'on peut en arrêter le cours. Quelle que soit votre résolution, il faut de la promptitude.

(1) *Il faut vous déterminer avant la nuit* ; parce qu'il étoit à craindre qu'on n'enlevât les prisonniers.

Jusqu'ici deux opinions partagent le sénat. La première est de Silanus, qui opine à la mort contre des citoyens qui ont voulu détruire cette ville. La seconde est de César qui, excepté la mort, les condamne à toutes les rigueurs des autres supplices. Ils ont opiné tous deux avec une sévérité conforme à la dignité de leur rang, et à l'atrocité du crime. L'un pense que des hommes qui ont entrepris de nous égorger tous, qui ont conspiré d'anéantir cet empire, d'éteindre le nom du Peuple Romain, doivent être privés sur-le-champ de la lumière du jour. Il se rappelle que, dans la République, on a souvent employé ce genre de punition contre des citoyens pervers. L'autre regarde la mort, non comme un supplice établi par les dieux, mais comme une loi indispensable de la nature, ou comme le terme de nos souffrances et de nos misères. Aussi les sages ne l'ont jamais subie avec peine, les braves l'ont souvent affrontée avec joie. Mais la prison, et une prison perpétuelle, est, selon lui, l'unique châtiment qui puisse punir le plus horrible des attentats. Il veut donc qu'on distribue les coupables dans les villes municipales. Vouloir contraindre ces villes, seroit une injustice, à ce qu'il me semble (1); on n'obtiendroit pas aisément, si on se contentoit de prier : cependant, P. C., ordonnez ce qui vous plaira. Je me charge et me flatte de trouver quelqu'un qui se fera un honneur d'exécuter ce que vous aurez cru nécessaire pour le salut public. César veut encore que les villes municipales répondent, sous des peines griéves, des criminels qui leur seront confiés. Il condamne ceux-ci à une prison affreuse; il veut, et c'est une précaution à prendre contre de tels scélérats, qu'on ne puisse solliciter leur grace auprès du sénat ni du Peuple; il leur ôte jusqu'à l'espérance, seule consolation des misérables; il ordonne la confiscation de leurs biens; ne leur laisse que la vie : la leur arracher, ce seroit par un instant de douleur les affranchir de toutes les peines d'esprit et de corps dues à leurs forfaits. Aussi, dit-il, ce n'est que pour effrayer les méchans (2)

(1) *Vouloir contraindre....* Ce sont ici des réflexions de l'orateur jettées à la traverse. Il reprend ensuite l'exposition de l'avis de César. *César veut encore....*

(2) C'étoit-là le sentiment des Epicuriens, qu'avoit adopté César, dont on sait que les principes et la conduite n'étoient pas fort austères : les

dans cette vie, que les anciens ont enseigné qu'il y avoit des supplices établis contre eux dans les enfers ; ils voyoient, sans doute, que sans la crainte de ces supplices, la mort seule ne seroit pas un objet de terreur.

A ne consulter que mon intérêt propre, je dois désirer, P. C., que vous embrassiez l'opinion de César. Comme il a suivi dans la République le parti qui passe pour populaire, j'aurai peut-être moins à craindre les orages populaires, si vous embrassez un avis dont il sera l'auteur et le garant (1). L'autre avis pourroit me susciter plus d'embarras ; mais enfin que la considération de mes dangers personnels cède aux vues d'utilité générale. Quant à l'opinion de César ; digne de son rang et de sa naissance, elle est un gage qui nous assure pour toujours de son zèle pour la République. On a vu quelle différence il y avoit entre la mollesse d'un vain harangueur, et la fermeté

hommes qui se piquoient de plus de sévérité, et dans leur vie et dans leurs maximes, pensoient différemment.

(1) *Le garant. Cognitor* en latin étoit un mot de barreau. Il signifioit celui qui se chargeoit de défendre la cause d'un autre en son absence.

d'un homme vraiment populaire, sincérement occupé des intérêts du Peuple.

Parmi ceux qui veulent passer pour populaires, je m'apperçois qu'il en manque un ici qui s'est absenté, sans doute pour ne pas opiner à la mort contre des citoyens Romains. Cependant avant-hier, il fit enfermer des citoyens Romains, il décerna en mon nom des prières publiques, et hier encore il accorda aux dénonciateurs de grandes récompenses. Or, peut-on douter du jugement que porte sur toute cette affaire celui qui a ordonné qu'on enfermeroit les auteurs du crime, qu'on rendroit aux Dieux des actions de graces au nom du chef de l'information, qu'on récompenseroit les dénonciateurs des coupables ? Pour César, il n'ignore pas que la loi Sempronia (1) n'a été portée qu'en faveur des citoyens Romains, et qu'un ennemi de la République ne doit pas être censé citoyen : il sait enfin que l'auteur même de la loi a été puni de mort,

(1) *Loi Sempronia*, dont l'auteur étoit Caïus Sempronius Gracchus, qui fut tué dans une sédition, et non par ordre du Peuple, comme l'insinue ensuite l'orateur, sans doute pour faire un mérite au Peuple de la mort de Gracchus.

par ordre du Peuple, comme criminel d'état. Il ne croit pas non plus que des largesses outrées et de folles profusions puissent faire regarder Lentulus comme populaire, après qu'il a formé des projets si horribles et si cruels pour la destruction du Peuple Romain et la ruine de cette ville. Aussi le plus doux et le plus clément des hommes n'hésite-t-il pas à ensevelir pour toujours Lentulus dans d'affreux cachots; il pourvoit à ce que l'on ne puisse pas à l'avenir se faire un mérite d'avoir adouci sa peine, à ce qu'on ne puisse pas désormais paroître populaire au détriment du Peuple? Il ajoute même la confiscation des biens, afin que la pauvreté et l'indigence mettent le comble à tous les maux de l'esprit et du corps. Si donc vous embrassez l'avis de César, vous me donnerez en lui, pour me seconder auprès du Peuple, un homme qui lui est cher et agréable. Que si vous préférez l'opinion de Silanus, vous nous défendrez aisément, vous et moi, du reproche de cruauté; et il me sera facile de prouver que cette peine est plus douce que l'autre.

Mais enfin, peut-on être cruel, en punissant des projets aussi détestables? J'en juge d'après mes sentimens. Puissai-je, P. C., jouir avec vous de la République que j'ai sauvée, comme il est vrai que ce n'est point par dureté de caractère, (car est-il quelqu'un plus porté à la douceur que je le suis) mais par un mouvement de pitié et de tendresse que je parle ici avec tant de chaleur ! Je m'imagine voir cette ville, l'ornement de l'univers, le refuge de toutes les nations, tomber tout-à-coup ensevelie dans les flammes ; je me représente des monceaux d'infortunés citoyens étendus sans sépulture au milieu des ruines de leur patrie ; je me mets devant les yeux l'air farouche et les emportemens d'un Céthégus se baignant dans votre sang ; je me figure Lentulus régnant dans Rome, comme il s'en flattoit sur les prédictions des devins, Gabinius décoré du titre de son favori (1), Catilina entrant dans la ville à la tête d'une armée, les mères poussant des cris lamentables, les jeunes filles et les jeunes enfans prenant la fuite, les vestales indignement outragées : l'idée de toutes ces hor-

(1) *Décoré du titre de son favori*, latin, *purpuratum*. Les courtisans d'un prince étoient appellés en latin *purpurati*.

reurs me fait frémir ; et plus le tableau m'en paroît affreux et déplorable, plus je m'anime, plus je me montre sévère contre ceux qui ont entrepris de consommer ces atrocités.

En effet, je le demande, si un père de famille voyant ses enfans massacrés par un esclave, sa femme égorgée, sa maison brûlée, ne faisoit pas subir à cet esclave les plus rigoureux supplices, seroit-il doux et compatissant? ne sembleroit-il pas plutôt inhumain et cruel? Pour moi, je lui croirois un cœur de fer et de bronze, s'il n'adoucissoit sa douleur et son tourment par la douleur et le tourment du coupable. De même, si nous sévissons contre des hommes qui ont voulu nous massacrer, nous, nos femmes et nos enfans, mettre le feu à toutes nos maisons, détruire ce siège de la République, cette capitale de l'univers, livrer l'empire romain à des Allobroges, les établir sur les ruines et les cendres de Rome ; si, dis-je, nous sévissons contre de tels scélérats, nous passerons pour compatissans ; trop d'indulgence nous attireroit le reproche de cruauté envers la patrie, et envers les citoyens dont on avoit juré la perte.

Avons-nous avant-hier traité de cruel

Lucius César (1), homme ferme et dévoué à la République, pour avoir dit en face à l'époux de sa sœur, femme d'un mérite distingué, qu'on devoit lui faire subir la mort; et pour avoir ajouté que Fulvius, son aïeul, avoit subi autrefois la mort par l'ordre d'un consul, qu'on avoit fait mourir dans la prison son fils, tout jeune encore, député par son père au sénat. Cependant avoient-ils rien fait qui approche du crime de nos conjurés? avoient-ils formé le projet de détruire la République? ils avoient voulu introduire dans l'état des largesses suspectes; un certain esprit de parti les avoit emportés. Alors l'aïeul (2) de Lentulus, cet illustre personnage, poursuivit Gracchus les armes à la main, et reçut même une blessure dangereuse, en voulant empêcher qu'on portât aucune atteinte à la dignité de la République; et son petit-fils appelle des Gaulois pour sapper les fondemens de cette même

(1) Lucius César, beau-frère de Lentulus, qui avoit épousé Julia sa sœur, et petit-fils de Fulvius, que le consul Opimius avoit fait mettre à mort, dit dans le sénat, en parlant de Lentulus : *mon aïeul a péri, et celui-ci vit encore !*

(2) *Alors l'aïeul*. . . Voyez plus haut.

République, il soulève les esclaves, anime Catilina, charge Céthégus d'égorger les sénateurs, Gabinius de massacrer les autres citoyens, Cassius d'embraser la ville, Catilina de piller et de ravager toute l'Italie ! Craignez, je vous y exhorte, P. C., craignez de paroître trop sévères dans la punition d'un aussi horrible attentat ; tandis qu'il est beaucoup plus à craindre que nous paroissions cruels envers la patrie par trop d'indulgence, que violens envers de barbares ennemis par trop de sévérité !

Mais je ne puis me taire, P. C., sur ce que j'entends de toutes parts ; on sème dans le public des discours qui viennent frapper mes oreilles : on semble craindre que je ne manque de forces et de secours pour exécuter ce que vous aurez décidé aujourd'hui. J'ai pourvu à tout, P. C. ; tout est disposé, tout est réglé par mes soins et ma vigilance extrême, que surpasse encore l'ardeur du Peuple Romain à défendre les fortunes de tous, et à sauver tout l'empire. Les hommes de tous les ordres et de tous les âges sont tous accourus : la place publique, tous les temples qui l'environnent, toutes les avenues qui conduisent au lieu où nous sommes assemblés, tout est rempli de citoyens : depuis la fondation de Rome, c'est l'unique circonstance où l'on ait vu tous les habitans de cette ville animés d'un même esprit, à l'exception de ceux qui, assurés de leur perte, aimoient mieux périr avec tous que de périr seuls. C'est bien volontiers que j'excepte et que je mets à part des hommes que je dois regarder non comme de mauvais citoyens, mais comme des ennemis féroces. Quant aux autres, quel concours, grands dieux ! quelle émulation ! quel courage ! quelle unanimité pour défendre l'honneur et le salut commun ! Que dirai-je des Chevaliers Romains? s'ils vous cèdent la prééminence du rang, ils disputent avec vous de zèle pour la République. Après de longs et vifs démêlés (1), une cause commune les rapproche de vous et les réunit à votre ordre. Si cette union formée sous mon consulat est stable et permanente, je vous prédis

(1) *De longs et vifs démêlés.* Les sénateurs jugeoient d'abord seuls dans les tribunaux. Caïus Gracchus leur avoit joint un égal nombre de chevaliers, qui furent ensuite dépouillés de ce droit par Sylla. De-là entre ces deux ordres les jalousies et les démêlés.

qu'à l'avenir aucune partie de la République ne pourra être en proie à aucune dissention civile. Le même empressement pour la défense de l'état a réuni les tribuns du trésor (1), ces hommes courageux ; il a réuni pareillement tous les greffiers publics. Ceux-ci par hasard s'étoient rendus aujourd'hui en grand nombre au trésor ; et je vois qu'ils ont oublié leurs intérêts propres pour ne s'occuper que du bien général. Les simples citoyens même du dernier rang sont tous accourus en foule. Est-il, en effet, quelqu'un pour qui ces palais augustes, pour qui la vue de cette ville, la jouissance de la liberté, cette lumière qui nous éclaire, ce sol commun de la patrie, ne soient pas des objets aussi chers que doux et agréables? Il

(1) Les tribuns du trésor étoient chargés de payer aux soldats l'argent qui devoit leur revenir, comme les greffiers publics d'écrire les actes publics et d'accompagner les magistrats. Latin, *ab amore debitae*... Les greffiers s'étoient présentés au trésor pour recevoir les appointemens de leur charge, et pour qu'on leur assignât par le sort le magistrat auquel ils seroient attachés ; mais quand ils virent que les conjurés étoient conduits au sénat, ils oublièrent le soin de leurs intérêts pour venir offrir au consul leur secours.

est à propos de faire aussi connoître le zèle des affranchis (1). Redevables à la fortune et à leur sagesse des droits de cité, ils regardent comme leur patrie une ville que des citoyens d'origine, et de l'origine la plus illustre, ont regardée comme une ville ennemie. Mais pourquoi parler de ces personnes que leur propre avantage, que les intérêts de l'état, que la liberté, ce bien si doux, animent à la défense de la patrie ? Il n'est pas d'esclave, pourvu que sa condition soit supportable, qui n'ait horreur du crime de citoyens audacieux, qui ne désire que Rome subsiste, qui ne veuille contribuer à sa conservation de toutes ses forces et de tout son pouvoir.

Si donc quelqu'un de vous est effrayé parce qu'il a entendu dire qu'un certain ministre des voluptes de Lentulus parcouroit les maisons des ouvriers et marchands, qu'il se flattoit de pouvoir gagner les plus pauvres et les moins instruits : il est vrai qu'on a essayé de les séduire ; mais il ne s'en est point trouvé assez

(1) *Des affranchis*, en latin *libertinorum*. Nous avons déja remarqué que, du tems de Cicéron, *Libertinus* signifioit affranchi, et non fils d'affranchi.

dépourvus de sentiment et de fortune, pour n'être pas attachés à cette demeure étroite où ils sont renfermés avec leur famille, à cet humble réduit où ils s'occupent de leur travail journalier et de leur trafic ordinaire, enfin à leur vie paisible et tranquille. Oui, presque tous les ouvriers et marchands, disons mieux, tous sans exception, aiment la paix. Leurs occupations, leur commerce, leur gain, dépendent absolument de la paix et du grand nombre des habitans; et si leur gain diminue quand leurs maisons sont fermées, que seroit-ce si elles étoient réduites en cendres?

Ainsi donc, P. C., le secours du Peuple Romain ne vous manquera pas; prenez garde vous-mêmes de paroître manquer au Peuple Romain. Vous avez un consul échappé à mille pièges, à mille périls, et arraché à la mort, moins pour prolonger ses jours que pour assurer votre salut. Tous les ordres de l'état sont unis, pour sauver la République, de sentimens, de volonté, de courage, de zèle, de langage : de toutes parts environnée des traits et des torches qu'aiguise et qu'allume une conjuration sacrilège, la patrie vous tend des mains suppliantes; elle se recommande à vous; elle vous recommande la vie de tous les citoyens, la citadelle et le Capitole, les dieux Pénates, le feu éternel de Vesta, tous les temples et les autels des dieux, les murs et les maisons de la ville. Vous avez aujourd'hui à prononcer dans une affaire où il s'agit de votre propre vie, de celle de vos femmes et de vos enfans, des fortunes de tous les citoyens, de vos demeures et de vos foyers. Vous avez un chef qui s'oublie lui-même pour ne s'occuper que de vous, avantage qu'on ne rencontre pas toujours. Vous voyez, ce qui est sans exemple dans une guerre civile, tous les citoyens de tous les ordres, le Peuple Romain entier d'un accord unanime. Quels travaux n'a-t-il pas fallu pour fonder notre empire ! quels efforts de bravoure pour affermir notre liberté ! quelle protection des dieux pour élever notre République à ce haut point de grandeur et de gloire ! songez qu'une seule nuit a pensé tout détruire. Vous devez pourvoir en ce jour à ce que des citoyens à l'avenir ne puissent pas exécuter, ni même imaginer de pareils projets. Je ne parle pas ainsi pour vous animer, vous dont le zèle devance presque le mien ; mais c'est afin que ma voix, qui doit se faire entendre la première dans la République, paroisse avoir satisfait au devoir consulaire.

Avant que de prendre les avis, je vais dire encore un mot sur ce qui me regarde. Je conçois, P. C., que je me suis fait autant d'ennemis personnels qu'il y a de conjurés, et ils sont en grand nombre ; mais leur troupe, quoique nombreuse, est, selon moi, avilie, foible, méprisable. Cependant, dût cette troupe, ameutée par la scélératesse de quelque furieux, prévaloir un jour sur votre autorité et sur celle de la République ; je ne me repentirai jamais, P. C., d'avoir pensé et agi comme j'ai fait. La mort, dont ils pourroient me menacer, est commune à tous les hommes ; mais ce qui m'est particulier, c'est la gloire et les distinctions dont vous m'avez honoré par vos décrets. Vous avez ordonné qu'on rendroit aux dieux en mon nom de solemnelles actions de grace : d'autres ont obtenu cet honneur pour avoir illustré la République par des conquêtes; je suis le seul à qui vous l'ayez décerné pour avoir assuré sa conservation.

Qu'on célèbre le courage et la prudence du premier Scipion qui força Annibal d'abandonner l'Italie et de retourner en Afrique ; qu'on prodigue des éloges au second Africain qui détruisit Carthage et Numance, les deux plus cruels

cruels ennemis de cet empire ; qu'on vante les talens et les vertus de Paul Emile dont Persée, ce roi puissant et fameux, honora le triomphe; qu'on éternise la gloire de Marius qui a délivré deux fois l'Italie de l'invasion des Barbares et de la crainte de la servitude ; qu'on leur préfère à tous Pompée, dont les exploits et la valeur ne connoissent d'autres bornes que celles de l'univers : mon nom assurément trouvera quelque place parmi tous ces noms illustres, à moins qu'on ne dise qu'il y a plus de mérite à nous ouvrir des provinces où nous puissions porter nos armes, que d'assurer à nos guerriers absens une retraite après leurs conquêtes.

Cependant les victoires étrangères ont un avantage sur les victoires domestiques : les ennemis du dehors, ou réduits par les armes, sont forcés d'obéir, ou reçus dans notre amitié, se croient obligés à la reconnoissance ; mais dès qu'une fois des citoyens, emportés par la fureur, se sont déclarés ennemis de la patrie, on ne peut plus, lorsqu'on a réprimé leurs efforts, ni les réduire par la crainte, ni les gagner par les bienfaits. Je prévois donc que j'aurai à soutenir contre les méchans une guerre éternelle ; mais je me flatte que le secours de tous les gens de bien, et le souvenir des périls que j'ai courus, souvenir qui vivra éternellement dans la mémoire et dans les entretiens, non-seulement du Peuple que j'ai sauvé, mais encore de toutes les nations ; je me flatte que ce secours et ce souvenir me feront triompher sans peine moi et les miens de tous nos ennemis. Non, sans doute, non, l'union qui règne entre les chevaliers Romains et vous, et ce parfait concert de tous les bons citoyens, ne pourront être rompus ni affoiblis par aucune violence humaine.

Ainsi, P. C., tout ce que je vous demande pour avoir sacrifié aux soins de votre salut et de celui de Rome, l'honneur de commander une armée, l'avantage de gouverner une province, l'espoir du triomphe (1) et des autres marques de distinction, les amis et les cliens que pouvoit me procurer un gouvernement distingué, amis et cliens que je n'ai pas moins de peine à conserver qu'à ac-

(1) *L'espoir du triomphe*, qu'il auroit pu obtenir en vertu de victoires remportées sur les ennemis, s'il fût parti pour la province qu'il avoit cédée à son collègue.

quérir dans la ville par les exercices du barreau ; tout ce que je vous demande pour ces sacrifices et pour l'ardeur peu commune qui m'anime à la conservation de la République, c'est de garder le souvenir de ce jour et de tout mon consulat. Si ce souvenir demeure gravé dans vos esprits et dans vos cœurs, je me croirai entouré et défendu par un mur impénétrable. Que si la violence des méchans l'emporte et trompe mes espérances, je vous recommande mon fils, mon tendre fils (1) : il suffira pour la sûreté de ses jours et le maintien de sa dignité, que vous vous souveniez que son père s'est exposé seul pour tous, qu'il a conservé la patrie à ses propres risques.

Terminez donc, P. C., terminez promptement cette délibération avec tout le zèle et toute la fermeté dont vous avez déjà donné des preuves ; prononcez sur le sort du Peuple Romain, sur la conservation de vos personnes, sur celle de vos femmes, de vos enfans, de vos autels, de vos foyers, des temples, des édifices, des maisons de Rome, de votre empire, de votre liberté, de l'Italie entière,

(1) Le fils de Cicéron n'avoit alors que deux ans.

de toute la République. Vous avez un consul qui, jusqu'au dernier soupir, ne manquera, ni de docilité pour obéir lui-même à vos décrets, ni de courage pour y soumettre les autres.

PLAIDOYER

POUR LE POETE AULUS LICINIUS ARCHIAS.

Sommaire.

Aulus Licinius Archias, poëte grec, de la ville d'Antioche, étoit venu fort jeune à Rome, où il avoit acquis l'estime et la considération des premières familles de Rome par l'éclat de ses talens et l'honnêteté de son caractère. Ayant obtenu le droit de cité à Héraclée, ville municipale, par le crédit de Lucullus, il ajouta à son nom d'Archias celui de Licinius, nom de famille des Lucullus. Une loi des tribuns Silvanus et Carbon, qui parut dans ce même tems, le rendit Citoyen Romain par sa qualité de Citoyen d'Héraclée, moyennant quelques formalités que prescrivoit la loi, et qu'il eut soin de remplir. Bien des années après, sous le consulat de Marcus Pupius et de Marcus Valérius, un certain Gratius (d'autres le nomment Gracchus) attaqua le poëte Archias comme se disant faussement Citoyen Romain. Cicéron, qui l'avoit eu pour maître dans sa jeunesse, entreprit de le défendre,

Après un exorde, où il expose les motifs qui l'engagent à prendre la défense d'Archias, et où il prie les juges de lui pardonner le ton de son plaidoyer qui sera peu conforme au langage du barreau, il établit, en peu de mots, le droit d'Archias au titre de Citoyen Romain, et réfute quelques objections de l'accusateur. Tout le reste du discours roule sur le charme et sur les avantages des lettres, sur l'excellence de la poésie, sur les talens d'Archias, sur l'usage qu'il en a fait pour la gloire du Peuple Romain en général, et pour celle de Cicéron en particulier. La douceur et les graces, la grandeur et la force règnent alternativement dans ce discours. L'orateur y revient quelquefois à sa cause avec beaucoup d'adresse : il y montre son goût décidé pour les lettres, et ses sentimens nobles et généreux. Il y fait sur la poésie des réflexions qui pourront paroître usées, mais qui probablement étoient plus neuves dans le tems où il parloit.

Cette cause a dû être plaidée, l'an de Rome 692, de Cicéron 47.

PLAIDOYER

POUR LE POETE AULUS LICINIUS ARCHIAS.

S'IL est en moi, Romains, quelque talent, et je sens trop combien ce talent est borné ; si j'ai quelque usage d'un art où j'ai pu, je l'avoue, me fortifier par un long exercice ; enfin si, pour me former à la parole, j'ai emprunté quelque secours des sciences et des lettres ; et je dois en convenir, aucune partie de ma vie n'y fut jamais étrangère : Archias, sans doute, est plus en droit que personne de réclamer le fruit de tous ces avantages. En effet, lorsque recherchant dans le passé l'époque la plus reculée que puisse me retracer ma mémoire, je me reporte jusqu'à ma plus tendre jeunesse, je vois dans Archias le premier maître qui m'a introduit et guidé dans la carrière de l'éloquence. Mais si ma voix formée par ses leçons, animée par ses conseils, a pu servir utilement plusieurs de ceux qui l'ont réclamée ; assurément celui qui m'a mis en état de défendre et de secourir les autres, je dois m'employer de tout mon pouvoir pour le secourir lui-même et pour le défendre.

Ce langage surprendra peut-être, parce qu'Archias semble s'être exercé dans un genre différent, et que son talent n'est pas celui de l'éloquence ; mais je vous le dirai, Romains, moi-même je ne me suis pas livré à cette unique étude, dans la persuasion que toutes les parties des sciences et des lettres sont unies entr'elles par un lien commun et par une espèce de consanguinité.

Au reste, vous pourriez être surpris que, dans une question purement judiciaire, dans une cause de droit public, dans une affaire plaidée devant un préteur du Peuple Romain, personnage d'une haute considération, devant des juges austères, au milieu d'un si grand concours de monde et d'une si nombreuse assemblée, vous pourriez être surpris que j'emploie un langage peu conforme aux usages de la plaidoirie et au style des tribunaux ; je vais donc vous demander ici une grace que réclame le génie de l'accusé, et dont j'espère que vous n'aurez pas lieu de vous repentir : c'est qu'ayant à défendre un poëte célèbre, un savant illustre, devant un si grand nombre de personnes qui aiment les lettres et qui les cultivent, devant des juges si instruits (1) et un préteur si éclairé, vous me permettiez de m'étendre avec quelque liberté sur le mérite des sciences et des lettres ; c'est que parlant pour un de ces hommes (2) qu'un loisir studieux éloigne du tumulte des affaires et des orages du barreau, vous souffriez que je m'exprime d'une manière nouvelle et inconnue dans un tribunal. Si vous vous montrez favorables à ma demande, je réussirai, je crois, à vous persuader que, loin de dépouiller Archias du titre de Citoyen Romain dont il est en possession, vous devriez, s'il n'en jouissoit pas

(1) *Devant des juges si instruits.* Latin, *hâc vestrâ humanitate.* C'est-à-dire, *cùm loquar apud vos ità litteris imbutos, quae litterae dicuntur humaniores.*

(2) Je n'ai pu rendre ici la lettre du latin : *personâ* et *tractatâ* sont des expressions tirées du théâtre. Archias est un de ces personnages qu'un orateur ne traite guères dans le barreau, parce que, sans doute, l'étude et les occupations d'un poëte l'éloignent des affaires, et font qu'on est peu dans le cas de plaider pour lui. -- *Des orages du barreau.* Latin, *periculis.* On appelloit, en latin, *pericula*, et en grec, *kindunoi*, *judicia in quibus reus periculum quodcumque capitis subibat.*

déjà, prévenir sa demande, et le lui déférer de vous-mêmes.

Archias, sorti de l'enfance, eut à peine achevé le cours des études auxquelles on applique ordinairement la jeunesse, qu'il se livra au travail de la composition. Antioche(1), ville de tout tems célèbre, distinguée par son opulence, remplie de savans et de personnes de goût en tout genre, étoit sa patrie ; il y étoit né de parens nobles : ce fut là qu'il s'exerça d'abord, et il ne tarda pas à l'emporter sur tous ses rivaux par l'éclat de ses talens. Dans les autres parties de l'Asie et dans toute la Grèce, on annonçoit son arrivée, on l'attendoit avec une impatience qui surpassoit même sa réputation ; et en le voyant, la curiosité se trouvoit satisfaite au-delà de ses desirs.

Les sciences et les lettres grecques fleurissoient alors dans l'Italie ; elles étoient cultivées dans le pays des Latins ; elles n'étoient pas même négligées à Rome dans le repos dont jouissoit alors la République. Aussi les habitans de Tarente, de Rhege et de Naples

(1) Antioche, ville de Syrie, fondée par Seleucus, fils d'Antiochus, située sur le fleuve Oronte.

gratifièrent-ils Archias du droit de cité et d'autres privilèges. Tous ceux qui, dans ces villes, savoient apprécier le mérite, s'empressoient de connoître un tel homme, et de le recevoir dans leurs maisons.

Avec une réputation si brillante, déjà connu de ceux même qui ne l'avoient jamais vu, il vint à Rome sous le consulat de Marius et de Catulus. Dans l'un de ces deux consuls, il trouva de grands exploits à célébrer ; l'autre put lui offrir, outre des exploits, un goût éclairé et une oreille délicate. Archias étoit encore fort jeune, lorsque les Lucullus s'empressèrent de lui donner retraite chez eux : or, c'est une preuve, non seulement de son génie et de ses talens littéraires, mais encore de sa vertu et de la bonté de son naturel, que dans un âge avancé, il ait conservé l'amitié d'une maison qui la première avoit accueilli sa jeunesse. Il étoit goûté dans ce tems-là de Métellus Numidicus et de Pius, son fils. Emilius se plaisoit à l'entendre. Il vivoit avec les deux Catulus, le père et le fils : Crassus le recherchoit : Drusus et Caton, les Lucullus et les Octave, toute la maison des Hortensius, se faisoient honneur d'être liés avec un tel homme ; et ce qui annonce tout l'hommage qu'on rendoit à ses talens, c'est qu'il étoit recherché non-seulement des hommes jaloux de s'instruire et d'entendre de belles choses, mais encore de ceux pour qui ce n'étoit qu'un ton et une affaire de vanité.

Assez long-tems après, étant parti pour la Sicile avec Lucullus (1), et revenant avec lui de cette province, il passa par Héraclée. Cette ville étoit dans notre alliance, et jouissoit des plus beaux privilèges ; il voulut y obtenir le droit de cité, que lui procura sans peine son mérite personnel autant que le crédit et la protection de Lucullus. Parut alors la loi (2) de Silvanus et de Carbon, qui accordoit le droit de Citoyen Romain à ceux qui auroient obtenu le droit de cité dans des villes alliées, qui auroient un domicile en Italie dans le tems

(1) Ce Lucullus est celui qui a triomphé de Mithridate et de Tigrane. On ne sait pas dans quel tems et à quel titre il étoit parti pour la province de Sicile. Au lieu de *Sicile*, quelques-uns lisent *Cilicie*.

(2) Loi Plautia-Papiria, portée par les tribuns Marcus Plautius Silvanus et Caïus Papirius Carbo, sous les consuls Cnæus Pompéius Strabo et Lucius Porcius Cato.

de la publication de la loi, qui enfin se seroient fait inscrire chez le préteur dans l'espace de soixante jours. Archias, domicilié à Rome depuis plusieurs années, se fit inscrire chez le préteur Métellus, son ami intime.

S'il n'est ici question que de la loi et du droit de cité, je n'ai plus rien à dire, la cause est plaidée. Car enfin, Gratius, qu'avez-vous à nous opposer ? Nierez-vous qu'Archias ait obtenu d'abord le droit de cité à Héraclée ? Voici Lucullus, personnage de la plus grande réputation et d'une probité religieuse. Il ne dit point : je crois, j'ai ouï-dire, j'étois présent ; mais, je sais, j'ai vu, j'ai agi moi-même. Voici les députés d'Héraclée, les premiers de leur ville par la naissance. Ils sont venus exprès avec des témoignages revêtus de l'autorité publique ; ils attestent qu'Archias a obtenu chez eux le droit de cité. Vous nous demandez les registres d'Héraclée que nous savons tous avoir péri, durant la guerre d'Italie (1), dans l'in-

(1) *Guerre d'Italie*, guerre qui s'alluma l'an de Rome 663. Divers peuples d'Italie demandoient le droit de cité romaine : ne l'ayant pas obtenu, ils formèrent une ligue, et déclarèrent au Peuple Romain une guerre qui fut appellée italique, ou sociale,

cendie qui consuma les archives de cette ville. N'est-il donc pas ridicule de ne rien opposer aux preuves que nous alléguons, et d'en demander que nous ne pouvons produire ; de se taire sur le témoignage des hommes même, et d'exiger les livres écrits de leur main ; enfin, lorsqu'on a pour se convaincre, le rapport digne de foi d'un illustre personnage, l'attestation avec serment d'une ville municipale la plus intègre, de rejetter cette attestation et ce rapport qui ne pourroient jamais être falsifiés, et de réclamer des registres qui, selon vous-mêmes, le sont tous les jours ?

Archias, direz-vous, n'étoit point domicilié à Rome : lui qui, tant d'années avant la loi de Silvanus et de Carbon (1), étoit venu s'établir à Rome, l'avoit choisie pour être le centre de ses affaires et de toute sa fortune. Il ne s'est pas fait inscrire, direz-vous encore. Dites plutôt qu'il s'est fait inscrire sur les seuls registres de préteurs de ce tems-là qui soient re-

ou marsique, parce que les Marses commencèrent les premiers.

(1) Le texte dit, *avant le droit de cité accordé*, sans doute en vertu de la loi de Silvanus et de Carbon.

connus pour authentiques. Ceux d'Appius passoient pour être tenus avec assez peu de soin : on n'avoit aucune foi à ceux de Gabinius (1) ; sa négligence, tant qu'il fut en place, le désordre de ses affaires après sa condamnation, leur avoient ôté tout crédit. Métellus, le plus sage et le plus exact des hommes, porta l'attention et le scrupule jusqu'à aller trouver le préteur Lentulus et les juges, jusqu'à leur dire qu'il y avoit sur un nom une rature qui lui causoit de l'inquiétude. Or, dans les registres de Métellus, on ne voit point de rature sur le nom d'Archias.

Les choses étant aussi claires, peut-on douter qu'Archias ne soit Citoyen Romain, quand on le voit citoyen d'autres villes que d'Héraclée ? Dans la Grèce (2), on accordoit

(1) On ignore quel étoit ce Gabinius : tout ce que l'on sait, c'est qu'il fut accusé au sortir de sa préture et qu'il fut condamné. Ce n'étoit pas le Gabinius qui fut consul lorsque Cicéron fut exilé, on croit même qu'il n'étoit pas de sa famille. Appius et lui étoient deux des huit préteurs de ce tems-là. Car les préteurs étoient au nombre de huit, ayant chacun un département particulier ; ils formoient un corps que Cicéron appelle ici *collège*.

(2) Dans la Grèce, c'est-à-dire, dans cette partie

gratuitement le droit de cité à des talens médiocres, à des hommes sans profession, ou qui n'en exerçoient que de peu honorables; et ce que les habitans de Rhege, de Locres, de Naples ou de Tarente, faisoient pour de simples comédiens, ils ne l'auroient pas fait pour un poëte d'un génie si distingué! Quoi? tandis que d'autres particuliers, je ne dis pas seulement depuis la loi de Silvanus et de Carbon, je dis même après celle de Papius (1), jouissent du droit de cité romaine, qu'ils ont usurpé en glissant leur nom dans les registres de ces villes, Archias, qui n'a pas même recours à ces registres sur lesquels il se trouve légitimement

de l'Italie qu'on appelloit la grande Grèce, dont Rhege, Locres, Naples et Tarente faisoient partie.

(1) *Depuis la loi de Silvanus et de Carbon*; le texte dit, *après le droit de cité accordé*, sans doute en vertu de la loi de Silvanus et de Carbon. --- *Après celle de Papius.* Le tribun Caïus Papius, deux ans avant que Cicéron plaidât cette cause, avoit porté une loi pour que tous les étrangers fussent chassés de Rome. —— *Archias qui n'a pas .....* Il est clair par cet endroit qu'Archias avoit obtenu le droit de cité dans les villes nommées un peu plus haut, mais qu'il se contentoit de prendre le nom de citoyen d'Héraclée.

inscrit, parce qu'il se contenta toujours d'être citoyen d'Héraclée, Archias sera dépouillé de son droit !

Sans doute, Gratius, vous desirez encore qu'on représente les rôles du cens : comme si ce n'étoit pas une chose connue que, sous les derniers censeurs, Archias étoit dans l'armée de Lucullus, ce grand général ; que, sous les précédens, il étoit en Asie, avec le même Lucullus, alors exerçant la questure ; que, sous les censeurs antérieurs, Julius et Crassus, on n'a fait le dénombrement d'aucune partie du Peuple. Mais comme les rôles du cens ne constatent pas le droit de cité, qu'ils annoncent seulement que celui qui est inscrit sur ces rôles, a fait dès-lors acte de citoyen, il est bon de savoir que, dans le tems même (1)

(1) *Dans le tems même.....* Latin, *iis temporibus, quae tu.* Il faut, ou lire *quibus* pour *quae*, ou sous-entendre *per* au mot *quae.* — *Il a fait plusieurs fois son testament*, parce que, sans doute, après l'avoir fait une première fois, il vouloit le changer en tout ou en partie. Au reste, pour faire son testament dans Rome, ou pour se porter héritier d'un citoyen romain, il falloit être citoyen romain soi-même.

où,

où, selon vous, Archias n'a pas exercé le droit de Citoyen Romain, il a fait plusieurs fois son testament suivant nos loix, qu'il s'est porté héritier de Citoyens Romains, et que Lucullus, pendant sa préture et son consulat, l'a fait inscrire sur les registres publics au nombre des *bénéficiaires* (1). Ainsi, Gratius, cherchez ailleurs des preuves, si vous le pouvez; vous n'en trouverez, ni dans la conduite d'Archias, ni dans celle de ses amis.

Vous me demanderez peut-être pourquoi je m'intéresse si fort à la personne de cet étranger: le voici. C'est que mon esprit, fatigué du tumulte des affaires, et mes oreilles importunées des clameurs du barreau, trouvent dans ses entretiens et dans ses ouvrages un charme qui les recrée utilement et qui les repose. Croyez-vous, Gratius, que notre esprit pût

(1) Latin, *in beneficiis ad aerarium delatus est*, c'est-à-dire, *delatus est in tabellas publicas, quae in aerario asservabantur, tanquam qui mereretur beneficia populi romani, nempè honores et vitae ornamenta.* On appelloit donc *beneficiarii* ceux qui étoient inscrits sur les registres publics, comme méritant des honneurs et des distinctions. J'ai cru devoir franciser le mot.

suffire à tant de sujets divers sur lesquels nous avons à parler tous les jours, s'il n'étoit renouvellé par la lecture des bons livres ; ou que je pourrois le tenir si long-tems appliqué à des objets sérieux, si je n'avois soin quelquefois de le détendre par de plus agréables études. Pour moi, je l'avouerai, j'aime singuliérement les lettres ; que ceux-là en rougissent qui s'y ensevelissent tout entiers sans pouvoir ni les faire servir en rien à l'utilité commune, ni rien produire au grand jour. Mais moi, pourquoi en rougirois-je ? moi, Romains, qui depuis tant d'années, me suis consacré aux besoins (1) et aux intérêts de tous ceux qui ont réclamé mes foibles talens, sans que j'aie pu être ni détourné par le desir du repos, ni distrait par l'amour du plaisir, ni même arrêté par le besoin du sommeil ? Si donc tout ce tems que plusieurs accordent au soin de leurs affaires, à la célébration des jeux et des fêtes, à d'autres amusemens pareils, au délassement de l'esprit et du corps ; si ce tems

(1) Latin, *tempore aut commodo.* Plusieurs livres portent *commodum ;* j'ai préféré *commodo.* J'aimerois mieux *et commodo,* en lisant *et* au lieu d'*aut.*

que quelques-uns même consument dans de fatigans exercices, dans des jeux ruineux, dans des festins dissolus (1), je le consacre, moi, à l'étude des lettres ; qui seroit en droit de me blâmer ? qui pourroit m'en faire un crime ? On doit me le pardonner, d'autant plus que cette étude nourrit et fortifie (2) le talent de la parole : et quel que soit en moi ce talent, je l'employai toujours à la défense de mes amis.

Que si l'on n'attache pas un grand prix à l'art de l'éloquence, je sais du moins à quelle source je puise de bien plus précieux avantages. Eh ! si les leçons et les écrits des philosophes ne m'avoient pas convaincu, dès ma jeunesse, que dans cette vie, il n'y a de vraiment désirable que la gloire, fruit de la vertu, que pour l'obtenir, on doit compter pour rien l'exil, les tourmens, la mort même, me serois-je jamais exposé, pour le salut de

(1) Latin, *tempestivis conviviis.* On appelloit *tempestiva convivia* des repas de débauche, commencés avant l'heure marquée par l'usage.

(2) Latin, *crescit oratio* : si au lieu de *crescit* on lit *censetur*, comme dans d'autres livres, *censetur* doit s'expliquer ainsi, *pretium suum ducit.*

l'état, à tant de fâcheuses contestations, à la rage des méchans et à leurs attaques journalières ? Mais tous les livres, toutes les paroles des sages, toute l'antiquité nous offrent une foule de grands exemples, qui, sans le flambeau des lettres, se trouveroient tous maintenant ensevelis dans une nuit profonde. Que d'excellens portraits des hommes les plus admirables ne nous ont point tracés les écrivains grecs et latins, pour les proposer à notre imitation, encore plus que pour en faire l'objet de notre admiration ! En me représentant sans cesse ces parfaits modèles dans l'administration de la République, la seule idée de ces illustres personnages agrandissoit mon esprit et fortifioit mon ame.

Mais quoi ! dira-t-on, ces grands hommes eux-mêmes, dont les vertus sont consignées dans les livres, possédoient-ils les connoissances auxquelles vous prodiguez tant d'éloges ? Il seroit difficile de l'assurer de tous : mais enfin voici ma réponse. Il a existé, je le sais, beaucoup d'hommes éminens en vertu et en mérite, modérés et sages par eux-mêmes, par la seule disposition d'un heureux naturel, sans le secours de l'instruction et de l'étude.

J'ajoute encore que la nature sans la science a plus souvent conduit à la vertu et à la gloire, que la science sans la nature. Mais je soutiens aussi que lorsqu'à un naturel excellent et distingué se joignent les avantages de l'étude et de l'instruction, il en résulte alors je ne sais quoi d'extraordinaire et de parfait. Tel fut ce rare personnage qu'ont vu nos pères, Scipion l'Africain (1) : tels furent Lélius, Furius, ces exemples de modération et de sagesse : tel fut le vieux Caton, cet homme d'un courage intrépide, et d'une érudition étonnante pour son siècle. Et sans doute, si tous ces hommes fameux n'avoient trouvé dans les lettres aucun secours pour connoître et pratiquer la vertu, ils ne se seroient jamais livrés à une étude qu'ils auroient jugée inutile.

Mais quand on n'y envisageroit pas d'aussi grands avantages, à n'y chercher que le seul plaisir, est-il un délassement plus honnête et

(1) Le jeune Scipion l'Africain, fils de Paul Emile, Lélius et Furius, avoient un mérite distingué, et l'esprit très-orné pour leur temps. Le Caton, dont il est parlé ensuite, étoit Caton le Censeur. Il avoit composé un grand nombre de discours, et les livres *des Origines*.

plus délicat pour un homme qui pense ? Les autres (1) amusemens ne sont ni de tous les tems, ni de tous les âges, ni de tous les lieux. Les lettres sont l'aliment de la jeunesse, le charme de nos dernières années. Dans la prospérité, c'est une jouissance de plus ; dans l'adversité, une consolation et une ressource. Elles font nos délices dans l'intérieur de nos maisons, sans être embarrassantes au dehors. Compagnes fidelles, elles veillent la nuit avec nous, elles habitent avec nous les champs, elles sont de tous nos voyages.

Quand nous ne pourrions ni les cultiver ni les goûter par nous-mêmes, nous devrions toujours les admirer dans les autres. S'est-il trouvé parmi nous quelqu'un assez dur, assez sauvage, pour n'être pas sensible dernièrement à la perte de Roscius (2) ? Quoiqu'il soit mort dans un grand âge, la perfection et le

(1) *Ceterae*, en latin, sans doute, *animi remissiones*.

(2) Roscius, fameux acteur tragique à Rome, dont Cicéron disoit qu'il jouoit si bien, qu'il ne devoit pas cesser de monter sur le théâtre, et qu'il étoit si honnête homme, qu'il n'auroit dû jamais y paroître.

charme de son talent sembloient demander qu'il ne cessât jamais de vivre. C'est par les seules graces du corps, par de simples attitudes, qu'il avoit su gagner nos cœurs ; et les mouvemens rapides de la pensée, les sublimes élans du génie, n'auroient sur nous aucun empire !

Combien de fois ai-je vu Archias (car je profite, Romains, de l'attention et de la bienveillance dont vous daignez accueillir cette nouvelle manière de plaider), combien de fois l'ai-je vu, sans qu'il eût écrit un seul mot, réciter un grand nombre d'excellens vers sur ce qui faisoit dans le moment l'objèt de la conversation ! combien de fois, lorsqu'on le prioit de les redire, l'ai-je vu traiter le même sujet avec des pensées et des expressions différentes ! Quant à ce qu'il avoit écrit et travaillé avec soin, on le comparoit aux plus belles productions de l'antiquité. Et je ne chérirois pas un tel homme ! je ne l'admirerois pas ! je n'emploierois pas à sa défense tout ce que j'ai de connoissances et de zèle ! Des génies distingués, des savans profonds, nous disent que les autres talens dépendent de l'art, de l'étude et des préceptes ;

mais que le poëte doit tout à la nature, qu'il s'élève par les seules forces du génie, qu'il est inspiré par un souffle divin. Aussi Ennius (1) croit-il être en droit d'appeller les poëtes des êtres sacrés, parce que, sans doute, ils portent en eux-mêmes comme un don et un présent des Dieux qui doit nous les rendre vénérables.

Regardez donc, Romains, vous, les plus polis et les plus éclairés des hommes, regardez comme sacré le nom de poëte, qui fut toujours respecté des peuples les plus barbares. Les rochers et les solitudes répondent à leur voix, les animaux les plus farouches s'arrêtent et se laissent fléchir à leurs accens : et nous, dont l'éducation a orné l'esprit et adouci l'ame, nous serions insensibles aux charmes de la poésie! La ville de Colophone prétend qu'Homère étoit son citoyen ; Chio le revendique ; Salamine le réclame ; Smyrne soutient qu'il est né chez elle ; et c'est pour cela qu'elle lui a érigé un temple dans l'enceinte de ses

(1) Personne n'ignore qu'Ennius étoit un ancien poëte latin, dans les poëmes duquel il se trouvoit de très-beaux vers au milieu d'un très-grand nombre de mauvais.

murs : plusieurs autres peuples encore se disputent l'honneur de lui avoir donné naissance. Ces peuples désirent donc pour citoyen, même après sa mort, un étranger, parce qu'il étoit poëte ; et Archias vivant au milieu de nous, Archias, notre citoyen par le cœur et par les loix, nous le rejetterions, sur-tout après qu'il a consacré ses talens et ses veilles à célébrer la gloire du Peuple Romain !

Dans sa jeunesse, il écrivit sur la défaite des Cimbres ; il sut plaire à Marius lui-même, qui sembloit moins propre à sentir ce genre de mérite. En effet, il n'est point d'homme si étranger aux Muses, qui ne voie avec quelque satisfaction ses travaux célébrés par leurs louanges et transmis par elles à l'immortalité. On demandoit, dit-on, à Thémistocle, cet Athénien fameux, quel (1) chant et quelle voix il entendroit le plus volontiers : *la voix*, dit-il, *de celui qui chanteroit le mieux mes louanges.* Aussi, ce Marius, dont nous venons de par-

(1) Latin, *acroama*, chant de musique; souvent aussi il se prend pour le musicien même. — Plotius étoit un fameux rhéteur. Il fut le premier qui donna des leçons dans Rome en latin.

ler, chérissoit-il singuliérement Plotius, le croyant digne de célébrer ses exploits.

La guerre de Mithridate, cette guerre importante et difficile, dont les succès ont été balancés sur terre et sur mer, Archias l'a embrassée toute entière, et en a composé un grand poëme qui n'illustre pas moins le nom du Peuple Romain que celui du brave et fameux Lucullus (1). Car, sans doute, c'est le Peuple Romain qui, sous le commandement de Lucullus, s'est ouvert un passage dans le Pont, jusqu'alors inaccessible par la nature même des lieux et par les forces d'un puissant monarque. C'est l'armée du Peuple Romain qui, sous le même général, a mis en fuite, quoique très-inférieure en nombre, des troupes innombrables sorties de l'Arménie. C'est au Peuple Romain qu'appartient l'honneur d'avoir, sous la conduite du même chef, sauvé de la fureur d'un prince cruel, et arraché à toutes les horreurs de la guerre la ville de Cyzique, notre alliée. C'est à nous tous que la postérité donnera cette mémorable victoire remportée à

(1) On trouve dans l'histoire romaine le détail des exploits de Lucullus, dont Cicéron fait un tableau en raccourci.

Ténédos, sous les ordres du même Lucullus ; où les généraux des ennemis furent tués et leur flotte coulée à fond. Ces trophées, ces monumens, ces triomphes, nous sont personnels ; et les célébrer, c'est publier la gloire du Peuple Romain.

Ennius fut cher au premier Scipion l'Africain : on pense même que c'est lui dont on voit la statue en marbre sur le tombeau des Scipions. Ses vers donnent-ils moins de lustre au nom Romain qu'aux héros même qu'a immortalisés sa Muse ? Il élève jusqu'au ciel le bisaïeul de notre Caton (1) : c'est un nouvel éclat ajouté à la splendeur du nom Romain. Ennius enfin n'a pu louer les Maximus, les Marcellus, les Fulvius, sans nous associer à leurs louanges. Nos ancêtres ont accordé le droit de cité Romaine au chantre de ces grands hommes, à un habitant de Rudia ; et Archias, qui est citoyen d'Héraclée, qui l'auroit été de beaucoup d'autres villes, s'il eût répondu à leurs désirs, nous le dépouillerions du titre de Citoyen Romain que nos loix lui assurent !

(1) *De notre Caton*, de Caton d'Utique, arrière-petit-fils de Caton l'ancien. — Rudia, petite ville de la Pouille, patrie d'Ennius.

S'imaginer que les vers grecs sont moins propres que les latins à illustrer les héros, c'est être dans l'erreur. Les livres grecs sont lus de presque toutes les nations ; au lieu que les latins sont renfermés dans les bornes fort étroites de l'Italie. Or, si nos exploits n'ont d'autres limites que celles de l'univers, nous devons desirer que nos louanges volent par-tout où ont pénétré nos armes. C'est un honneur magnifique pour les peuples qu'on célèbre ; et c'est un puissant aiguillon, dans les travaux et dans les périls, pour ces ames généreuses qui ne craignent pas d'exposer leur vie pour acquérir de la gloire. Que d'écrivains de ses actions, à ce qu'on rapporte, n'avoit point à sa suite le fameux Alexandre ! Toutefois s'étant arrêté à Sigée, près du tombeau d'Achille : *heureux guerrier*, s'écria-t-il, *d'avoir trouvé un Homère pour chanter tes exploits !* Et il avoit raison ; sans cette Iliade si célèbre, le corps et le nom du divin Achille eussent été ensevelis dans le même tombeau. Et notre grand Pompée, dont le bonheur égale le courage, n'avoit-il pas auprès de lui pour écrire son histoire, Théophane de Mitylene (1),

(1) Théophane, ami intime de Pompée, avoit

qu'il gratifia, en présence de toute son armée, du titre de citoyen ? Nos braves Romains, malgré la rudesse et la férocité des camps, sensibles aux douceurs de la gloire, comme s'ils eussent participé aux louanges données à leur général, applaudirent à son bienfait par des acclamations unanimes.

Si donc Archias n'étoit pas Citoyen Romain par les loix, peut-être qu'il n'auroit pu obtenir ce titre de quelqu'un de nos généraux : peut-être encore que Sylla, qui en gratifioit des Espagnols et des Gaulois, se fût montré difficile à la demande d'Archias ; Sylla que nous avons vu dans une assemblée du Peuple récompenser un méchant poëte de la dernière classe des citoyens, qui lui avoit présenté une requête, accompagnée d'une pièce de vers faite à sa louange (1). Cette pièce n'avoit

célébré, dans un poëme, les exploits de ce général. Pompée étant venu pour assiéger Mitylene, l'épargna en faveur du poëte son citoyen.

(1) Le latin *epigramma* est ici une petite pièce de vers à la louange de quelqu'un : *Alternis versibus longiusculis*, dont les vers étoient alternativement plus longs et plus courts, c'est-à-dire, en vers hexamètres et pentamètres.

d'autre mérite que celui de la mesure ; il lui fit néanmoins donner sur-le-champ quelques-uns des effets que l'on vendoit pour lors, mais à condition qu'il ne feroit plus de vers par la suite. Or, Sylla qui ne vouloit point laisser sans récompense la bonne volonté même d'un mauvais poëte, eût-il dédaigné le talent admirable et le génie fécond d'Archias ? Celui-ci n'eût-il pu encore ni par lui-même, ni par les Lucullus, obtenir le titre de citoyen, de Métellus Pius, son ami particulier, qui l'accordoit à tant d'autres, et qui, jaloux de voir célébrer ses actions, poussoit la complaisance jusqu'à entendre les vers grossiers et barbares de misérables poëtes de Cordoue (1) ?

Ne dissimulons pas ce qu'aussi-bien nous ne saurions cacher ; avouons-le avec franchise : la louange a des attraits pour tous tant que nous sommes, et les plus belles ames sont aussi les plus sensibles à la gloire. Ces philosophes qui écrivent sur le mépris de la gloire, mettent leur nom à la tête de leurs livres : même en condamnant le désir des

(1) Cordoue, ville d'Espagne, patrie de Seneque et de Lucain.

louanges et de la renommée, ils désirent de faire parler d'eux et de s'attirer des louanges.

Décimus Brutus (1), aussi grand homme que grand capitaine, fit mettre au frontispice des temples et des monumens qu'il avoit élevés, des inscriptions du poëte Accius son intime ami. Et ce Fulvius qui, dans la guerre contre les Etoliens, avoit à sa suite Ennius, ne consacra-t-il pas aux Muses les dépouilles de Mars ? Ainsi dans une ville où des généraux, presque encore sous les armes, ont honoré le nom des poëtes et révéré les temples des Muses, des hommes revêtus de fonctions pacifiques, des juges ne doivent pas se montrer indifférens à l'honneur des Muses et au salut des poëtes.

Et pour vous offrir un nouveau motif qui vous détermine, je vais vous dévoiler mon cœur, Romains, et vous faire l'aveu de l'amour peut-être un peu trop vif, mais du moins honnête, que je ressentis toujours

(1) Décimus Junius Brutus fut consul avec Publius Cornélius Scipio Nasica, l'an de Rome 615 : il remporta des victoires en Espagne et obtint les honneurs du triomphe. Accius, poëte tragique latin, qui avoit plus de génie que de régularité.

pour la gloire. Ce que j'ai fait, de concert avec vous, pendant mon consulat, pour le salut de Rome et de l'empire, pour la conservation des citoyens, pour toute la République, Archias a entrepris de le décrire en vers. Il m'a lu l'ébauche de son poëme : l'idée m'en a paru si belle et si grande, que je l'ai exhorté à continuer. En effet, Romains, la seule récompense que desire la vertu pour tous les travaux qu'elle supporte, pour tous les dangers qu'elle affronte, ce sont les louanges et la gloire. Qu'on nous ôte ce mobile, quel motif aurons-nous, dans une vie si fragile et si courte, pour nous consumer de travaux et de peines ? Non certes, si renfermant toutes ses pensées dans le cercle étroit qui circonscrit la vie humaine, notre esprit ne se transportoit pas d'avance dans l'avenir, non, nous ne voudrions jamais nous épuiser par tant de fatigues, nous tourmenter par tant de soins et de veilles, exposer si souvent nos jours. Mais il vit dans tous les grands cœurs ce généreux sentiment, cet aiguillon de la gloire, qui jour et nuit les réveille, les avertit qu'ils ne doivent point laisser mourir avec eux la mémoire

mémoire de leur nom, mais la prolonger jusqu'où la postérité peut s'étendre. Nous donc qui, au milieu de tant de travaux et de périls, consacrons nos jours au service de la République, aurions-nous l'ame assez peu élevée pour croire qu'après un long sacrifice de notre liberté et de notre tranquillité jusqu'à la fin de notre carrière, tout dût périr avec nous ? Quoi ! beaucoup de grands-hommes se sont montrés jaloux de laisser après eux ces vaines représentations des corps et non des ames, leurs statues et leurs portraits; et nous ne marquerions pas bien plus d'empressement pour laisser le tableau de nos pensées et de nos vertus, tracé avec art par des génies sublimes! Pour moi, lorsque je m'employois avec tant de zèle pour le bien de tous, dès ce moment-là même je croyois semer mon nom dans l'univers, et en confier le souvenir aux générations futures. Soit qu'après ma mort je doive n'avoir aucun sentiment de cette immortalité ; soit que d'après l'opinion des hommes les plus sages, elle doive être sentie par quelque partie de moi-même ; c'est déjà pour moi une jouissance que l'idée seule et le seul espoir de vivre encore au-delà du trépas.

Ainsi, Romains, conservez parmi vous Archias : vous ne pouvez douter, ni de l'honnêteté de son caractère ; elle est prouvée par l'amitié dont l'honorent des personnages qui à la dignité du rang joignent les graces de l'esprit ; ni de la sublimité de son génie, on doit l'apprécier d'après l'accueil que lui font tout ce qu'il y a de génies rares ; ni de la justice de sa cause, elle est fondée sur la disposition de la loi, sur l'autorité d'une ville municipale, sur le témoignage de Lucullus, sur les registres de Métellus : conservez donc parmi vous Archias ; et si, dans une affaire qui intéresse l'état d'un citoyen, il doit être permis d'employer la recommandation, non-seulement des hommes, mais encore des dieux, je vous supplie pour un poëte qui a consacré ses talens à vous louer, vous, vos généraux, le Peuple Romain ; qui s'est engagé à immortaliser dans ses vers, les périls que nous avons courus ensemble au sein même de Rome ; je vous prie pour un de ces êtres privilégiés, dont la personne fut toujours regardée comme sacrée chez tous les peuples : prenez-le, je vous en conjure, sous votre protection, et faites qu'il ait plus à se louer des bontés de ses juges, qu'à se plaindre de leur rigueur.

J'ai la confiance, Romains, que vous aurez tous approuvé ce que j'ai dit succinctement et simplement, selon ma coutume, sur le fond même de la cause. Quant à ce que j'ai cru devoir ajouter de peu conforme (1) au style et à l'usage du barreau, sur les talens d'Archias et sur les lettres en général, je ne vous aurai pas déplu, à ce que j'espère; j'en suis du moins assuré pour le magistrat qui préside ce tribunal.

(1) Je voudrois dire, d'après la conjecture de Lambin, *quae non forensi, neque judiciali.*

Fin du tome sixième.

TABLE

Du cinquième volume.

TABLE

Du sixième volume.

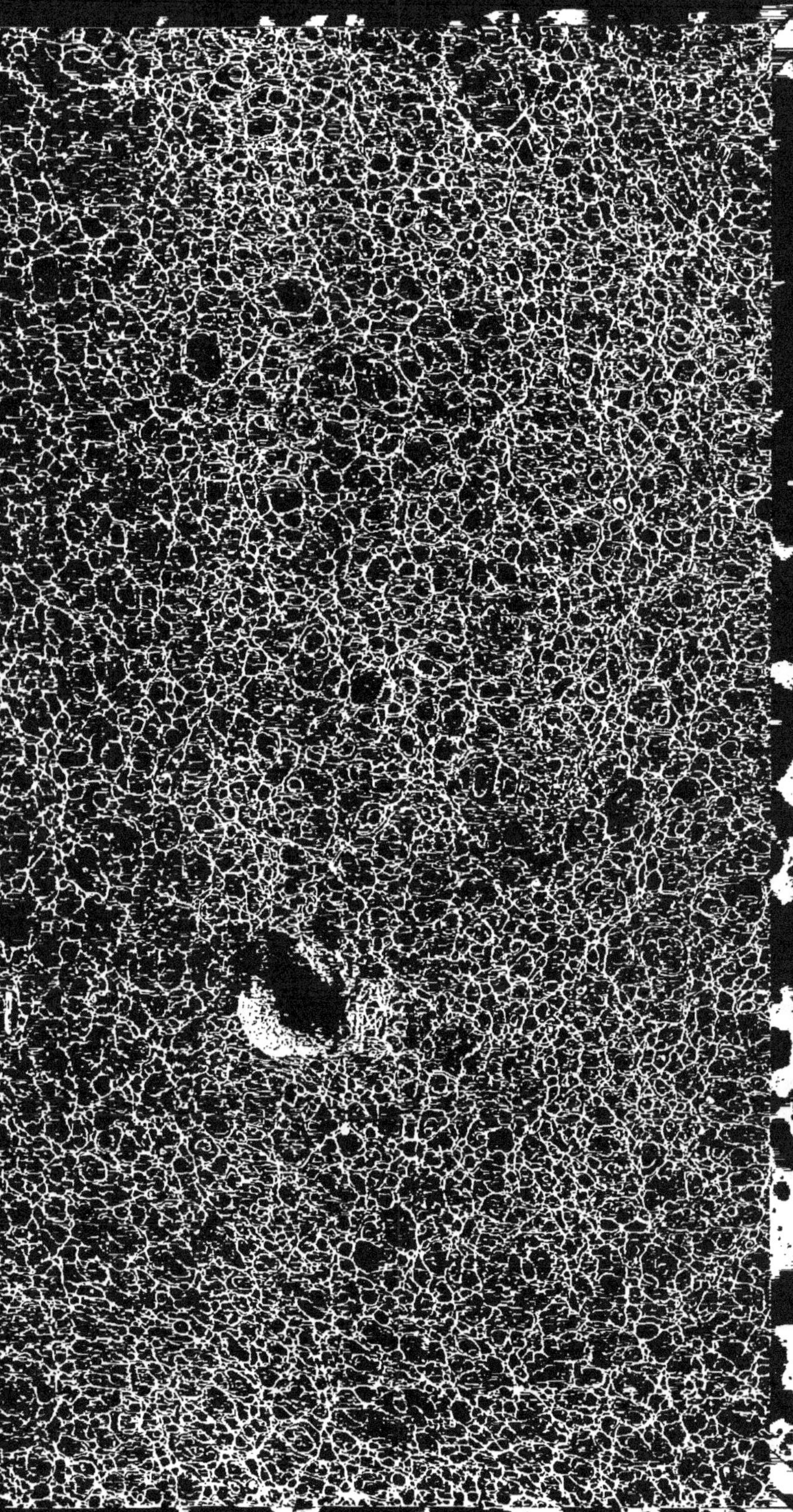

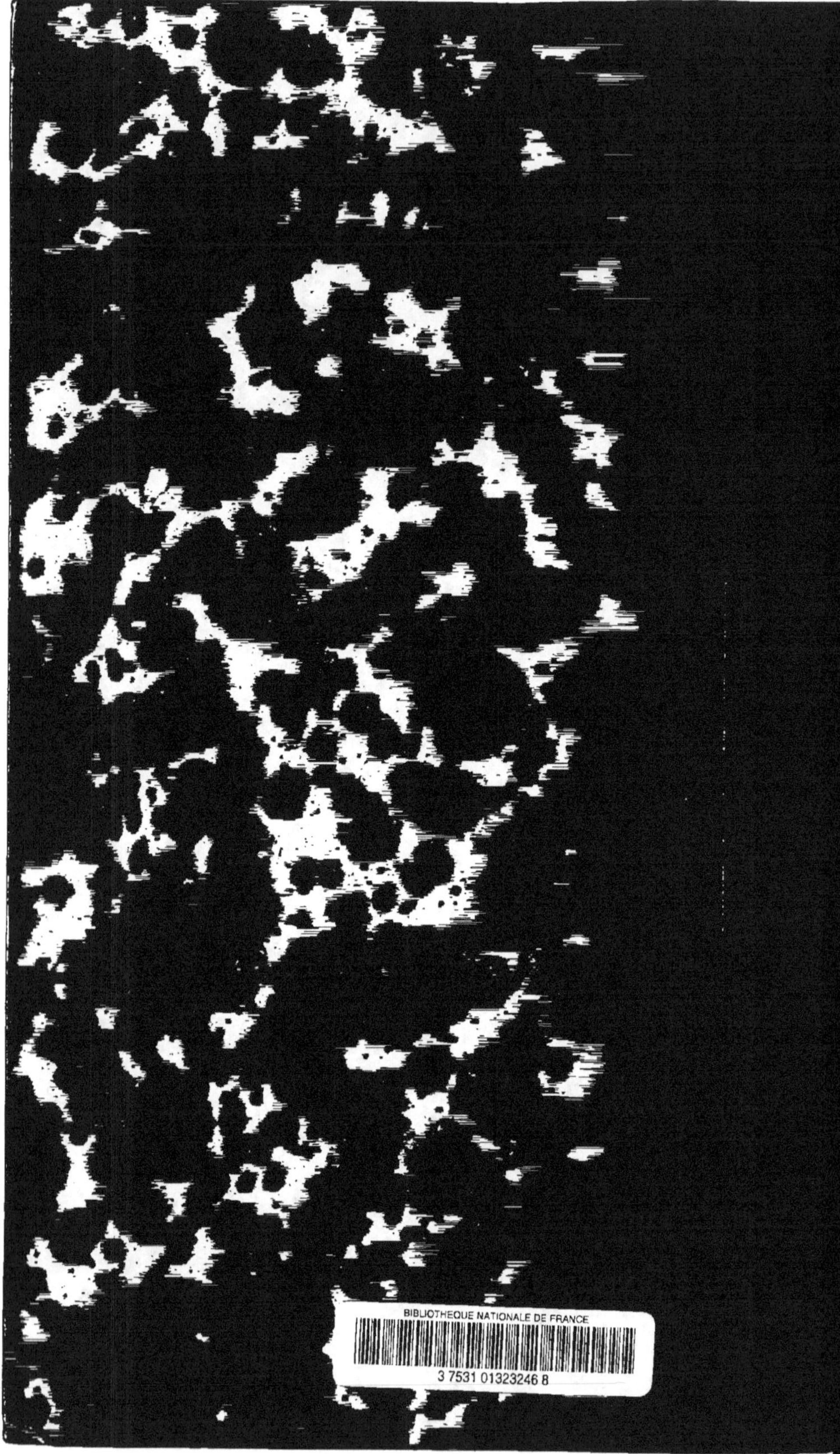

www.ingramcontent.com/pod-product-compliance
Lightning Source LLC
Chambersburg PA
CBHW070758030726
47504CB00003B/599

9782019543006